U0590538

醉爱轮回

周宝宏 著

中国青年出版社

（京）新登字083号

图书在版编目（CIP）数据

醉爱轮回/周宝宏著. —北京：中国青年出版社，2014.6
ISBN 978-7-5153-2482-1

Ⅰ.①醉… Ⅱ.①周… Ⅲ.①长篇小说-中国-当代
Ⅳ.①I247.5

中国版本图书馆CIP数据核字（2014）第107856号

责任编辑：金小凤
特约编辑：张 欢
装帧设计及插图绘制：慕叔夜工作室

*

中国青年出版社 出版 发行

社址：北京东四十二条21号 邮政编码：100708
网址：www.cyp.com.cn
编辑部电话：(010)57350404 门市部电话：(010)57350370
三河市世纪兴源印刷有限公司印刷 新华书店经销

*

880×1230 1/32 10.375印张 2插页 219千字
2014年7月北京第1版 2014年7月河北第1次印刷
印数：1-5000册 定价：28.00元
本图书如有印装质量问题，请凭购书发票与质检部联系调换
联系电话：(010)57350337

001　序/徐剑　一个军官梦不泯的文学青年

018　引子

030　第一章　猪八戒三打吕洞宾

050　第二章　孙悟空火烧高老庄

062　第三章　猪八戒血洗花果山

073　第四章　珠峰千年劫

082　第五章　名花落谁家

092　第六章　魔王出凡世

102　第七章　爱的初印象

112　第八章　做凡人挺好

122　第九章　有个神仙恋着你

133　第十章　女儿国覆灭

142　第十一章　探险悬天涯

154　第十二章　牛人对决

163　第十三章　五阴山论战

174　第十四章　子债父偿还

目录

184　第十五章　　为爱痴狂的神

193　第十六章　　为你挥洒流星雨

202　第十七章　　平凡的世俗

211　第十八章　　仙旅奇缘

220　第十九章　　魔鬼屠皇城

229　第二十章　　阴差阳错就是你

238　第二十一章　魔头在行动

247　第二十二章　陪你定居森林海

256　第二十三章　伪君子显形

266　第二十四章　元凶浮眼前

274　第二十五章　天下无双

283　第二十六章　立地成佛

292　第二十七章　与君相别

303　第二十八章　宇宙混战

311　第二十九章　天地神佛

320　第三十章　　和谐宇宙

一个军官梦不泯的
文学青年

　　我对写序之事，多年来皆敬而远之。迄今为止，仅作过三次序，一次是为我的老师，一次是老司令员，一次则是自己，都是被逼到份上了，无法推辞，不能不为之。

　　并非是对写序之类事有何恶感，而是有自知之明。一则觉得自己不够分量。在我看来，凡作序者，其身份应是文坛或学界的泰山北斗，登高一呼，追随者众。自从中国的大师成为绝响后，自从文化越来越碎片化后，我以为，再没有人有这种影响力了，读者也不会认真；再则，就是作序泛滥，颇受社会诟病。有名没名的，有影响没影响的，尤其是一些领导也来凑热闹，大言不惭，使劲溢美一番，尽是一堆废话，读者更不会买账。基于此，我对作序之事，慎之又慎，能躲则躲。

　　周宝宏却是不好拒绝的。他是二炮部队的一位基层士官，自从这部书被中国青年出版社确定出版后，曾多次邀我为其作序。人在基层，位卑言轻，好不容易开一次口，给人家堵回去，多少有点儿残酷。

　　知道周宝宏这个名字，是一次办文学创作班的海选，其处长金鑫向我推荐了他。随后，他寄来了几部已出版的长篇小说和当兵后的获奖文章。我翻了翻，也许因了对读书过于挑剔，并未给我留下太深的印象，除了语言流畅清新外，在文本结构、叙述姿态、文化底蕴、思想情感以及历史向度上，离一部真正意义上的长篇小说还相距甚远。然而，引起我注意的是，在创作班上他的几次讨论发言，尤其是在结业联欢会上，他即席创作了朗诵诗，崭露了头角，其才华令人侧目。从那之后，我对他的关注亦多了起来。

　　周宝宏出身燕赵之地，家住塞上，紧临长城喜峰口。那是一代英雄豪杰横刀立马之地。可周宝宏是一个多愁善感的才子。他身高一米八有余，阔步走来，倒有一副壮士风骨。然，在现实生活中，他说话谦卑，处处照顾别人的感觉。可一旦行文做事，又掩饰不住内心的狂野、前卫和清高。这样一个形象、性格的人，恰好是做作家、诗人的料。

　　随着相聚与阅读他的作品增多，我对周宝宏的了解愈深，在关心他创作成长之时，亦不时为他的命运扼腕长叹，觉得他这一代文学青年后生可畏、可悲，更可期。

　　所谓可畏，就是这代文学青年起点之高，非我辈可比。遥想当年，在周宝宏这个年龄段上，我恰好也是文学青年，最好的创作纪录，不过是在《散文》杂志上发了六七个头题，皆是一些小文章，但幸运地引起刘白羽先生的注意，他还出席了我的散文作品讨论会。江山代有才人出，三十年河西，风水转到80后这一代人登场了，他居然挟着三部长篇小说而来，这是我们当年所不敢想的。毋庸置疑，无论从文字的清新流畅，还是想象诡奇，周宝宏比我们当年的起点都高，以三部长篇而言，我当年几篇小小的散文，根本不能同日而语。古人称，长江后浪推前浪，青出于蓝而胜于蓝，这是一种人生超越与轮回的定律。

所谓可悲。世间之事，得与失、幸运与不幸、可畏与可悲，往往掺杂其间，在覆手之间。命运对周宝宏这代文学青年既慷慨赐予，又冷漠攫取。从这个意义上说，他们既是幸运的，也是不幸的；既生逢其时，也生不逢时。像他这样有才华的青年俊彦，若在高考恢复之年，若在当年的军营，以文科之长，毫无疑问可以入大学的。只要不是自己打倒自己，也是可以顺利提干的，不至被国家选材所遗漏。李存葆如此、莫言如是，我们这代军旅作家大都亦如斯。可是到了周宝宏这一代人，那个年代远去了，寒门入仕的道路越来越逼仄，环境亦愈加残酷。一考定终生，一张试卷决定入军校的门槛，纵是天才、奇才少年，若是偏科，数理化不好，英语又不行，那会被这个时代挡在门外。有时候，我似乎觉得，这是韩寒、郭敬明开了一个不好的头，误导了一代人。他们一写成名，一夜之间赚大钱的个案，让许多偏文科的少男少女剑走偏锋，仿佛看到了中南捷径，追风而写大长篇，结果耽误了大半生，醒之晚矣，甚至有许多年轻人至今仍执迷不悟。周宝宏当属其例，初二便写了一部长篇，高中时代又连写二部，被母亲当作废纸卖了，其实是要他割断写书之念，好好读书、考大学。然而他将大好的时光，全都厮磨在文学上了，高考名落孙山；入军营，两次考军校，两度失利，入军官之列的大门骤然向他关上了，一败再败。我常想，以周宝宏的聪明过人，若不是读中学将精力全放在文学上，而腾出三年时间精力，那怕再对数

序 ——一个军官梦不泯的文学青年

字没感觉,考所大学,或考进军校也绰绰有余。先接受系统的大学教育,或工科训练,或文学训练,有了一定的人生阅历之后,再踏文学之旅,也不迟啊,也许会走得更远。三次机会,周宝宏皆错失了。而他家里两位姐姐,一个读铁道学院,一个读天津大学,作为繁衍一家血脉的男儿,无疑给他构成了莫大的压力,亦让父母操心不已。他那种与生俱来的忧伤,又多了人生失意的怅然。对一个不到而立之年的年轻人,压力可想而知。有时,我常奉劝一些文学青年,在人生阅历、文学美学、哲学历史、民俗风情等文化知识明显准备不足的情况下,仓促动笔写长篇小说,是否明智?!包括一夜成名的韩寒、郭敬明,《三重门》《幻城》《小时代》真的经得起时间的残酷淘洗吗?且拭目以待。

所谓可期,周宝宏已经有了很好的基础。长篇小说创作数量积累到了一个质变的当口,尤其他为了实现自己的军官梦执着以求,辗转多年,耗尽钱物,领略了敲门入室,求人办事之难。人生多经磨砺,艰难玉成,他的经历渐次丰沛起来,对人生与社会的领悟也多了切肤之痛。这些经历与磨难何尝不是好事?它们促其成长,构成了他生命之旅最精彩的乐章。今后,倘精读一些文学名著,多吸纳一些历史、哲学、美学、民俗,风情等文化知识,对长篇小说文本结构和叙述技巧、思想文化底蕴多加研究,假以时日,他一定会成为一位在全军,乃至全国有影响的新锐小说家。

《醉爱轮回》便是周宝宏近年来创作的一部长篇新作,表明他的创作已经进入了一个新境界。我翻阅过此书,这是一部新寓言的长篇小说,藉写天界,实指人间,将人性之自私、贪婪、虚伪、滥情,直至肮脏卑微一览无余地展示,对人世间的宽容、善良、正直和真爱，及时空破碎、真爱变质喟然长叹。作者想象奇绝，摇曳多姿，彻底颠覆了中华民族古老的传说，以生存环境恶变为大背景，构想了一个魔鬼横生，妖孽作乱的天国。以猪八戒和沙僧为典型的魔界开始操纵宇宙的格局，试图颠覆光明，剥夺宇宙中的真、善、美。天庭偶像情侣孙悟空、嫦娥夫妇之子孙小天与如来的前世如果，作为仙凡两界正义的化身，决心力挽狂澜，救万民、众仙及宇宙生灵于水火之中。

然而宇宙是多元的，天与地，白昼与黑夜之间的瞬息万变，错综复杂，加上一个虚伪自私的女儿国国王唐僧，为报一己之仇，不惜以牺牲自己女儿花布公主的终生幸福为代价，挑唆孙小天与其同父异母的弟弟无风反目成仇，生死对决。如何捍卫真爱？如何保全亲情？正在孙小天抉择之际，他的生命中又出现了一个为爱痴狂的荷花仙子。体会着爱与被爱的无奈，孙小天突然醒悟，在宇宙中，除了爱情，亲情、友情也是无可替代的。

然而当他明白这一切的时候，宇宙的秩序已经混乱，一些人、魔、神甚至是菩萨，为了达到某种目的，开始不择手段。宇宙生死存亡的危急时刻，凡间大理王朝边境小村庄诞生了一个只会微笑不会哭泣的男婴如果，他的出现赋予了宇宙新的内容，男婴自幼与村头的上古槐树精相依为命，尝遍了人间悲苦，看尽了人情冷暖，在放下亲情、爱情、友情之后，立地成佛。最终与饱受爱情折磨的孙小天形成了宇宙之中极为强大的新生力量。

想象如此诡谲多姿，笔触如此大胆瑰丽。在远古神话与后现代之间，在天界与凡尘之间，在寓言与荒诞之间，年轻新锐

的周宝宏，以一柄新解构之笔，进行了一种新探索和尝试，他试着在突破和超越自己。其实，中国作家不乏文学语言，不缺叙述技巧，最缺的却是天马行空、大胆疯狂的奇思妙想，那种源自内心真实的想象，仅从这一点上，周宝宏的尝试是可喜可贺的。

斯以为序，推荐给大家。

徐剑

2014年6月3日

孙悟空

悟空很烦恼,真不知道自己该不该去找她,万一这封信是哪个有当狗仔队记者资质的神仙,伪造出来愚弄自己的该怎么办?

这是一封繁体字的情书,但是字里行间始终透着一股女人的细腻与温柔,最要命的是这封情书的最后署名,竟然是自己暗恋、心仪许久的女生嫦娥仙子。

只是去银河游个泳的工夫,这封带着淡淡胭脂香的情书就安静地躺在了我的私人日记本《西游传记》中,难道小娥偷看了我的日记? 那么,我在取经路上几段鲜为人知的恋情岂不被她全部知晓? 小娥的素质那么高,我相信她不会偷窥别人隐私的。

对,这封信肯定是八戒伪造的。取经路上他就不止一次地询问我,是不是喜欢嫦娥,原因就是在收服玉兔的时候他觉得我和小娥之间的眼神有些暧昧。

实话实说,那天我的确多看了小娥几眼,因为我发现她那天换了新发型，她那一天的发型让我过目难忘，我敢拍着胸脯说是仙界当时最流行的一款（已经好久没有见到小娥了，也不知道她现在的发型变成什么样子）。

可是我分明看见小娥在目不转睛地注视着师父。那个大唐朝最花、最帅的和尚，唐朝的皇帝就是怕他和自己抢女人，才想出了"西天取经"这个办法把和尚支走。

其实和尚也傻，他以为唐王让他公款旅游。连个智障都能看得出来唐王是把他发配边疆。这还是保守说法，实际上就是给他判了无期，或者变相死刑。

有几个公款旅游单位给配宝马却不给宝马加油的？但是和尚全然不知，每天吟唱着南无阿弥陀佛自娱自乐，做梦都在感念着皇恩浩荡，是个不折不扣的傻×。

有的时候我很懵懂，也很疑惑。师父他除了念经这个专业方面比我优秀外，真不知道他还有什么强项能超越我。为什么总能招来老中青异性的青睐。

或许是小娥她住久了广寒宫，害怕寂寞，喜欢有个人在她身边一刻也不停歇地唠叨，要不然就是小娥对和尚充满了好奇，因为和尚通常情况讲无情无欲，尤其是师父这么一个罕见的和尚，想了解他是怎么做到能很理性克制自己情欲的。如此一想，心里就平衡了许多。

但是我依旧不理解嫦娥的想法，能得到的她不需要，得不到的她非要惦记，真是仙人的身体，凡人的思想。悟空很郁闷，原来感情的透明度远比斩妖除魔要复杂得多。

曾经吕洞宾被情所困，揣着"女儿红"到银河河边豪饮痛哭的时候，我还曾嘲笑他不是男人，吕洞宾说他本来就不是一个男人,而是一个男神。在那种情况下,吕洞宾竟然还能钻我的语言空子,可见他并没有伤心到极致,充其量也就失去了一个情人而已,也许是何仙姑,或许是牡丹仙子。

我也明白洞宾的眼泪不是假的,吕洞宾流泪的那天,是凡间钱塘江涨潮的那一年(如果想知道神仙每天失恋几次,方法很简单,有两种,其中的一种方法就是到银河边偷窥,而另一种方法就是到凡间的钱塘江统计潮起潮落)。

吕洞宾"仙界情圣"的名号是在银河边上哭出来的,我之所以知道得如此清楚,并不是我有偷窥的习惯,而是每次他失恋去银河边哭时,都会叫上我。

吕洞宾是我在仙界为数不多的真心朋友之一,我的交友准则是:"敢于坦然在你面前流泪的人,而不是在你面前虚伪微笑的人,我相信有虚假的微笑,不相信有虚假的眼泪。"

就是凡间的演员演戏流泪都需要投入情绪。

尽管有些怀疑情书来源的真实性,悟空还是小心翼翼地收好了信,把它尘封在百宝箱中。如果信真的是嫦娥写来的,那么在悟空的眼中,这不是一张单纯的白纸,而是生命中的无价之宝。有什么样的奇珍异宝能比自己最心爱女神的"爱意"更重要呢?

取经归来,悟空只向佛提了一个要求:"请赐给我一个低调沉稳的性格和一份刻骨铭心的真爱。"佛不仅答应了他的请求,还给了他一个非常流氓的微笑。

回想起这个怪异的笑,直到此刻悟空还心有余悸:他给了我一个令人窒息的微笑,我那时的想法是,时代变了,佛也疯狂。

面对情感困惑的时候,原来神比凡人更脆弱,虽然我百分之百地喜欢小娥,但我的第六感觉告诉我,小娥并不是佛赐给我的那份真爱;我魂牵梦绕的真爱你究竟在何方?我心爱的小娥,此时此刻你在广寒宫中做什么?

嫦娥

我在想你,真的很想你,知道吗?你这只令人"讨厌"的臭猴子。如今,虽然你的容颜已经是标准的天庭帅哥,身份是高傲的齐天大圣,但是在我的心中,你永远是那个性格放荡不羁、行事富有新意,视感情为生命,长着满脸性感猴毛的坏悟空。

我明白,作为一位女性的神,应该现实一点,不应该活在你精彩的过去中。但是我也清楚,自己确实真真切切、无法自拔地爱上了你。

从你因大闹天宫被佛压在五指山的那天起,我的心就开始和你连在了一起。在你被压的这五百年中,你每天所承受的酸甜苦辣我都在和你一起品尝、分享。守护你,成了我今生最幸福、最浪漫的事。

悟空,你知道吗?每当夜晚来临,乌云遮住我视线的时候,我是多么的焦急,我害怕你悲凉,就像我害怕孤单。

你被佛压了五百年,我在广寒宫整整守望了你五百年。佛压你五百年,我等你!如果佛压你一万年,我一样会等你(但我又不希望你挨那么久)!

我活得并不空洞,因为我有期待,有你可等。最重要的是我对你充满信心。一座小小的五指山怎么能困得住你这个凌驾于五行之上,吸天地之灵气,取日月之精华的神灵呢?

你果然没有让我失望,你用了一个惊天地、泣鬼神,震佛界、阿修罗界甚至折服与佛分庭抗礼的西方上帝的壮举;为了众生的幸福与安逸,你助唐小光(嫦娥给唐僧起的绰号)西天取经,并且免费环游了西方各国。实践证明了你的实力,同时也印证了我的眼力。虽然这次取经的名誉主角是唐小光,但是在我和众神的心中你才是真正的主角。

的确,那天在收服玉兔的时候,我多看了唐小光几眼,可那是因为我不敢直视你的俊容才不情愿那样做的,因为唐小光是个无情无欲的和尚,我看他你不会多想和生气吧。

那一天,你比平时多看了我几眼。你每看我一眼,我都有触电般的感觉,那一天我被你电到六神无主。就在当天的晚上,我失眠了,并且持续数了若干天的星星。

其实那一天的晚上我还做了一个梦,梦见雷公、电母失业了(被玉帝炒了鱿鱼),取而代之的是你的火眼金睛。你竟然在我的梦中出现,而且还做了天地间了不起的兼职工作。悟空,你好优秀呀。

在漫长的取经路上,没有人知道你经历了多少残酷挫折的洗礼,承受着多少来自三界内各种各样的生活和舆论压力的摧残。但是为了宇宙苍生的幸福,你独乐乐、众乐乐早已经成为仙界人们茶前饭后谈论的焦点,无数仙女、仙姑、仙子及男性众神所崇拜的偶像。毫不夸张地说,你散发出的光芒,甚至掩盖了佛光。

取经归来的那天晚上,佛举行了声势浩大的庆功会,玉帝、上帝作为东西方世界的特邀嘉宾也前来恭贺。包括小白龙在内的你们师徒五人，享受到了仙界史无前例的待遇。庆功会由观音姐姐主持，她在介绍众神的光荣事迹时，眼神始终没有离开过你。此情此景，已经成为仙界一道亮丽的风景线。

众所周知，能让观音姐姐多看一眼的诸神佛，自盘古开天辟地以来只有两个，一个是佛，而另一个就是你。据我猜测，她看佛，是因为工作关系无可奈何，而看你，多半是因为过分的欣赏情难自禁。有人欣赏你我该为你高兴才对，可是也不知道为什么，我的心里会是酸酸的，可能是因为观音姐姐也太优秀了吧。

记得那晚庆功会一开始，佛就恢复了你们取经前的一切合理职位，并且额外赐给你们每人一副姣好俊俏的面容（可能是为了保持仙界整体形象的整齐划一），小猪（猪八戒的昵称）当即表示要组成一个"神五"组合，以振兴衰败的天庭娱乐界。

庆功会很成功，高潮迭起，临近尾声，佛要你们每个人提一个合理要求。在场所有的神佛都屏住了呼吸，期待这光辉四射的一刻。

唐小光抢先一步对佛说，他要还俗并且做女儿国的国君，与女儿国的国王长相厮守。佛当时一脸的不悦，问为什么——为了爱情！唐小光铿锵有力地回答，比念经都卖力。佛也当即戳穿了小光的谎言。

"唐僧，其实你更爱孔雀公主，你想到女儿国为王，无非是你明白物以稀为贵的道理，到了那里可以获得更多女人的芳心。你是我最疼爱的弟子，我怎么会不了解你在想什么呢？你当我这么多年的经是白念的吗？因为你是取经的主角，所以你提的要求本佛可以破格答应你，但是我要把凡间所有的单身汉全部度到女儿国,至于怎么分配你看着办吧。阿弥陀佛!"

听完佛的话,唐小光当时就泣不成声。同时落泪的还有孔雀公主,而一直心仪孔雀公主的大鹏护法(佛的护法兼舅父。这个时代到处都是关系,虽说是肥水不流外人田,但是水太大,就变成洪水猛兽,泛滥成灾了)倒是笑得很灿烂。佛瞪了他一眼,示意他低调,大鹏的笑声这才戛然而止。

小猪还依旧是那么的爱出风头,明明该你提要求了,可是他却先你一步。

"佛,我不但想认玉帝做干爹还想娶嫦娥为妻。"佛微笑,我愤怒。但是碍于我矜持许久的形象没有发作,只是攥紧了拳头表示抗议。

佛说:"悟能,虽然你的关联词用得比唐僧还要恰当,但是你提出的要求已经严重的跑偏。本佛临时决定取消你的许愿资格。"

小猪也哭了,不过他是扑进玉帝怀里哭的。玉帝欣然接受了小猪这个干儿子,这对小猪来说也算是得到了一些实实在在的安慰。

"民工"(嫦娥给沙僧起的绰号,原因就是沙僧没事总是挑着副担子。据狗仔精传播,有人曾看到沙僧上厕所都没放下过担子,而且睡觉都枕着扁担。但是具体仙人去不去厕所还有待考证,所以沙僧上厕所、睡觉离不开扁担的故事有可能是个谣传)也先你一步站了起来,这大大地超乎了众神的预料。据我估计他是酒喝高了,酒壮尿神胆。

"佛祖,我想骑小白龙,取经路上我时时刻刻都有这个想法,取完经,我晚上说梦话还是这件事。希望佛能成全我!"说完民工竟然泪流满面，众神一片哗然。

此时此刻，只见小白龙愿还没许，就已经泣不成声。

"嗨！我本想做四海的王，没想到沙无能竟然如此之恶毒，想让我再尝胯下之辱。而今我的要求只能是，死都不让他骑！"出现了这种尴尬的局面，佛只好把民工和小白龙的要求相互抵销。后来佛怕两个人想不开，只好又额外赐给他们每人一个菩萨的职位。

"请赐给我一个低调沉稳的性格和一份刻骨铭心的真爱！"犹如佛号般悠扬又不失男神魅力的男中音，从你丹田传出的那一刻，时间、空间都为你滞留。那一刻，所有人为你倾倒，其中包括差点当场晕倒的我。唐小光、小猪等四人听了你的话以后不再哭泣。一直在极度郁闷中的佛终于有了罕见的微笑。

悟空，你总是那么的调皮，总是能带给我惊奇，你是我的真英雄，你是我的罗密欧（是西方上帝教的）！也就是在那一刻，使我更加坚定了追求你的信念，但是碍于我来之不易的矜持形象，我只好采用了小猪对我施展的爱情攻势，最俗、最土、最传统的方法——写情书。

我也不明白小猪为什么如此的不开窍，追求女孩子一点新意都没有，光会写信，就不知道在七夕的时候送上一朵玫瑰或者百合花，真是猪头猪脑猪尾巴。算上今天他差人送来的这封情书，刚好是一万封，但其中9999封都是通篇的错别字，特别是今天的这封，错别字都不愿写了，干脆送来一封白纸。小猪真是猪到了家。

可是小猪因为我承受轮回之苦，特别是这次庆功会上，为了我他还失去了一个宝贵的愿望，所以我内疚。

我也明白，小猪是最爱我的神，也知道自己这样冷漠对他很不公平。我曾想过给他回上一封信，让他不要如此执着(可我又怕他犯猪，自作多情或者心存侥幸)。

但感情是无法勉强的，既然不爱就不要给他希望，我只希望小猪不要恨我才好。小猪的脸皮那么厚，应该不会生我的气吧。

猪八戒

这个水性杨花的荡妇真是气死我也！如果天庭允许开青楼，本帅历尽千辛也要想办法把她卖到青楼去，然后再带领我的十万天兵天将去折磨她。嫦娥，我恨你！恨死你了！给你写了9999封的情书，你竟然没有回过一封，本帅何其悲哀！你可知道？那些珍贵的情书是我用多少壶上等的"女儿红"从"情圣"吕洞宾那里换来的！

我自知文化素质低，写信的时候存在别字，怕影响你阅信时的心情才如此下血本的。对你的爱我几乎无微不至，甚至考虑到你的每一个感受。而你呢？却拒绝我爱上了别人。

请你不要天真地以为我猪头猪脑什么都不知道，我因调戏你而承受轮回之苦的时候，你却为那只压在五指山底下的臭猴子掉眼泪。

庆功会上，我放弃了人生中另外一个相当重要的女人而选择了你。我原本以为你会因为我提出的愿望而感动，然后在众神佛面前扑进我的怀抱，再给我一个春意盎然的热吻，让伟大的佛见证我们伟大的爱情。

然而，我的话一出口，就发现自己犯了一个根本性的错误，我不仅没能得到你热情的拥抱，反而清晰地看见你攥紧了拳头，青筋暴起。

我想，是因为碍于你那假清高、装矜持的形象才没有动手吧？幸亏事前我和玉帝打过招呼，才没有让我幻想中的千古佳话演变成千古笑话。

那一刻，我好后悔，自己身为一个出色的男神，堂堂的天蓬元帅，为何还不如一个花和尚有远见，他都能想到还俗，去女儿国称帝，我为什么没有求佛把我的梦幻庄园高老庄移到天上来。

唉！人生最好的机遇只有一次，等我失去的时候才知道悔恨，如果佛能再施舍给我一个愿望，我一定要大声地向世人宣布，我喜欢的人是高小姐，而不是嫦娥；我青睐的建筑是高老庄，而不是广寒宫！

让我不满的人还有玉帝，如果用一句外语来形容他的为人，毫不犹豫肯定是 Shit（外语是西方上帝教的）！其实在庆功会之前我已经认他做了干爹，而庆功会上他还要求我提此事，无非是想在众神佛面前露上一小脸，凸显一下他的存在！这是典型的虚荣心在作祟。

虽然我在内心深处十分鄙视玉帝的为人，但我也只能揣着明白装糊涂，因为我实在不想再过任人屠宰的日子，另外玉帝可以为我扛事，灵霄殿上我可以扬眉吐气。

所以呢我也只能揣着明白装糊涂了。我还是更欣赏西方的语言文化，骂人都那么有穿透力，骂完之后心理平衡了很多。上帝真好，阿门！

坦白讲，庆功会上我欣赏的最佳个人是"印度阿三"（沙僧）。骑小白龙，每个有点追求或抱负的人都有这种想法，而真正敢直言不讳在公共场所并且是在小白龙本人面前讲出来的，环望普天下，可能也只有阿三一人而已。

虽然众神以为阿三在庆功会上只是借酒发挥，实则不然。通过本帅在取经路上全程深入地观察，我得出一个惊人的结论：阿三为人心思缜密、办事低调稳重、有计划性、城府极深且能屈能伸，乃非常之神也！

就例如说摘人参果那次，虽然是我组织的，如果他没有增寿的野心，又怎么会和我们同流合污犯了贪戒？还有那次在三圣殿戏耍三精，他不是也和我们一样向器皿里撒尿了吗（由此也可以证明，仙人也是上厕所的）？

我素质低，但是我低在了明处。阿三不仅素质低、道德差、性情阴、城府深、诡计多，五毒俱全而且还在暗处。在西天的路上我没少欺负他、挤对他，如今他蹿起来了，还做了菩萨，我得多加提防才是，否则他肯定得像我当初欺负他一样欺负我。再说，画人画虎难画骨，知神知面不知心呀，本帅可不想在阴沟里翻船。

庆功会上我曾夸下海口要组成一个"神五组合"，倒也不是空穴来风、胡诌乱盖。本帅的真实想法是，现在他们几个的人气、神气都很旺。特别是"变异神"（悟空）那孙子，为了人气，竟然出卖了自己的性格，这是本帅始料未及的。先借他们的名气火一把，等我积累一定的人气基础后再单飞。这年头也就文艺界能哗众取宠。至于感情的事先搁一搁，男神应该以事业为重，干爹经常这样教育我。

今天早上，我差亲兵给嫦娥送去了第一万封情书，也是我的绝笔，一张白纸。意思就是我们之间玩儿完了、拜拜了，尽管我们还没机缘开始玩儿。

先去拜访一下和尚，一起研究怎么对付变异神孙悟空，好久没有听和尚念经了，突然感觉像少了点什么。

其实从我个人的情感来讲，我并不是十分讨厌孙悟空，之所以演变到今天这个有他无我，有我无他的地步，主要的原因是我不能容忍他和我抢女人，并且抢走了我的女人。

唐僧

真想不到，泼猴果然技高一筹，庆功会上，为了吸引众人的目光，我不惜以出卖荣誉和尊严为代价，而他却出卖了灵魂。泼猴不按常理出牌在仙界是出了名的，不过我没想到这次他竟然玩儿得这么狠。阿弥陀佛，神心险恶啊！

还有佛祖，也让我容颜扫地。据我估计，他是被泼猴抢了风头，正在气头上，否则绝对不会我提出那么一个小小的要求都打折扣地满足，并当众揭了我的隐私。幸亏他不知道我的真实愿望是，我顶他的位子；他退休。否则女儿国国君的位子我也没得做喽。善哉善哉！

其实佛也不容易，本来开了个盛大的 Party（西方上帝教的），以庆功为名，显示一下自己的博爱，结果被泼猴提出的无厘头要求都气乐了，不过笑得比哭还难听，当然，这只是贫僧个人认为——不，应该是本王个人认为。我得尽快适应角色才对。

做女儿国的国王，是男人一生最大的追求，也是我的最大追求。虽然我是一个和尚，但我还是一个男人。

尽管在我执政以后将会有大量的凡间单身汉涌进女儿国，但那个时候女儿国的国号已经姓唐，我可以制定一项新的国策，推行"一妻多夫制"嘛(我当然有特权，也给自己制定一项准则，"一夫众妻制")。如此一来，既节省了资源，又不违背佛的旨意。哈哈！本王实在是太有才了。

至于正在春风得意的泼猴，不要说佛对他不满，本王对他也是深恶痛绝。先不论他功高盖主抢尽我的风头，就光说他出卖色相和灵魂欺骗众女神及青年神灵的青睐我就无法原谅，最让我不能忍受的是在这些神灵中还包括我最崇拜的观音姐姐。阿弥陀佛(Sorry，过去一直当和尚，一当就是十几个轮回，一激动，又把口头禅给说出来了。取了趟经，落下这么个职业病)！

泼猴今非昔比，实力如日中天，如果想把"它"(在我的心中，它就是一个畜生)整垮，不能强攻只能智取，我需要一颗棋子，是小白虫好呢，还是猪头三合适？

小白虫，在龙宫长大，自幼受到良好的教育，虽然后来被放逐到北海，也算是出身名门。他智商太高，我怕玩他不转。还是选择猪头三吧，虽然他官至元帅，但是官大无脑，最主要的是他肯听我念经，容易操纵，再说他的后台是玉帝，玉帝是不会让天塌下来的。算了，就他吧。

佛说得对，我爱孔雀公主的确比女儿国国王更多一点，但是好男儿志在四方，我唐僧历经了九九八十一难才获得了今天的成就和地位，怎么可能因为一只绿孔雀而放弃一群金凤凰？

亲爱的孔雀公主，Sorry！请原谅我的移情别恋，请原谅我的无可奈何。其实我做了女儿国的王也并不意味着放弃了你，如果你愿意，我也可以封你为贵妃，和女儿国的原国王平起平坐。

我废女儿国的原国王因为我要巩固我的地位,另外给孔雀公主竞争皇后创造条件。皇后竞争者我已经内定了若干个。

孔雀,我会讲外语了,你一定很惊奇吧?是西方上帝教我的。他(无论他法力再高,但在我的眼中他始终是个异类)对我说,要泡妞至少要掌握一门以上的外语,这样成功率才高,才够绅士。另外我再透露一个小秘密给你,不仅如此,在西天的路上我还学会了很多方言,例如,孔雀你巴实的很(孔雀,你太美丽了)。

取经路上我每天都承受着"性无能""傻×""白痴"的称谓,这些流言蜚语压得我几乎窒息,今天修成正果的我终于可以对这些流言蜚语大声说 No!还是那句老话,虽然我是一个和尚,但我还是一个男人。

取经归来,虽然本王名声大噪、功成名就,但是我却缺少一生之中最宝贵的心爱女神。

爱情,是男女共同创造的结晶,每个正常的男女都想雕琢出一块属于自己的水晶,而拥有了心爱的女神后就不愁宝石不来。每个男神背后不是拥有着一个或一群女神或女人,本王要前无古人,后无来者,先众神而乐,后众神而忧,拥有更多的女神和众多的女人。

沙僧

好你个秃驴,竟然想到去那个女人的家园,男人的梦幻天堂,有极乐世界之称的女儿国当王,而且还找了"为了爱情"如此冠冕堂皇的理由,想法不可谓不毒,用心不可谓不阴。

在过去我坦白地承认,自己的资质很差,没有资本和你争。

可是现在不同了，我形象好，气质佳，帅得一根胡须都不多余，而且还永远告别了脱发病的困扰。特别是我拥有了菩萨的身份，岂能惧你个小小的金蝉子？

尽管如此，我还是要谨慎地做我的菩萨为好，"神阻杀神，佛挡灭佛的"的口号，还是等梦想实现的那一天再说吧。正所谓瘦死的骆驼比马大嘛。当然我说的是普通的马，而不是我做梦都想骑的小白龙。

得罪小白龙，实属情非得已。以小白龙取经归来的身份，给佛当坐骑都绰绰有余，如若他能成为我的坐骑，无形中，我的地位和身价岂不是高佛一筹？更别说秃驴他们了。不过这些都是次要的，主要是因为我在取经的路上受到了不平等的待遇和非神类的遭遇。

O15

众所周知，取经路上我的工作是肩挑行李，但是我身上的担子重量已经超过了秃驴的体重，与其让小白龙驮秃驴，还不如让他驮担子，我来背秃驴。

最让我不服气的就是猪头三，这个任人宰割的猪头，外貌没我帅，武器也不比我重多少，明明属于服刑期间却非要摆出一副天蓬元帅的架势来，平时对我呼来喝去。最可气的是他竟然动不动就摸我秃顶解闷，就好像他是二郎神，我是他的宠物哮天犬。

有的时候，我很诧异，西天的路上，大妖、小怪、狂魔、厉鬼不计其数，但怎么一个个的全是傻×（Sorry，讲脏话不是我的本意，实在太气愤了。英语是西方上帝教我的）。秃驴的肉再鲜也只是解馋罢了，真的能长生不老吗？那是扯淡，要真有那么神奇的话，我早就咬秃驴几口了。

吃唐僧肉能长生不老，只是佛打的一个"找死广告"罢了，真正有远见的妖精才不办这种傻事呢！如果真想长生，还不如偷蟠桃、盗仙丹呢，风险小，受益大，即使被抓住，大不了被贬凡间，也不至于被打得元神俱灭啊。命好的被扁一顿也就放了，反正都长生了还怕什么？再说蟠桃园的桃子那么多，光神仙吃也吃不完啊。

你看西天路上，那么多的妖精，吃了那么多回，连唐僧的一根头发都没有吃到，多悲哀啊（Sorry，差点忘记，秃驴没头发）。而且动他风险还大，成功率还低，弄不好还得把命搭上！

但猪头就不同了，动他风险小，而且实惠，猪肉不但解馋还能扛饿。如果你抓到他，可以任意选择烹调的方式，煎炒烹炸，即使烩猪杂汤，都决不会有人问津。至少我肯定不会。

从我个人的饮食角度而言，我更喜欢选择凉拌的方式，凉拌口条、凉拌猪耳朵，可都是难得的下酒菜。这两道凉菜好像是吕洞宾的最爱。

上次我去大圣府拜访大师兄的时候，大师兄特意吩咐厨子做这两道菜招待吕洞宾。不过现在不可能了，猪无能不但恢复了原形，而且还做了元帅。

我好后悔，为什么当初在流沙河做妖精的时候，没有凉拌猪头肉、红烧猪蹄膀、火烤全猪、猪肉炖粉条呢？

大师兄是我的偶像，也是我奋斗的目标，因为他做神做得非常成功，让我羡慕、崇拜，甚至是嫉妒。

只有和他这样有能力的人联合起来，我才有机会实现我远大的理想，我才可以和秃驴争女人，我才可以蹂躏猪八戒，我才可以骑小白龙，我才可以变得更快、更高、更强！

天啊！要是有一天我能和心爱的女神一起骑着小白龙，在天街里闲逛，那将是多么梦幻的事情啊！要是真能如此，死而无憾。不过在这个仙界，只有你想不到的事情，没有不可能发生的事情。靠，都做了菩萨了，哪有那么容易就死的啊！哈哈哈……

小白龙

师父做了女儿国的国王，大师兄变得低调沉稳，二师兄做回了天蓬大元帅并且有幸成了玉帝的干儿子，三师兄虽然在庆功会上对我恶意中伤，但是我相信他肯定是酒喝高了说胡话，平时我们师兄弟的感情还是不错的。

西天的路上，他明知道担子的重量要比师父的体重还重许多，但是万里迢迢他却义无反顾地背负重担无怨无悔。如今他和我一样也做了菩萨，真是皆大欢喜啊！

我一定要珍惜这来之不易的机遇，为苍生谋福，听佛的话，跟佛走。做一个像观音姐姐那样人见人爱的好菩萨。

"吕洞宾,在忙什么呢? 今天怎么不去银河边掉眼泪了呢? 还有没有'女儿红'喝? 今天小爷也要豪饮,尝尝爱情的滋味。告诉你,小爷收到她的情书了。"

"还用问吗? 我当然在忙着写情书了。也不知道猪八戒最近是怎么了,突然就不给嫦娥仙子写情书了。他是不是觉得两瓶上等的'女儿红'换一封情书太昂贵了? 不对啊,他应该明白爱情无价的道理啊。

"没酒了? 也不对啊,他手下有十万天兵天将,每人每个节日送两瓶也不止十万啊。难道他发现我是故意往情书里边加错别字的? 更不对啊,猪八戒可是个地地道道的文盲啊,事先我都已经打听好了。

"再说了这件事只有我们两个人知道啊。他会不会是生病了啊,要是生病的话,我还真得去看看他,怎么也算是我的老主顾了。如今猪八戒不免费送酒了,我哪里还有'女儿红'给你喝呀,难道你要我去灵霄殿偷啊? 想喝,你自己朝玉帝要去吧。"

"你想得太多了道长,咱先不说'女儿红'的事。嫦娥写情书给我啦,至于这封情书,虽然我有自己的想法,但我还是想咨询一下你的意见,你说嫦娥是真的喜欢我吗? 会不会只是玩玩而已,我们在一起到底合不合适? "

"悟空,据我估计她是真心喜欢你。主要依据有两条,首先,无论真假,嫦娥在仙界的矜持形象是出了名的,所以她能主动给你写情书说明在她的眼中,你远比形象要重要得多。

"其次,仙非草木,孰能无情? 猪八戒的一万封情书(尽管错字连篇)都不能换回她的只言片语,可见她是一个立场相当坚定的女孩。但她不仅主动向你示爱,并且是用繁体的形式给你写了一封情书! 要知道这种情书是需要很下功夫的哦,做了这么久的情圣,我都没写过一封。

"虽然我没有机会看到内容,但我猜测她一定是下了很大的决心,才做这个决定的。而她这样做的主要原动力就是太喜欢你了。

"可是你们在一起并不合适, 主要原因也有两点。首先,你和嫦娥在仙界都属于焦点人物,假设你们真的对外公开恋爱,势必会在仙界掀起轩然大波。

"到时候,崇拜你的仙女、仙姑、仙子会伤心,喜欢她的男性众神会吃醋,不久便会绯闻四起,而你们的爱情也很快会在流言蜚语中土崩瓦解。失恋的滋味可不好受,我可是尝过的,而且很多次,所以很权威。再说你也目睹过我的惨状啊,更何况你自己也不是没有失过恋啊。

"其次,虽然嫦娥如今已独守广寒宫多年,洁身自好,以仙界圣女而闻名,但是她的前世已为人妇,是不争的事实,'嫦娥奔月'的故事在凡间已经成为千古佳话。

"如若你与嫦娥结合,势必会成为世俗的笑柄,说你齐天大圣再强,也只不过是个收废品的。另外,寡妇门前是非多,很多男神对嫦娥都是虎视眈眈,尽管在其中你的实力是最强的,但是树大招风,你就不怕叶落枝断?"

原来吕洞宾"情圣"的名号也非浪得虚名,只是简单的几句话,就道出了我心中所有的顾虑,为什么我与小娥明明彼此相爱却又无法在一起?为什么我们之间会有这么多有形的和无形的阻碍?为什么我都成了神仙,却还有这么多的无奈?

论容貌,小娥是典型的闭月羞花、高贵典雅,而我,玉树临风、潇洒非凡。论身份小娥是众神皆知的嫦娥仙子,我是赫赫有名的齐天大圣;论条件,我有两处住房,一处清幽脱俗的水帘洞,另一处豪华富贵的大圣府。小娥也不错,拥有一座独一无二的广寒宫。这些都是次要的,主要是我们有感情基础,彼此两相情愿。

可是吕洞宾讲得也不无道理。男神,最忌讳感情用事,红颜即祸水。尽管如此,身为一名男神,连自己心爱的女神都无法得到,我得到三界又有什么意义,所以这祸水我蹚定了。

"吕洞宾,虽然你分析得很有道理,但我还是决定给嫦娥回一封情书,就算是出于礼貌吧。你看和尚,为了得到女儿国国王,连神仙也不想干了,十个轮回的修行也不要了(我很不理解,取经路上,在女儿国的那个站点,和尚怎么装得和佛一样?我的这个比喻可能最形象,因为谁也猜不透佛的心事。我们的喜怒哀乐放在脸上,而佛放在心上)。可见女人在男人的眼中的地位,还是至高的。"

"悟空,男神除了忌讳感情用事以外,更忌讳的是盲目攀比,唐僧追求的价值观自然和你不一样了,你仔细想想,他十个轮回都没碰过女人,换了你不得急疯了啊?"

"滚你师父的,着急是肯定的,但小爷不会疯啊!"

"你激动什么啊,这样换位思考,你不就明白了吗。正因如此,女人是唐僧的毕生追求,而女儿国就是这么一个能让他把梦想实现的地方,所以女人在他的眼里就显得举足轻重。

"而你却不同,艳遇、外遇、爱情、婚姻通通都经历过了,所以面对女人就应该波澜不惊了。我劝你还是以事业为重,至于爱情你可以顺其自然嘛,反正佛都已经答应赐给你一份真爱了,怕什么?等呗。这样正好能体现一下你低调沉稳的性格。

"悟空,嫦娥才给你写一封情书就如此迫不及待了?你怎么还是那么的猴急?不过你说得很对,不回信显得我们很没素质,毕竟嫦娥是个矜持的女生。要不这样,你把情书给我看看,我帮你随便回上一封。"

"滚吧!我怕你往里边加错别字。写情书还找人代笔,是男人、男神一生最大的悲哀。你小子在想什么我还不清楚?你替猪八戒写情书我又不是没看过,一封450字的情书,里边光吕洞宾这三个字就出现了30次,占总字数的五分之一,标点符号占全文的五分之一,剩下的五分之三还全都是错别字,如果不是猪八戒和我水火不容,我都想替他扁你。"

"孙悟空,你师父的,我不那么整,说不定猪八戒早就抱得美人归了,哪还轮得上你?再说'女儿红'你一口都没少喝,怎么,想落井下石是吧?好,从现在开始,我吕洞宾正式宣布加入你情敌的行列。"

"行了,道长、仙家、大哥,知道你老兄写情书的手法高,但是你高得过我的道法吗?你要是真的敢和我抢女人,我就不要你这个兄弟,直接把你超度!"

"是威胁吗?孙大圣?"

"你可以这样理解,但你千万不要这样认为。"

哈哈哈哈……

亲爱的嫦娥:

收到你的来信,我幸福得一个晚上没有睡着觉,这是我千百年来第一次失眠,感谢你给我带来了这次久违的心灵悸动。

收到你来信的那一刹那,感觉是欣喜,是激动,还是沸腾,我已无法形容。其实,这封信我足足等了五百年,如果你要是再不给我写这封信,我也会忍不住写给你的。可是小傻瓜,你矜持了五百年,为什么不能再多坚持1秒呢?嘿嘿,让我如此轻易地得逞?现在你后悔都晚了,因为爱上我就要爱我久久。

嫦娥,你很美,是众女神里最美的一个,我一直这样认为,因为我的眼中只有你!我想就是西方的魔镜,看到你绝色的容颜后也会语塞的,因为简单的"世界上你最美丽"已经无法形容你的美。

嫦娥,在取经的路上,每当我被孤独、落寞袭来或者被人误解的时候,我都会情不自禁地想起你——想你的明眸皓齿、想你那婀娜的舞姿、想你那时尚的发型、想你那颗柔弱似水的心。那是一种内心深处的思念,那是一种灵魂深处的颤抖。是你让我有了日夜同色的感觉,是你让我体验到原来爱情是幸福的天使,是忧愁的克星。也就是说,只要一想到你的倩影,我打妖精时,浑身都充满了力量!

取经路上那么的苦,如果没有思念你带给我的精神寄托的支撑,说不定中途我就会回花果山做了妖精,哪还会有什么正果? 拥有了今天的成就,我要发自内心地感谢你,我生命中最重要的女人! thank you my dear!

嫦娥,我相信,只要有爱,五百年的距离并不遥远;只要有爱,条条大路都可以通向广寒宫;只要有爱,再多的阻力都会变成我爱你的动力;只要有爱,月亮之上我们百年好合!

我没有佛那样无边的法力,可是我有一颗永恒不变爱你的心! 我没有玉帝那样至高无上的权势,可是我拥有一颗向上进取的心! 我没有上帝那样绅士的言行,可我有一颗浪漫的心! 请相信我嫦娥,我会给你幸福!

"可以啊孙悟空,你的这封情书足以抵得上猪八戒那一万封。真没看出来,你不但道法、武艺卓绝,而且才高八斗,才华横溢啊。别说是嫦娥,我是个女生也会拜倒在你的黄金甲下。"

"你拜倒我还不要你呢。你要是女生的话,肯定就是妓女。知道要感谢你,我写得再好不都是拜你所赐吗? 受你的恩惠,我耳濡目染学会了写情书行了吧?

"吕洞宾,你说你要不要脸啊? 间接地夸奖自己才华横溢,的确是溢出来了,泪水是吧? 银河都快让你哭泛滥了,都快升级成泪海了。凡间的百姓可是让你整得怨声载道啊,你知道他们没事的时候都在想些什么吗?"

"想些什么? 你说说看?"

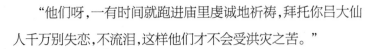
"他们呀,一有时间就跑进庙里虔诚地祈祷,拜托你吕大仙人千万别失恋,不流泪,这样他们才不会受洪灾之苦。"

"我晕倒!"

"您可千万别倒,哭都能哭出洪灾来,你要是晕倒至少是个地震,凡间的众生也不容易,你这个祸害就不能安分点啊?"

"滚你师父的(吕洞宾的口头禅,皆因孙悟空是从石头里蹦出来的)。钱塘江涨潮和我哭有关系我不否认,地震可跟我一点关系都没有!"

"那你说说看地震是怎么回事?"

"有人说不是佛打的嗝,就是他放的屁。"

"这么隐私的事情你怎么知道的?佛放屁的时候你在现场?你跟佛也有亲戚关系?"

"佛的身边有我的眼线。"

"你说的是大鹏护法?怎么可能?他可是佛的亲娘舅,出卖自己的外甥你当大鹏是根号 4 啊?"

"根号 4 是什么?"

"西方的数学,开出来就是东方的 2。"

"是上帝教给你的吗?"

"不是,是上帝教给沙师弟,然后沙师弟教给我的。他说知道我喜欢动手,不喜欢动嘴。西方人骂人的方式都比较有穿透力,教我几句骂人的最基本常识和日常用语,以防不测!"

"悟空,你没发现上帝很阴险吗?他为什么总是教东方的众神用西方的文化骂人呢?这就是所谓的思想腐蚀吧?本神的立场是坚决抵制西方腐朽文化,如果上帝胆敢用西方脏话骂我,我绝对不会给他面子,会及时地用文言文骂他。"

"好想法，洞宾，我挺你。不过你还没有告诉我，为什么大鹏会心甘情愿地背叛佛，而沦为你的走狗呢？"

"斯文一点行不行，还沦为走狗，我真的有那么不堪吗？告诉你个秘密，大鹏护法和猪八戒一样也是一个文盲，他拜托我给孔雀公主写情书所以就……"

吕洞宾这一技之长，真是发挥得淋漓尽致，难怪食神经常叫嚣着不怕千招会，就怕一招绝。3600行(仙界的就业岗位比较多，是凡间的10倍)行行出状元。

食神爱吹牛，逢人就说，本尊能吃又怎么样，还不是照样受人推崇，封官晋爵。众神佛可以随意打听打听，哪个大仙级以上级别的神仙筹办宴会不是由我主持的。

"对了悟空，告诉你个可靠的消息，过几天就是嫦娥的生日。"

"女神的生日是个更隐私的问题，你是如何知道的呢？"

"实不相瞒，嫦娥奔月的那一天，我正在凡间泡妞。那一天是农历三月八日，因为就在那一天嫦娥奔天，身心都得到了解放和自由，于是那一天也就成了凡间的妇女节！"

"现在凡间妇女节都过公历，你蒙谁呢？"

"呵呵，算你小子聪明，她的生日是八月十五，凡间的中秋节！"

"什么？你竟然私自下凡？"

"有什么可值得大惊小怪的？很多神仙都有过私自下凡的经历，有几个像织女那么没经验的，下一次被抓一次(而且点儿背，第一次就被人把衣服偷走了)。难道她生日你就真的没什么打算？我建议你送她几朵百合算了。"

"百合肯定是要送，我还想给她办一个罗曼蒂克的生日宴会，就让食神主刀。"

"好想法悟空，难怪秃驴总是说你玩儿得狠，果不其然，这招本道都没有想到。"

"这不算什么洞宾，我还打算亲手为嫦娥制作一个生日月饼，并且在月饼上面刻上'XIAOE,happy birthday to you！ I love you for every！'"

"悟空，这样虽然超有新意，但是有些不妥吧？因为就目前的情况讲，不只你一个神会外语。你这么张扬，不怕当场就有女神自杀、男神晕厥的状况发生吗？"

"嫦娥的生日只有我们两个人知晓，我们保密不就得了。"

"那倒也是，不过我可不敢肯定在嫦娥升天的日子，就光我一个神仙下凡啊！"

"放心吧，再多也不超过两位数，三界内哪来的那么多巧合啊？"

"悟空，我还想和你商量一个事！"

"说吧，只要不严重违背天条，不彻底损坏戒律我都答应你。"

"能不能再到太上老君那里整些丹药来吃？上次你送给我的那几颗金丹味道不错，水果味，吃完以后口气持久清新。实不相瞒，自从吃了老君的金丹以后，和我相恋的女神们明显和我增进了感情，拉近了距离。"

"可是洞宾，药嗑多了有害健康。太上老君说了，丹药的副作用很大，济公就是因为这种丹药嗑多了最后得了后遗症，你看他现在疯疯癫癫的多惨啊。"

"我会注意的，低调点嗑不就完了吗？"

"哎！劝你怎么就不听呢？等嫦娥的生日会结束以后吧。"

"孙悟空，你个重色轻友的家伙，把女人看得比朋友还重要。你大闹天宫的时候，雷公怎么就没有把你劈死呢？"

"呵呵，小道士，你怎么知道小爷的座右铭的？没有错，朋友没了可以再找，可是女朋友没了就不好找了，所以女人对我来说当然比男人重要。"

"滚你师父的，本道爷可是你的挚友！也不好找。"

"连女人的醋都要吃，怎么能算得上我的挚友呢？"

"滚你秃驴的，这样总可以了吧。"

接过吕洞宾递过来的两瓶"女儿红"，我又露出了得意的笑。所谓的挚友，就是能直接揭穿你虚伪小伎俩的人，这孙子要是早这么痛快，哪用我废么多话！于是我也从怀里掏出了一把金丹。

"小道士，给你。"

"我靠！这么多？你不是说这东西吃多了不好吗？"

"那是济公修炼不到家，你是个道长，研究丹药的祖宗。老君的地方都不如你，应该注意哪些事项你还不清楚吗？装什么玉皇大帝啊，放心吃吧，不够了再来我这里拿。"

"悟空，以后我嗑药时低调点，你拿药的时候也低调一点，人家那么一老头辛辛苦苦炼点丹药也不容易，听说金丹老君几千年才炼那么一颗，百日咳就是炼丹时烟呛的。"

"我单纯的道长，你看到的只是表面现象。老头坏着呢，玉帝去炼丹房检查的时候，或许会亲手用扇子扇几下火，丹药平时都是两个小童炼。你以为老头的百日咳是炼丹才得的啊？错！

他是吃仙丹齁出来的。"

"原来是这样啊。这个老不死的真是我们道家的耻辱,枉我以前还尊称他一声老君,本道爷生平最恨人以强凌弱。"

吕洞宾此话不假,同情弱者是他的天性,正因如此,他格外地招女孩子喜欢。

记得有一次我们去找二郎神到银河游泳,结果正赶上二郎神虐待哮天犬。二郎神用他的金戟直接刺向了哮天犬的臀部,把哮天犬疼得直接从府上跳出了南天门。惨叫声震耳欲聋,响彻天庭(以前我一直怀疑凡间的地震是哮天犬吼出来的,直到洞宾拿出了权威的说法以后,才解开了我埋藏心中已久的疑团)!

吕洞宾当时很激动,拔出宝剑就刺向了杨戬。直到杨戬把吕洞宾的宝剑打断,吕洞宾才罢手。双方力战了足有三百回合。当时在旁边看戏的我兴高采烈。

"洞宾,你还是回府铸把比较坚固的兵器再来和三眼斗吧,靠这把剑你很难打赢他的。"听了我的话,吕洞宾也显得很气愤。

"打不过我也要打,三眼太欺负人了。"

"它不是人,只是一条狗,我的宠物而已。"

"那更不行了,你这算家庭暴力,等我铸好兵器一定再来修理你,下次来把你的第三只眼一起收拾掉,免得小爷见了心烦。"

"臭道士,你还来劲是吧?我什么时候开第三只眼睛,影响你了?"我看杨戬开始较真了,于是做起了和事佬。

"三眼,洞宾在和你开玩笑,别当真。"

"谁有工夫和他开玩笑！告诉你孙悟空,你个孙子也别装好人,再多嘴,等本道爷铸好兵器后连你一块收拾。"

结果可想而知,我和二郎神一起扒光了他的衣服,把他扔进了银河,并且拿走了他的衣服。

二郎神也是我在仙界为数不多的朋友之一。所谓不打不相识,我们的友情也是打出来的。记得若干年前,杨戬因为我给他起绰号向我宣战,也是在银河边上力战了三百回合,不过是我把他的银戟打断了。事后我找莫邪铸了一把金戟送给了他。

吕洞宾除了流眼泪在仙界首屈一指,裸奔也是出了名的,不过他同情弱小,威武不屈的个性也迅速传开。

当时,许多女神不但没有因他在银河里裸泳、岸上裸奔的事件疏远他,反而对他的遭遇表示同情和理解,说他是因为交友不慎才造成的。这还不算,有的女神还表示,看吕洞宾裸奔,简直就是一种视觉享受。"有好的身材,就不怕拿出来炫",一时间成了天庭的流行语。

以吕洞宾的个性,并不适合在天庭生活,像他这种放荡不羁却又艺术思维很强的神仙,更适合隐居。做一个像我师父菩提老祖那样的世外圣人,若干年以后,没准也能碰见一个像我这么聪明、出色的徒弟。一鸣惊人！这样评价自己会不会显得有些自恋? 应该没有那么严重,自信而已。

第一章

猪八戒
三打吕洞宾

天蓬大元帅！扰您金安！不胜惶恐！小神吴刚冒死书谏，虽然在仙界我只是一个资深的伐木工人，但身为天兵天将的一分子，理应为您效命，即使肝脑涂地也在所不惜。更何况大元帅还具备着一种为爱情矢志不渝的高尚气节让小人倾倒，所以大元帅在小神心中的偶像地位是任何人也无法撼动的。

今天，我终于鼓足勇气将一段鲜为人知的内幕真相大白于您，让您老不再受奸佞小人蒙蔽而贻笑大方。

元帅，还记得取经路上，玉兔假扮天竺公主的事吧？那些日子刚好嫦娥仙子想吃荤，而玉兔偏偏就得罪了仙子暗恋许久的孙悟空（小神想，这已经不是什么秘密），仙子非常生气，于是打起了玉兔的注意，当即命我燃篝火、准备晚上吃烧烤。

当时您来广寒宫找仙子求援的时候，小神正在后院备柴，实在无法脱身，因为仙子说了，等她回来的时候，火必须烧得很旺，否则她就在广寒宫再多栽上几棵树。如果真是这样，小神可能不是累死,而是绝望而死。最毒女神心啊,想必这您也有所体会。因此也就没能向您请安,万望恕罪。

元帅,您说我的命运怎么就那么坎坷?本来玉帝给了我一棵永远也伐不倒的树,就已经被神仙们评为了"仙界十大衰事件之首",比位列第二衰的"织女下凡被神牛泄密让凡人偷了衣服事件"不知道要衰上多少倍。即使这样老天似乎还是不甘心,给我出了道难解的谜题,连续下了数天的暴雨,连银河都涨潮了,所以我去哪里找干柴呢?干柴没有了,又如何生火?

当时我心想,难道真的让我吴刚绝望而死吗?也好,对我这种服刑的神来说,死也是一种解脱。但您也知道做神仙最大的悲哀就是想死也死不了,除非被更强大的神打灭元神或者天叫你死。那一刻,我突然好想做个普通的凡人。

天若有情天亦老!更何况我只是一个受了刑的神仙,正当我万念俱寂的时候,一阵清爽的西北风吹来了如雪花般飞舞的白纸,这白纸带给了我生的希望,而这白纸正是大元帅给仙子写的情书。

031

风越来越大,而飘扬的情书也越来越多,漫天飞舞,既像洒落凡间的雪花,又像六仙女组合(曾经是七仙女组合,后来排名第七位的仙女犯了色戒——也就是紧随第二衰织女的仙界第三衰"七仙女"服刑——宣布退出团体,七仙女组合也宣告瓦解)跳的天鹅舞,和云朵一起浮动。我欣赏这仙界罕见的奇景时,不禁感慨万千,这舞动的情书本来就应该是一缕灰烬……

元帅,知道小神为什么会有如此之感慨吗?因为每当你派人把信送过来,如果赶上仙子心情好或许她会看个开头,心情不好的话直接扔进纸篓,并且还给我留了话:"看着处理,不要留下痕迹。"她的话很明显,就是让我毁掉这些被她遗弃的信,而毁掉的最好办法当属烧掉。由此可见,仙子对元帅情书之厌恶。

我原本以为仙子绝情的态度会让您知难而退,谁承想,撼山易,撼元帅争取真爱决心难。有多难?难于凡人上青天!元帅的情书如火势,仿佛越烧越勇,铺天盖地地袭来,并且源源不断。刚好那几天仙界持续暴雨,小神也是得了元帅不少的实惠。

慢慢地,当小神烧到第100封的时候,良心已经难安。此刻小神又觉得,自己烧的并不是单纯的白纸,而是大元帅的真情告白和一片良苦用心啊!于是我便把大元帅的情书小心翼翼地收藏。烧掉的那100封忽略不计,截至您差人送来的最后一封情书(身为男神我明白,白纸意味着什么),小神共收藏大元帅情书9900封。

小神为什么会说烧掉那100封忽略不计呢?因为那100封情书,在烧之前我阅读了。开始的时候,小神一直克制克制再克制,对不起,大元帅,最终您如潮水一样的感情还是战胜了我的道德底线和残酷的天条底线(尽管小神知道偷看他人隐私要受到剜目的重罚,但好奇之心人皆有之,更何况对于我这样一个伐木工人来说有没有眼睛都一样。面前的树如此的茂盛,眼不见为净,正应了凡间流行的那句俗语,光脚的不怕穿鞋的,反正都要烧了)。翻阅了情书的内容,不看不知道,一看我心惊肉跳。

所有情书是有"情圣"之称的吕洞宾的笔迹。小神未犯法时经常与此神切磋书法,是不会看错的。吕洞宾确实是个才子,他的文章我也曾拜读过,飘飘乎如白云飞舞,大气乎如惊雷骤响,找他代笔当属明智之举。

但是令小神诧异的是,为何他所代笔的每封情书的内容都是 60%的错别字,20%的标点符号,剩下的 20%是他的名字。唯一和元帅有关的就是情书最后的署名,"猪八借""猪无能"那个猪字从没错过?另外小神斗胆问一句,大元帅的昵称叫作"猪头三"吗?这个称谓也在信中时有出现。

一开始,小神错误地以为,或许是吕洞宾因醉酒而一时糊涂吧,但是我又翻阅了几百封情书后,才知道原来封封如此,吕洞宾就是醉酒也不能持续醉了几百天啊,因此我敢断定这是个阴谋。

我至高无上的元帅大人!别说是心高气傲的仙子看了这种信厌烦,就连小神这种俗神看了也会觉得恶心(原谅我说话如此坦白),因此为了大元帅的爱情与声誉,为了小神自己的今天和将来,为了道德和正义的延续,小神再也不能坐视不管,今日趁仙子外出找观音娘娘切磋舞技之际,特将真相告知与您。

小神深知吕洞宾的后台是孙悟空,虽然像我们这些有志之神都十分鄙视他,可孙悟空的实力是有目共睹的。小神早已经把生死置之度外,小神死后,请元帅在小神的碑上题个字"忠诚",这样小神死也瞑目了。吴刚冒死敬上(只听说过女神守活寡,可男神守活寡老子可能是普天下第一个。我得不到的谁也别想得到,就让猪猴相争,两败俱伤之后,我坐享其成。哈哈哈哈……)!

天庭元帅府中,收到吴刚信件的猪八戒气得面色乌青,颈上青筋暴起。见此情景,和吕洞宾一直心怀芥蒂的参谋将军曹国舅顺势谏言。

"元帅大人,男神有两大仇恨不能忍受:1. 杀父;2. 夺妻。

当然您的干爹是玉帝，吕洞宾想杀也没这个本事。至于夺妻，抢你女人的是孙悟空也不是他。但是元帅，吕洞宾却属于你的第三种仇恨，他伤害了你最单纯的感情，欺骗了你最善良的心，侮辱了你无上的权威。

"是可忍，孰不可忍，如果元帅不给他点颜色看看，以后我曹国舅就再也没有能力做您的参谋将军了，老夫将退隐耕田。"

听了曹国舅的话，猪八戒反而冷静下来。

"曹大仙少安毋躁，你替本帅着想的心情，我能理解。这个阴险卑鄙的杂道吕洞宾，本帅何止要给他点颜色瞧瞧？依我的暴脾气，要将他碎尸万段，挫骨扬灰。你放心，吕洞宾抢走了你的心上人何仙姑，这个仇本帅答应了要给你报，就一定会给你报。不过我们得从长计议，你先给我分析一下吴刚把真相告诉我的企图。"

"元帅，据末将看，这个吴刚不但动机不纯，而且居心叵测。"

"哦，此话怎讲？"

"元帅不妨想一想，这封信哪里是什么谏言？分明就是一封举报信和自荐信的结合体嘛。如果是谏言，至少要说明怎么做对我们有利，并谈一谈他个人对待这件事的态度。

"这家伙倒也直接，全都是煽风点火的话。摆明了要挑起您和吕洞宾的事端，然后他隔岸观火，坐收渔翁之利嘛。另外他虽然旗帜鲜明地支持您，不过他的意图也十分的明显，暗示了他自己的需要，那就是要摆脱伐木工人的命运。吴刚明白解铃还须系铃人的道理，树，是玉帝下旨伐的，而您又和玉帝有着父子关系，所以他才会选择跟您合作。"

"等一等，吴刚怎么知道我是玉帝的干儿子的？"

"连您情书的内容他都能知道，这个小小的消息他怎么会不知道？凡间有句话，元帅应该不陌生吧？'不怕贼偷就怕贼惦记'。吴刚每天都在想着该如何摆脱伐木工的命运，所以对玉帝的事情他就格外地惦记。

"在伐木的工作上他没能做到干一行爱一行，但是窃取消息这方面他却做到了。您做了玉帝的干儿子已经公告于天下，连凡间的蚂蚁都知道，吴刚虽然被剥夺了自由的权利，可是他还有知情权啊。不然就是嫦娥仙子自言自语时被他窃听到的……"

"听你这么一讲，就难怪了。你继续。"

"另外的一种可能就是吴刚也喜欢嫦娥，但是他又清楚自己的实力，无法与元帅及孙悟空抗衡，所以怀着一种'宁可玉碎，不能瓦全，我得不到别人也休想得到'的变态心理。"

"言之有理，那你觉得本帅该如何是好？"

"末将只是负责分析，具体该怎么做，还是元帅自己定夺吧。"

"大仙，你之所以能在我手下干得这么长久，就是因为你很本分。其实该如何处理这件事本帅早已胸有成竹，想不想听听看？"

"愿闻其详，末将洗耳恭听。"

"信还是要给吴刚回的，就由你来代笔。你是知道的，有些字我还……否则也不会出现这么一场闹剧，被奸人得逞，让爱不翼而飞。这都怪我小的时候没和擅长文字的张天师好好学习啊！

"你就写，让他安心伐树，他说的事情我会处理。别的什么也不说，留点悬念，让他一边伐树一边去琢磨。不能这么快就让他回来，否则谁来替我监视嫦娥呢？"

"元帅如此甚好！可谓一石二鸟。"

"另外再帮我把吕洞宾带来，你和他讲，本帅要夜宴天河群将，请他在宴会上作为特邀嘉宾给这些仙班们讲讲长生之道和泡妞的技巧。你这次去请他，要和往常一样，不露声色，带上几瓶上等的'女儿红'，否则他会有所戒备。毕竟他也不是等闲之人。

"等他踏进元帅府之后，你就立即命令守卫关好府门，到时，我们天河的将士就可以一起做一次凡间的狗，好好地撕咬一下这个掠夺我单纯、欺骗我善良的臭道士。"

"妙，妙！末将马上去办。"

只是一盏茶的工夫，曹国舅已经来到了吕洞宾的八仙宫。

"吕道兄，在忙些什么？"

"没什么，在忙着写情书啊。"

"这次又是哪个仙姑如此幸运，被老兄看上了？"

"老曹，不带你这么挤对人的啊，仙界一共有几个仙姑啊？当然是何仙姑。"

"哦，那她真够幸运的。"

"说正事，是不是你家主子又要本道代笔写情书给嫦娥仙子啊？他可有日子没写了啊。老规矩，两瓶'女儿红'，刚好，我最近库存的'女儿红'不多了。写情书对我来说是小意思，保证信手拈来，片刻就好。"

"这个我相信，不过这次我家主人不是让你帮忙代写情书，而是要对你以前的真诚帮助略表谢意。这不，元帅叫我多带了几瓶'女儿红'，还特意交代，让你今晚务必赏光，到府上给天河的将士们做回辅导，教教大家写情书的要领。另外，元帅还为道兄备了一份厚礼，想给你一个意外的惊喜。"

"元帅真是太客气了，写情书只是我举手之劳，何足挂齿？烦曹兄转告元帅，他的好意我心领了，元帅府我就不去了。"

"那怎么可以呢洞宾，元帅还叫了许多美丽的仙女跳舞助兴呢。机不可失，时不再来哦。"

"老曹你也真是的，早说嘛，卖什么关子呢？我们马上就走。"

何仙姑啊，何仙姑！你真是有眼无珠啊！你看你爱上的是一个什么样的男神？曹国舅喃喃自语。

"老曹，你感叹什么呢？还不快走。"

"没什么，老夫只是在想，自古才子多风流啊！无论凡间还是仙界都一样，也难怪牡丹仙子、何仙姑等女神为你所倾倒。"

"哎！老曹你有所不知，如今的仙界是男神不坏，女神不爱，看你家主子对嫦娥那么痴情不是一样被冷吗？"

"对，对！"曹国舅偷偷地把吕洞宾的话记在了随身携带的小本上，但还是被吕洞宾发现了。

"老曹你不用记，随着时间和空间的推移，将来的爱情趋势是女神不坏，男神不爱。我刚才的言论，只是针对现阶段爱情现象。"

曹国舅有些脸红："洞宾我在写日记，你误会了。"

"老曹你可真有思想，在路上写日记，随想随写，有意思。也对，日记是记叙文嘛。"

听了吕洞宾的话，曹国舅的脸更红了。

顷刻间，二人已经来到元帅府。已不是第一次来这里了，面对森严的守卫，吕洞宾并不紧张，他迈着沉稳的步伐踏进了元帅府的大门。曹国舅使了一个眼色，守卫立刻关上了朱红漆色镶金大门。

"老曹，宴会不是等到晚上才开始吗？大白天的关什么门啊？"

"本来是想晚上再请你来着，谁想到你这么迫不及待啊，那么就把大门关上，挡挡光，营造一些该有的气氛！没事，客厅里有天灯能看清。"

"老曹，你想得可真周到。"

"非也，这是元帅本人的主意。他命令关门，是免得惨叫声传到不远处的大圣府去，扰了大圣爷的金安！"

"何来叫声？"

"你的！"

"此话怎讲？"

"每遇到美女的时候，你不都是放浪形骸，兴奋得大叫吗？"

"老曹，你又在说笑了。"

"吕兄，我没有，实话实说而已。请！"

"请！"

"元帅好！"

"本帅不好！"

"为何不好？"

"为你不好！"

"此话怎讲？"

"本帅是个武将,不善言辞!"

"那元帅意欲何为?"

"给吕道长松松筋骨。"

"不是吧元帅,大家都是神仙,没有必要玩儿得这么绝吧?再说你身为一个元帅用这种下三烂的手段把我骗来,就不怕天庭舆论界说你是卑鄙小人吗?"

"呵呵,吕道长,你还真提醒我了,天庭娱乐界我会注意封锁消息的,这个你不必担心。况且我这个真小人比你这个伪君子要高尚甚多吧? 你都不怕我怕什么? 枉我一直把你当作兄弟。Shit! 来人! 用捆仙绳把吕洞宾给我绑上,杖刑五十。"

"且慢! 你知不知道我和孙悟空的关系? 你干爹都要让他三分,你敢动我吗?"

"这个我当然知道,不过他不知道你代我给嫦娥写情书在里边加错别字的可耻行为吧? 今天本帅就是要替大师兄教训你这个奸佞小人。打!"

瞬间,吕洞宾的惨叫声响彻了整个元帅府。

"吕洞宾,你那千里传音的功夫就省省吧,在整个天庭,我元帅府大门的隔音效果是最好的。给我狠狠地打,打不疼他,本帅打你们!"

"猪头三,算你狠,阴阳倒转,十年河东,十年河西。"

"臭道士,少废话,本帅限你二十天之内交出三万瓶'女儿红',否则——"

"小爷只收了你两万瓶。"

"哼哼! 那一万瓶是利息。来啊,把他给我扔出去!"

吕洞宾回到府上,边疗伤边咒骂猪八戒,同时也在思索这事该如何对孙悟空讲。他想等伤痊愈后再讲，否则悟空看到自己的惨相，会忍不住冲动，直接就削他师父的(吕洞宾的府邸在东北的上空)，这样的话说不定悟空会背上一个背信弃义的骂名。毕竟猪八戒曾经是悟空的师弟是很公开的事情，所以复仇的事，还需从长计议。

幸亏自己是学道的，所以这点伤还没大碍，敷上特制的金疮神药，五天就能痊愈。这五天就去仙姑那里养伤吧，刚好那里的荷花已经盛开。一边赏花一边疗养，伤应该愈合得更快一些。事不宜迟，我得马上动身。

"徒儿们，备轿！"

"师父，去仙姑、仙子那里，还是去仙女姐姐那里呢？还是凡间……"

"我们去赏荷花。"

元帅府中愤怒的猪八戒似乎还不满意，于是把曹国舅叫到了身边。

"曹大仙，你猜测一下吕洞宾的伤，几天能好？"

"元帅，依末将看，如果是普通的神仙，杖责五十，至少要十天半月。但对吕洞宾而言，最多不过五天，也有可能是四天。"

"为什么，快说来听听。"

"元帅有所不知，杖责五十虽然能打得吕洞宾皮开肉绽，但是他精通道术、医术，特别擅长金疮药的炼制。元帅是否还记得八仙过海闹龙宫的事件？"

"怎么不记得？那件事是天庭'十大闹'事件之一(十大闹事件，孙悟空闹了五次，占总数的50%，并且占了前五个席位，八仙闹龙宫屈居第九)，还是本帅代表玉帝全权处理的呢。那次作为八仙之首的吕洞宾不也是被杖责五十吗？整整十天没来上朝。"

"他是装的。养伤他只用了五天，剩下的五天他和何仙姑到终南山度假去了。"

"你怎么知道的？"

"不瞒元帅，那个时候我正暗恋何仙姑，所以——"

"不用说了，曹大仙，跟踪和偷窥嘛本帅也有过，所以你当时的心情我十分理解。你继续说，为什么还有可能是四天呢？"

"谢元帅的理解。据末将分析，吕洞宾这个色狼肯定又到何仙姑那里疗伤了。而现在正是荷花盛开的季节，他赏过美丽的荷花后，心情大悦，那么伤口自然痊愈得就更快。"

"言之有理，那他养好伤之后又将会怎么样呢？"

"很显然，他一定会去大圣府找孙悟空。吕洞宾是个有心计，对自己人重情义又从不肯吃亏的家伙，他要报仇，这是唯一的途径。因为当今仙界，实力最强的神当属孙悟空。当然了，还有大元帅您。"

"孙悟空够狠我是知道的，我之所以敢动吕洞宾是因为我有证据，吴刚的这封信就是我们的护身符。如果信是假的，责任是吴刚的，我们和吕洞宾只是一场误会，说声对不起也就算了。如果这封信是真的，那么本帅打得其所，他孙悟空再狂，不是还有佛祖能降他吗？再说你真的以为孙悟空会为了一个区区的吕洞宾和本帅翻脸吗？"

"妙啊！大元帅真是玉帝投胎，佛祖转世！"

"好了，小心隔墙有耳，我再交你个任务。"

"请元帅吩咐！"

"从即日起,你开始计时,四天后,你在何仙姑的道观通往大圣府的'圣荷路'上设伏,把吕洞宾再给我绑回来。打五十也是打,一百也是打,本帅等他养好伤后再打五十,让他也尝尝生不如死的滋味。"

"哦,大帅!您真是当世之佛祖,今朝之玉帝啊!"

"不是说了吗,隔墙有耳。"

"大帅难道您忘记了,咱元帅府的大门可是全仙界隔音效果最好的,我们现在还关着门呢。"

"我们大门隔音效果好也得低调,知道不?不过你说得很对!我喜欢!哈哈……"

"洞宾,你知道吗?我真的希望猪头三再打你一次。"

"小何,你怎么会有这种荒谬的想法呢?他打我难道你不心疼吗?"

"人家的想法并不盲目,谁叫你平时总是冷淡我,只有受伤的时候才会想起我的存在?所以我希望你受伤,好让你这个'大情圣'有时间在我这冷清的道观短暂地停留,陪着我。"

"小何,我无时无刻不在想你,想着我们从前一起赏荷花的时光,想着我们在花前月下许下的诺言。你看,今天当荷花再次绽放,我不是又回到你身边来了吗?平日我不来,一是怕扰了你的清修,二是怕毁了你的声誉。"

"吕洞宾,你太多借口了!现在天庭提倡自由恋爱,你别想花言巧语欺骗我。男神里十个有八个不是好东西。"

"小何,那我就是剩下那两个之一。"

"那两个连坏东西都算不上,根本就不是东西。"

"小何,你说得对,我不是东西。其实前生我是一朵荷花,而你前生就是我的主人,后来你修道成仙弃我而去,于是我每天承受着想你的煎熬,任池塘里的污泥阴水蚕食着我的躯体,任天上的寒冰冷雨浸泡着我的心灵。终于我几个轮回的苦苦修行感动了上天,才变成了今天眼中只有你的吕洞宾,请你不要怀疑我对你的真心。"

"油腔滑调!不过我接受。走吧,我们一起去赏花。"

"不,我要看你!你比花美!"

"讨厌。"

"讨你喜欢,百看不厌吗?"

"嗯!洞宾,我有件事要拜托你。"

"元神出窍,在所不惜。"

"没那么严重。最近我又新收了几个弟子,她们想要你好兄弟孙悟空的亲笔签名。"

"没问题,小何,我还以为是什么大不了的事。别说是一个小小的签名,只要你开口,他的裸像我都给你拿来。"

"洞宾你真坏!"

"你不就是喜欢我的坏吗?来宝贝,让我亲一下。"

"不行,你的伤——"

"没关系,凡间有关云长下棋刮骨疗伤,仙界有我吕洞宾负伤吻仙姑止疼!"

"洞宾,你的唇怎么有淡淡的薄荷味道?"

"这多亏了悟空的金丹,我每天都在按时嗑,一会儿留给你一些。"

"洞宾,你真好!你确定伤真的没关系了吗?"

"皮肉伤而已,现在洞房都没问题。不信我们试试?"

"试就试,谁怕谁!"

四天后,曹国舅带着手下出现在了"圣荷路"上。

"曹将军,您说吕洞宾真的会走'圣荷路'吗?万一他从其他的小路迂回到元帅府呢?例如说'圣中路'或者'鹊桥'?"

"放心吧,本将军吃过的仙桃比你们摘过的都多,不会错的。如果不出我所料,日挂当空,普照终南山的时候,吕洞宾就会过来。因为他通常都是这个时候起床。"

"将军,如果何仙姑和他一起来我们该怎么办?"

"不会的,虽然现在仙界提倡恋爱自由,但是对于道家来说,最推崇的还是'德'。何仙姑在众仙姑当中也算是德高望重的一个,绝对不会冒这个大不韪而公开来送吕洞宾的。况且通常那个时辰,何仙姑都在睡懒觉。"

"将军真是太神了!"

"废话,本将军本来就是一个神仙,能不神吗?"

日挂当空,光照南山,只见吕洞宾悠然朝"圣荷路"走来,纸扇在手,诗句脱口:"曲径通幽处,赏花有佳人,谁有此艳福?千古第一神!看来这'圣荷路'真是人间的陈仓道啊,以后我再去大圣府还要多走一走这条路,这样我就可以顺便到荷花观赏花了。"

"好诗!好想法!吕兄每次疗伤回来都是如此豪情万丈,真令吾等凡神俗仙羡慕不已啊!"

"废话少说,你们还想怎么样?"

"吕兄您千万别误会,不是我们想怎么样,是我家主人想再送给您一个赏花会佳人的机会。来啊,捆仙绳伺候!"

吕洞宾又被杖责了五十,被守卫扔出了元帅府。刚刚愈合的伤口，又被活生生地震裂。此时的吕洞宾已经没有力气去咒骂猪八戒的阴险歹毒，是自己阴险在先，所以猪头歹毒在后。抚摸着元帅府的大门，吕洞宾不禁感慨万千。

这朱红色的大门究竟是什么材料做的，隔音效果如此之好？等伤好以后也把自己的府院装上这样一扇大门，这样一来，在家里动用点儿私刑，实施点儿家庭暴力，就不用担心曝光了。不过，这样的大门二郎真君府更适合。尽管自己十分同情哮天犬的遭遇，但是哮天犬的叫声实在太刺耳，想起来就让人失眠，别说听了。

"吕兄，一定很疑惑我们元帅府的大门隔音效果为何如此好吧？不妨告诉你，这扇大门的木材是资深的伐木工吴刚提供的。你想想，一棵永远也伐不倒的树提取的材料当然是永远都保持最完美、最持续的性能！"

曹国舅话一出口便觉得不妥，匆忙关上大门，退进了元帅府。

吕洞宾是个聪明人，但是他更需要一个有力的说法印证自己猜测的准确性。出卖自己的人果然是吴刚，不过以自己眼前的状况，走路都难，还说什么报仇？先爬回去再说吧。

退到元帅府中的曹国舅，当众把不慎出卖吴刚的事情对猪八戒讲了。

"曹将军，你真是聪明一世，糊涂一时，怎么能如此荒唐呢？本帅之所以能统领天河的十万天兵，并不是全靠干爹的照顾，那是因为本帅够兄弟，讲义气。虽然他吴刚不是什么好东西，但是他毕竟是我们的人啊！"

"元帅息怒，下官任凭发落！"

"大仙不必如此介怀,本帅的话是重了些,万勿见怪! 刚才兵将都在,而你公开向我禀报,说不慎将吴刚出卖,因此我只能大公无私,当面训斥你几句。其实吴刚早晚都要死,借吕洞宾的手除掉他再好不过。但不是在这个时候,现在这小子还有利用价值。"

书房中的猪八戒态度与刚才在大堂内截然不同。别以为猪八戒在看什么学问高深的书,他看的只不过是一本神仙版的连环画。

没想到这头猪还真是阴险啊! 看来本大仙也要小心提防。听了猪八戒的话,曹国舅暗惊。

"元帅我们如此做是不是有点——"

"管不了那么多了,正所谓无毒不丈夫。大仙啊,有很多的神都单纯地以为本帅官至天蓬大元帅肯定是靠干爹的关系才走上来的,其实也不尽然,本帅的独特整人手段也是居功至伟啊!"

"那是,那是! 元帅的铁腕手段和过人的智慧,小仙在八仙乐团时就有所耳闻。"

"听说你们八仙乐团很火嘛,有机会到元帅府演上几场音乐会,让弟兄们也体验一下高雅的艺术。你在乐队里充当什么角色啊?"

"元帅,我们八仙乐团开始组建时的确很火,尤其是音乐会现场,可以说是红透半边天。在凡间的世界里,那些凡夫俗子以为是自然现象,于是把我们的表演现场称之为'火烧云'。其实凡间的阵雨也不是什么自然现象,是我们热情的神仙观众朋友们看完表演后流下的感动之泪。"

"当然也有没演好的时候,观众们起哄砸场子,于是凡间就有了冰雹。在八仙乐团里,蓝采和负责打竹板,韩湘子吹笛子(也吹箫),汉钟离吹葫芦丝,何仙姑跳舞,张果老和铁拐李演杂技和魔术,我负责主持和诗朗诵。而主唱是吕洞宾。"

"后来呢?"

"后来仙女组合迅速崛起,最突出的当数七仙女组合,观众们渐渐地就忽略了我们。又过了几年,西方神起组合(西天取经成员,外界称之为西方神起)渐渐地成为观众们眼中的焦点,于是我们八仙乐团彻底淡出了仙人观众们的视线。八仙乐团从此土崩瓦解,名存实亡。即使我们没有瓦解,也无法来元帅府表演。"

"为何?"

"因为我们的主唱吕大仙还在路上爬行啊!"

"言之有理!哈哈……"

"八戒,什么事让你们主仆二人笑得如此开怀啊?"

"不知师父驾临,有失远迎,还望师父恕罪!"

唐僧的突然出现,还是让猪八戒颇感意外。虽然唐僧如今是堂堂的女儿国国王,但是想上一次天庭还是十分不容易的,应该花了重金买通了天师。

"不敢当,现在你可是堂堂的天蓬大元帅,又是玉帝的干儿子,而我只不过是一个区区的凡间女儿国的国君,又岂敢劳你大驾。"

"师父言重了。所谓一日为师,终身为父,您是仙人也好,凡人也罢,始终都是我最尊敬的人。取经路上师父对我关怀、信任、照顾有加,小徒不敢忘记!"

"好！我果然没有看错人，你还是如此的孝顺。是啊，百善孝为先。要是泼猴能明白这个道理，有你一半懂事就好了。"

"怎么师父，猴子又惹您老人家生气了？"

"那倒没有，只不过我听别的神说，他抢了你的女人，为师是在为你不平。"

"多谢师父关心，有了您的支持我有信心，也有决心把应该属于我的女人抢回来。师父，刚刚我打了吕洞宾。"

"什么？怎么回事？"

"曹将军你把事情的经过讲给师父听。"

"遵命，元帅。唐王，事情是这样的……"

"八戒，那吕洞宾现在何处？"

"应该还在路上，有问题吗师父？"

"拉回来再打！"

"为什么？"

"这样我们才有充足的时间去计划该如何应付孙悟空等人的报复。泼猴不按常理办事在三界可是出了名的。"

"师父高明，小徒怎么就没有想到呢？曹将军，马上去办！"

"末将遵命！"

什么样的师父带什么样的徒弟，本将军原本以为，猪头三已经歹毒至极，没想到秃驴的阴险比猪头有过之而无不及啊！情敌！主唱！大哥！看来你又要受苦了！呵呵。

"你们这群卑鄙小人，又捆我干什么？难道还没有打够吗？"

"吕兄你说对了，刚才是徒弟打，这次是师父。"

"曹狗，你说是秃驴？"

"正是，严格讲应该是老秃驴！"

"天啊,让我死吧!"

"吕兄,难道你不知道做神仙最大的悲哀就是想死也死不了,更何况您还是一个懂得长生之术的仙道呢。"

糟糕,一不留神,又把唐僧给出卖了。管不了那么多了,反正秃驴现在只不过是一个小小的凡人国王,何足惧哉?如果不是给元帅面子,本仙还想吃两口唐僧肉呢。算了,我还是把这个奢侈的念头藏在心里,当作一个愿望吧,既然做了神仙,就不要再想那些妖精追求的事。

"曹将军,吕洞宾晕倒了。"

"好!那就别打了,打一个昏过去的人估计他也没什么感觉了。你们几个把他扔到'圣荷路'上,会有人处理他的,去办吧!"

"遵命!"

呵呵,吕洞宾啊吕洞宾!泡妞是要下血本的,三界之中什么敌人最可怕?是情敌!

第二章

孙悟空
火烧高老庄

"小宾还疼吗？"

"不疼了宝贝。"

"可是我心疼啊。"

"你心疼什么，这不正如你所愿了吗？"

"讨厌！我只是开玩笑嘛，谁想到猪头三如此卑鄙呢，三番五次地暗算你。"

"三番就够了，绝对没有第四次，更别说第五次。已经有一个月没有见到悟空了，他会来找我的，他也肯定知道我在你这里。"

"为什么呢？"

"因为他知道我喜欢赏荷花啊！现在不是荷花绽放的季节嘛。"

"孙悟空要来荷花观，那真是太好了！这样我的弟子们就有机会和自己的偶像零距离接触了。"

"是你想他了吧！"

"吕洞宾，你找死！"

"小何你要是能真的打死我，我就谢谢你。"

"我才舍不得把你打死呢，打死你我等于自杀，本仙姑还没活够。小宾，我刚刚让昭君熬了一碗凤凰汤，你赶快趁热喝了吧。"

"小何，凤凰可是神鸟，是玉帝在仙界自由放养的宠物，吃它是犯天条的。"

"你就放心喝吧，我这是饲养的，不是野生的。"

"你早说啊！去，再找人给我炖一只！"

"不能再吃了，洞宾，你都胖了。"

"没事，再减肥嘛。再说，我胖一点，你不是更有安全感吗？过些日子我们去参加蟠桃会，你挽着我的手迈上雀绒毯多有面子啊！"

"不行，我可不想你胖得和猪八戒一样。"

"如果有一天我真的变成猪八戒你还会像现在一样爱我吗，小何？"吕洞宾显得很认真。

"我宁愿去死！"

"你的回答让我很感动，不愧是我的爱人，就是死也不能便宜猪八戒或像猪八戒一样的神。"

"不，洞宾，我实在不怎么喜欢胖子，没有什么其他的原因。"

"哎！你这个女神啊，做得真他娘的现实。"

"仙人不许讲脏话。"

"那是凡人对仙人的误解。仙人讲起脏话来比凡人更脏，因为讲脏话的仙人总是要比讲脏话的凡人更容易让人接受，凡人讲脏话叫作素质低下，道德沦丧，而仙人讲脏话叫作有思想、有个性、有魅力！悟空不就是敢和佛祖叫板才迅速蹿红的嘛。"

"那好，你娘的吕洞宾，把这个人参果吃掉。"

"小何你怎么骂人呢？"

"因为我想让自己变得更加有魅力呀。"

"这规矩只适用于男神。"

"去你娘的吧，想骗本姑奶奶没那么容易。"

"为什么，神学坏就像吃人参果一样容易，而学好却像人参果长成那样难。教坏你是我的责任，责备你我却不舍得。"

"好了，只不过和你开个玩笑嘛！我知道女神就应该像嫦娥姐姐那样矜持一点对不对？"

"不对，是要比她更矜持！"

"哇，你他娘的也太贪心了吧？"

"除了撒谎，贪心也是男人的专利。不，应该是权利，因为现在贪心的女神也越来越多。"吕洞宾这样思索。

"禀仙姑，有客人到。"

"是不是大圣来了？快请到茶厅！"（傻妞，要是大圣爷来了，我们早就忙着要签名去了，哪还有工夫向你禀告）

"不，仙姑，是牡丹仙子。"

听到了这个消息，吕洞宾很兴奋，到底还是牡丹更爱我，其他的女神为了自己的矜持形象都不曾现身。

"她来干什么？"

"禀仙姑，说是来赏花。"

"她牡丹园的鲜花还少吗？"

"毕竟品种单一嘛。"吕洞宾怕何仙姑回绝,连忙开口表明态度。

"吕洞宾,你不是说最爱我吗,怎么帮她说话?"

"没错,我是最爱你啊,不过你也不能太自私啊。"

"吕洞宾,你个王八蛋,今天牡丹仙子休想踏进我荷花观半步!"

"好,你竟然真忍心骂我!以后我就是被打得筋脉尽断,也不会再来这里。"

"小气鬼,我是在开玩笑。牡丹仙子是我的好姐妹,我怎么会生她的气呢?男神有个三妻四妾是再寻常不过的事情,何况你这么优秀的男神。"

"小何你真是太令我失望了,你要知道我今生永世最爱的人只有你一个,你竟然这么轻易地把我拱手与他人分享?我要走,再也不回来了,真伤心。"

"吕洞宾,不带你这么欺负人的,不要拿我爱你当筹码来恐吓我。"

"好了小何,我知道错了,还不快把牡丹妹妹请进屋里喝茶。"

"哦,我知道了。洞宾你真是坏死了。"

吕洞宾露出了灿烂的笑容,伤口也在迅速的愈合中。

"姐姐的荷花真漂亮,和你人一样的美。"

"那是因为我有你这么美的妹妹。近朱者赤,近墨者黑。"

"你们两个都很漂亮,我幸福死了。"吕洞宾的总结,令两个女神仙同时脸红。

"太酸了啊道兄,这么梦幻的事情也不叫上我,知不知道俺老孙都要寂寞死了。"孙悟空像往常一样一脚踹到了正在左拥右抱，悠然赏荷花的吕洞宾的屁股上。

只听咕咚一声吕洞宾直接掉进了荷花池，又是咕咚两声，何仙姑和牡丹仙子也先后跳下去营救。看到这种大场面，孙悟空当时就蒙了，不禁感叹道："太壮观了！"

吕洞宾刚刚愈合的伤口，被孙悟空活活地踹开了，面对着床上疼得龇牙咧嘴的吕洞宾，悟空很愧疚。

"洞宾对不起，我不该踹你的屁股。"

"死猴子，我可是遍体鳞伤啊，什么地方你也不应该踹啊！况且你那一脚太突然了，对我来讲简直就是飞来的横祸。"

"给，这个效果更好！"孙悟空从怀里抓了一把晶莹剔透的丹药。

"悟空，这不会是传说中的钻石丹吧？"

"正是！"（钻石丹乃佛祖才能享用的仙丹，是丹药的终极版）

"佛祖怕我闹事，于是就经常给我一些丹药安抚我。其实佛祖也多余，如果没人惹我，我没事闹什么事呀。"

吃了钻石丹后吕洞宾的伤痕竟然不翼而飞，并且肌肤变得更加滑嫩，把一群追逐时尚的女仙羡慕得赞叹不已。

"悟空，以后你这孙子没事尽管来踹，有了钻石丹小爷再也不怕皮开肉绽了。对了，大家都想要你的裸像当作纪念呢，那你就给大家秀一段呗。"

咕咚！吕洞宾这次又被踹进了深不见底的荷花池中，这次他抓住的是一片荷叶。记得上次自己和三眼把他扔进银河的时候，他是抓住了银河边上的一棵仙草才得以脱身。

当吕洞宾被二位仙女再次救上岸时，呼吸明显已经很微弱。

　　"谁来做神工呼吸？"孙悟空大声地呼喊。趁何仙姑举手示意的空当，牡丹仙子的香唇已经印在了吕洞宾充满光泽、富有弹性还挂着晶莹剔透水珠的性感薄唇上。

　　她的这一举动引来了周围一群小道姑的惊呼，吕洞宾不但是何仙姑的梦中情人，也是她们心中将来择偶的对象。也难怪吕洞宾除了"情圣"这个金字招牌以外，还是三界当中唯一的一个可以自由出入荷花观的男神。

　　等吕洞宾醒来之后，发现自己除了一身的水渍以外，再无其他。我的可爱女神们都去哪里了？原来大家都簇拥着孙悟空要签名。

　　"神仙也难免会见异思迁啊，难怪我心爱的她会离我而去——"想到她，吕洞宾一阵心酸涌上心头……

　　听完了吕洞宾受伤的原委，孙悟空想直接奔向元帅府，被吕洞宾劝下以后，他却拉着吕洞宾来到了高老庄。

　　而高老庄里并不平静，高小姐的现任丈夫正在对貌美如花的高小姐实施家庭暴力，在空中停留了片刻的悟空和吕洞宾已经知道这次事件的起因。

　　原来高小姐的男人是庄里一个高大俊朗的屠户，但是这个屠户，却是个性无能。虽然他是个性无能，但是思想却十分健全，特别地爱吃醋，即使高小姐和异性家丁说句话，都会遭到屠户的谩骂，甚至毒打。而不巧的是，今天高小姐去集市上买花，和一个卖花的异性大爷付钱时，说了句话，刚好被在集市上卖猪肉的丈夫碰见，就这样，可怜的高小姐悲剧了。

"你个贱人，我叫你背着我和陌生男人说话，我今天打死你！"

"你打吧！你打死我好了！早知道是这样的结果，我还不如当初选择和猪哥哥在一起呢，至少他懂得疼我、关心我。"

"贱人，你还敢说？就知道你还想着那死猪妖！"

"你胡说，我猪哥哥的真实身份是天蓬大元帅。"

"去你娘的，老子的真实身份还是一个屠夫呢，专门宰猪的！"

"洞宾，今天的凡间晴空万里，挺适合放火的。"

"悟空，你说得对，我想我们这样做，对高小姐来说也许是个解脱。"

"是啊，与其让她活着在凡间受虐待，还不如送她早点超生，来世嫁个好男人或者别再做人。把这个屠夫来世度成妓女，让他也尝尝受人凌辱的滋味。太不像话了，大晴天打老婆。"

"悟空，阴天也不能打老婆呀。正常情况下，男人根本就不应该打女人，更何况是老婆，男人的天职就是呵护老婆。"

"这就是你做得了情圣，而我却做不了的原因。好了我们办正事吧。"

悟空吐了一口火，瞬间，高老庄一片火海。而火海中高小姐夫妇还在战斗。

"哈哈，天意啊！你生是我的人，死是我的鬼，你和那死猪妖再也没关系了。"

"杀猪的，既然是天意，我只有来世再和猪哥哥相会。今生你虽然得到我的人，却无法得到我的心。"

"悟空，你看高小姐也算是一个痴情女子，看她如此痴情，我们饶她一条性命吧。"吕洞宾动了恻隐之心。

"就算是现在把她救出来，也香消玉殒了。你以为猪无能会像高小姐一样痴情吗？如果会的话，庆功会上他为什么不求佛把高老庄移到天上去？况且高小姐也不是真的痴情，只是有些后悔而已，在取经的路上她已经判了猪头爱情的死刑。所谓好马不吃回头草，看来她也不是什么坚贞的女子。"

"既然如此，那你就再吐一口火吧，这样烧得干脆。"

"一口火已经足够了，想当初我一口火就烧掉了凡间的一片原始森林。"

"悟空，那以后仙界再组织大型篝火晚会，你又可以大放异彩了。"

"No，我的火也不能随便放，不然的话，火德星君该不乐意了。这次如果不是你受辱于猪头三，本圣才不会轻易地施展这项技能呢。为了你，我愿意！"

"靠，你别肉麻了行不行，看你替我出了这口恶气，我的心情格外放松。这样吧，晚上我请你吃烧烤。呵呵，你的天火又派上用场了。"

"烤什么呢？"

"我向小何要上几只人工饲养的凤凰，然后再从银河的中央捞上几瓶冰镇的'女儿红'。不过悟空，你要是能向嫦娥仙子把玉兔要来，那就更完美了。"

"你干脆说把猪头也抓来烤算了。"

"你别提他，我嫌他恶心，你把他烤好了我都不吃。"

片刻的工夫，曾名噪一时的高老庄化作了一片灰烬，一股青烟直冲云霄。

元帅府内，曹国舅衣衫不整，直冲殿堂。

"启禀元帅，大事不妙！"

"曹大仙，我问你个问题。"

"元帅请讲。"

"天能塌下来吗？"

"回元帅，不能。"

"那你慌张什么？堂堂的一个参谋将军在元帅府里大呼小叫，成何体统？等本帅先去小个便，有什么事回来再说。"

"可是元帅——"

"曹将军，难道没有听清楚本帅说什么吗？一切等我回来再说！"

"元帅，高老庄——"

"闭嘴，如果你再多言，军法从事！"

"曹将军，你就别多言了，你又不是不知道元帅的脾气。"左右轻声相劝，曹国舅只得言罢。

七个时辰过后，猪八戒一脸豪迈而归，长长地吁了一口气："人神最爽的事莫过于尿急后，能够及时地开闸放水！"

"元帅，即使您放的是圣水，也浇不熄高老庄的一片火海了，因为元帅的小便实在太绵长、太持久，整整七个时辰！"

"曹将军，你说什么？高老庄出什么事了？"

"元帅，高老庄被人烧成了灰烬，大火足足燃烧了七个时辰，刚好您小个便的时间。"

"混账东西，为什么不早点告诉我？"

"元帅刚刚便前是您不让末将说的。"

"唉，天啊！都怪本帅尿急，我那温柔贤惠的高小姐，你怎么忍心弃我而去呢？是谁？究竟是谁如此狠毒，竟然想到火烧高老庄？烧了高老庄，等于高小姐的魂魄直接就被超度，再也找不回来了，而我们真的只有天人永别了！"猪八戒泪如雨下。

"想不到猪也流泪！"

"曹将军，你有所不知，猪急了还上树呢！"

"天庭里哪有那么多树可以上啊？"

"怎么没有，蟠桃园里至少有几万棵，更何况广寒宫中还有一棵永远也伐不倒的树呢！"

"那倒也是！"曹国舅和左右趁猪八戒伤心的空当嘀咕着。

曹国舅稍微整理了一下衣服，走到黯然垂泪的猪八戒身边。

"其实元帅不必过分悲切，高小姐乃是肉体凡胎，总有一天会下地狱的。"

"胡说八道，高小姐有本帅这层关系，难道将来没有机会上天堂吗？"

"元帅所言甚是，但是人死不能复生，请大元帅节哀顺变，而今我们的当务之急就是把这次纵火行凶的人找出来。"

"曹将军，此刻本帅的内心世界已经天崩地裂，心被一寸一寸地撕成了碎片。一个人最大的悲哀莫过于爱的离开，而本帅失去的是爱的源泉。"

"元帅对高小姐真是情深意切，但是您千万要保重金体呀！难道您想高小姐不明不白地屈死吗？难道您忘了取经临行前高小姐送您那套丝绸汗衫了吗？"

"本帅怎么会忘记呢？那件汗衫是高小姐留给本帅最浪漫的回忆，尽管如今本帅已经恢复了完美身材，仍是不忍心把它遗弃。前些天本帅还拜托织女把它改成了短裤，准备当睡衣穿，可是谁承想，短裤刚刚做好，但我已经失去了送短裤的伊人。为什么，这到底是为什么？为什么我的干爹都已经是玉皇大帝了，还让我遭遇如此的痛苦？"

"元帅，道理很简单，就是玉帝也有他的痛苦。三界之中每个人都有痛苦，痛苦是不可消除的。无悲无苦无喜无乐那是佛，但是佛只能有一个。

"末将能体会你此刻的心情，但是任凭高小姐如何的难得，她也只不过是一介凡人，而且已经是残花败柳。况且据末将所知，就在您取经出发的当天，高小姐就另择配偶，所以依末将看来，实在不应该为区区一高小姐而把自己搞得狼狈不堪，精神颓废。"

"放屁，死的不是何仙姑，你当然说得轻松了，你懂得什么是爱吗？爱一个人不是生生世世在一起，而是虽然高小姐嫁给了别人但心里却想着本帅。爱一个人不是赤裸裸的占有，而是本帅欣然去成全、祝福她过得好，而当她需要本帅的时候，甘愿为她挺身而出，不惜付出生命的代价。"（靠，难道本将军不知道吗？何仙姑和吕洞宾都同居那么久了，本将军不是一样爱她如故吗？）

"元帅教训的是。方才元帅的一番爱情真谛，让我的爱情仿佛被西方的《圣经》洗礼，使我对爱的真正意义也有了更深一层的认识。而元帅和高小姐的生死恋情，早已经超越了西方的罗密欧与朱丽叶。"

"曹将军，我们东方的神信的是道教，与西方的基督教是水火不容的。虽然你的比喻很恰当，但是也要慎言，特别是出了元帅府。"

"末将遵命，因为小神钦佩大元帅对真爱之独到见解情难自禁故有所失态。毫不夸张地说，元帅刚才的一番真爱见解，就算情圣吕洞宾也望尘莫及！"

"经典都是这么被逼出来的。什么情圣？只要多失恋几次，每个神都可以被称作情圣！"

"天兵、天将听令！随我去高老庄上空封锁现场，我亲自勘察。本帅倒要看看是谁胆敢在元帅头上放火，究竟是谁抢走了我的至爱？如果真的是吕洞宾等人报复，本帅定会叫他们血债血还！"

曹国舅心里暗爽，这样最好不过！

第二章 孙悟空火烧高老庄

猪八戒
血洗花果山

"悟空,这次火烧高老庄,我也算大仇得报,还多亏了你的天火啊,为了这把火。我们干一杯!"

"犯错是要付出代价的!这还不算完,我还要收拾曹国舅,因为我最恨阴险的小人,背后议论他人是不道德的行为,而背后怂恿人则是最无耻的行为。我可以原谅他无知,但是我不能原谅他无耻。"

"悟空,你的报复心怎么变得这么强了?"

"实不相瞒,这就是我原本的性格。如今没了秃驴的紧箍咒的约束,我当然要做回我自己。自私是每个人神的共性,我也不例外。"

"可是悟空,自私是一种不道德的行为啊。"

"只要不触犯天条,那就是道德。"

"悟空,你的心里能不能阳光一点?"

"怎么阳光?我的心里早已充满黑暗,当紫霞仙子为我燃起的那簇爱情之火熄灭之后。"

"嫦娥仙子的月光不是又把你的心照亮了吗？"

"尽管如此，但是她却无法给我那份难得的炽热。如果爱没了激情，就不再是爱情，而是感情。感情的深浅取决于时间的长短，和感觉没有关系。"

"但是感情是爱情的基础啊？我看你还是找个喜欢你的人吧。"

"错，和草屋相比，我宁可选择没有地基的空中楼阁。因为你追求的是生活，我追求的是生活中的浪漫。"

"或许你说得对，悟空。也许一个神的心中只能有一个宝贝，而这一点你做得比我好，我就无法做到心如止水，不然她也不会离我而去。"吕洞宾显得很黯然。

"来，喝酒！一会儿咱还有正事要办。"

"悟空，你要教我两招。你是知道的，阴人的事情我可没你在行。"

"靠，怎么说话呢？那叫计谋。现在猪头和曹狗正在勘查现场，迫不及待地想知道纵火的主谋是谁——剩下的就不用我教了吧。"

"悟空，你他娘的思维怎么就如此敏捷呢？"

"因为小爷属于灵长类。要不明天我跟玉帝说说，把你也划到我们族吧。"

"算了，我可无福消受，不过领着我的情人们到你的花果山度个假倒是可以考虑。"

"那你得带足了香火钱，花果山圣地，不是你这种俗神想去就能去的。"

"孙悟空,你奶奶的,土匪当惯了是吧?要银子休想,要酒倒是有几壶。"

"小爷开玩笑呢。你吕大道长能屈驾我花果山,让我那班猴子猴孙欣赏下你的仙容,就已经是它们几世的造化了。等我们把这件事摆平以后,小爷亲自做向导,带着你和你的众爱妾们去花果山观光旅游。"

"那你一定要把嫦娥仙子也带上哦。"

"必须的!"

喝完最后一杯酒,吕洞宾只身来到了元帅府。

"启禀元帅,吕洞宾求见。"

"靠,他还敢来,看来是又皮痒了。赶上本帅心情不好,算他倒霉。传他进来,顺便关好大门!"

踏进大门之后,吕洞宾显得气定神闲。

"元帅别来无恙。"

"废话少说,你是不是还酒来了?"

"酒倒是没有,但是本尊知道一件让元帅觉得更感兴趣的事。"

"呵呵,吕洞宾,你真是心比天高、胆比山壮,竟然敢跑到元帅府来调侃本元帅。你也算是前无古人,后无来者了。看来你是又耐不住寂寞,需要本帅给你特殊理疗了?"

"猪无能,你别恐吓小爷。告诉你,本道爷今天是从人道主义出发才赶过来的,难道你真的不想知道高老庄纵火的元凶是谁吗?"

"什么?你知道纵火者是谁?哼,就算你知道是谁,又怎么会轻易地告诉我?说说你的条件吧!"

"其实我的条件很简单,纵火的人是我的情敌,只希望元帅抓住他之后将他碎尸万段!"

"这么说你是在利用本帅了?"

"非也,我们是相互利用。"

"你倒是很坦白。这样吧,你告诉本帅元凶是谁,让你免还一半的'女儿红'。"

"元帅可真是大度!"

"当然,宰相肚里能撑船,本帅的肚子里撑得的是挪亚方舟。"

"不,元帅的肚子里盛的是整条天河。"

猪八戒琢磨,这吕洞宾不愧为八仙之首,奉承人的功力可见一斑。本帅被他这么一夸,还真他娘的够劲!要是能把吕洞宾拉拢过来为自己所用,那本帅日后的日子不是过得更多彩了吗?

"道长过奖了,'女儿红'不用还了。"

"就是因为我将要告诉元帅谁是纵火者?"

"不,是因为道长的文采飞扬,本帅求才若渴。"

"元帅身边的曹将军,可是神中龙凤呀!"

"尽管如此,曹将军只是我的一只左膀,本帅还差一只右臂。"

"元帅,我要把你的左膀带走,纵火者他认识!"

"吕洞宾你不要含血喷人,本将军光明磊落,上无愧于元帅,下无愧于高老庄高小姐。"

"曹将军你少安毋躁,吕道长只是说你认识纵火者,并没有说火是你放的,你就跟他走一趟吧。刚好你们八仙之间,也能交流一下感情。"

"元帅所表现出来的诚意真是让贫道感激涕零。既然如此，本道也在这里明确表态，今后我与元帅化干戈为玉帛，如果元帅不计前嫌的话，以后您再写情书，我免费代笔。"

"道长见笑了。当初是本帅太懵懂，以为爱情只要一个人执着就可以了，到后来我才明白，爱情除了执着地追求以外，还需要两情相悦。如果情书是孙悟空写的，嫦娥还会在乎错别字吗？根源就是嫦娥对我零感觉，所以错不在你。但本帅尚有一事不明，道长为何不直接告诉我纵火者是谁，却要带走曹将军呢？"

"元帅多虑了。您有所不知，纵火者来头不小，本事惊人。曹将军身为我八仙成员，万一有天此事败露，只能说明我们是唠家常的时候不慎说出，于情于理纵火者都不会把我怎么样。虽然我想为元帅尽上一份绵薄之力，但是也为自己留条后路啊！"

"既然是这样，本帅就放心了，曹将军你也放心吧。"

"哼哼，本将军这一去恐怕是再也回不来了，元帅你保重。"

"曹将军言重了！本道向元帅保证，绝对让你毫发无损、一生平安！"

"吕洞宾，就一句话的事，你有必要搞得如此麻烦吗？"

"曹将军，勿以善小而不为啊。"

"靠，你别装了，告密也算是善举啊？"

"曹将军所言极是，告密属于小人之辈。既然如此，本道告退了。元帅请您原谅，吕某虽然不才，但实在不想做一个奸佞小人。先告退了！"

"吕道长莫怪，这都是本帅治军不严。曹将军，本帅现在命令你立刻与吕道长同去。无须多言，否则军法从事！"

"遵命！"

曹国舅不得已与吕洞宾离去。

离开纵火现场，吕洞宾仰天长叹！

"不知道兄台有何心事，叹息声如此绵长悠远！"

"曹兄，有两件事才让本道的叹息声如此的性感。首先，今天我终于弄明白了凡间的人们为什么总会把愚蠢到极点的人和猪联系起来。其次，有什么样的事情能比伤害曾经伤害过我的人更为痛快呢？"

"道兄此话何意？"

"呵呵，看来曹兄是在猪八戒手底下当差当久了，也染上了猪的性格，那么本帅就通俗一点讲吧。猪八戒够蠢，而你够衰，你可比我可怜多了，没有上好的丹药治疗，更没有舒适的疗伤场所。最可怜的是本道可没你那么婆妈，分批打了三次。我准备一次到位，打到你休克为止。哈哈哈哈……"

"吕洞宾你敢！你已经向天蓬元帅保证过我毫发无损，更何况本将军可是天庭命官。你动私刑，就不怕触犯天条吗？"

067

"先把你的哑穴封住，这样猪头就听不见你的千里传音了。另外，本道绝对不会食言，因为哮天犬从来都是啃骨头不啃头发的。"

曹国舅毕竟不是身为八仙之首的吕洞宾的对手，不但被封了哑穴还被吕洞宾封在了道袍的口袋里，同时吕洞宾的口袋里还有一只饿了一天的哮天犬（是吕洞宾来之前向二郎神借的）。不让哮天犬吃东西，是二郎神的主意。

一个神仙最大的痛苦莫过于被哮天犬咬还不能喊疼，而且没有机会注射狂犬疫苗。但哮天犬毕竟不是一条普通的狗，而是一条神犬，应该没有狂犬病，否则的话，悟空早就中招了。

第三章　猪八戒血洗花果山

大圣府内,哮天犬的叫声有些声嘶力竭。

"洞宾,可以了,把他放出来吧,再这么咬下去,我的定海神针就派不上用场了。"

听了孙悟空的话,吕洞宾施了一个咒法,遍体鳞伤的曹国舅从口袋里滚了出来,满嘴的鲜血还沾着几撮狗毛,不禁让人联想到哮天犬的强悍。可是等了半天,也不见哮天犬出来,没有办法吕洞宾只好扯破了口袋,可怜的哮天犬却像一摊泥一样,奄奄一息了。

原来在回来的路上,除了哮天犬在用力地猛咬以外,曹国舅也没有闲着,哮天犬声嘶力竭地叫,除了累还有疼。曹国舅那满嘴的鲜血原来是狗血。事实证明,把人或神逼急了,他是会咬狗的。

"悟空,赶快把你的丹药给哮天犬吃几颗吧,否则它挂了也不好向三眼交代。说是曹国舅咬的,三眼指定不信,说不定他还以为是我们想吃狗肉火锅找的借口呢。"

"有道理,不过你得先给它做神工呼吸呀——"

"去你师父的。"

吕洞宾指着靠在如意金箍棒上的孙悟空坏坏地问遍体鳞伤的曹大仙。

"曹国舅,你认识他吗?"

"认识,他是大圣爷。"

"不不不!我就是你们要找的那个纵火犯,吕洞宾的同谋,五百年前大闹天宫的妖猴。"

"大圣爷,您就饶了小神吧,只要您不打得我元神出窍,我什么都答应你,包括取了猪八戒的猪头。"

"曹将军不一向自命清高吗,今天怎么卖主求命呢?"

"大圣爷,神不为己,天诛地灭呀,况且猪八戒那么没有脑子,死有余辜。"

"曹将军,这么说就是你的不对了,他再怎么没脑子毕竟还是我师弟呀。你怎么能当着师哥的面骂师弟呢?该打。"

悟空的金箍棒如狂风骤雨棒棒落在曹国舅的身上。此时的曹国舅早被吕洞宾点了哑穴。

"洞宾,我打累了,你来。"

"悟空,这么打下去太没有创意,我突然想到一个好点子,要不要试试?"

"试就试,又不是打我。"

"你的如意金箍棒最小不是可以变成绣花针吗,那么你就把它变成最小吧!"

悟空心领神会,把绣花针递给了吕洞宾。

"曹将军,刚才悟空可能把你打疼了,那么现在就由本道用'千疮百孔针灸法'为你疗伤吧。虽然你现在讲不出话来,可我知道你的心里一定会很感激我,但是本道做好事从来不需要回报——"

"悟空,我也累了,你看曹国舅也被扎得休克了,如何处理?"

"他 N 个轮回才修成了正果,我们就看在他艰苦卓绝的修行过程的份儿上,放他一条生路,贬他到凡间吧。"

"万一这个消息传到猪头那里该怎么办?你要知道凡间可是个能诞生奇迹的地方。"

"猪头喜欢奢华,早已厌倦了凡间的生活,所以他绝不会轻易下凡的,况且我们把曹国舅压在凡间的珠峰下面,那里人迹罕至，有谁会知道呢？"

"要是一会儿猪八戒来寻人该怎么办？"

"你就说曹国舅害怕遭暗算，半路逃跑了。反正死无对证，你怕什么？"

"问题是曹国舅没有死呀。"

"洞宾，凡事不能做绝。曹国舅的确可恨，但也是由爱生恨，产生了自私的占有欲，罪不至死，更何况我们的大仇得报，放过他吧。"

听了孙悟空的话，吕洞宾转身一脚就把曹国舅踹到了凡间的珠峰下。只听咣当一声，又有一座活火山喷发了，落了曹国舅一脸火山灰……

孙悟空，你个妖猴够狠，佛祖用五指山压你，你竟然反过来让臭道士用珠穆朗玛峰来压我！哼，你让我痛苦，我要让你痛哭！只不过现在的自己哑穴被封，而且肩负巨石，又如何把这个消息传递给远在天宫的猪头呢？曹国舅转念一想，我还不如猪头呢。既然来到珠峰我就鸿雁传书（鸿雁，一种专为神仙传递信件的神鸟，多被用于男神与女神情感沟通的工具，被誉为"爱情桥梁"，有"飞翔的月老"之称）。

所谓智者千虑必有一失，谁都知道凡间的珠峰人迹罕至，但是人们却不知道这里却是鸿雁的家。普通的大雁都是喜欢到温暖的地方生活，啄着北方的春泥到南方过冬，而鸿雁却与众不同，它有两个家，夏季的时候到赤道生活，冬季的时候到珠峰栖息，就是因为它有这种耐热抗寒的品质，所以才能上天、遁地、下海，成了神的信使。

而此时刚好有一群鸿雁从曹国舅的面前经过，并且不约而同地停在了他面前,原来这群鸿雁是元帅府的常客,猪八戒给嫦娥写的一万封情书,它们至少传送了五千封,因此这群大概五十只左右的鸿雁,每只都至少传送了一百次以上。送情书如此重要保密的事情,负责与鸿雁沟通的恰恰是曹国舅,因此曹国舅和这群鸿雁早就是莫逆之交,具体熟到什么程度,甚至一个眼神就能听懂彼此的心声。

没几分钟的工夫,猪八戒就带着天兵天将来到曹国舅的面前。他双手一合施展"大力金刚解",瞬间解开了曹国舅的哑穴。听完曹国舅道清原委以后,猪八戒顿时脸色发黑,面部明显扭曲。

"曹将军,你自幼熟知天文地理。可知道这珠峰离花果山有多远的距离?"

"回元帅,不过一盏茶的工夫。"

"那好,鸿雁,传我口信,调十万天兵攻打花果山。曹将军先委屈你一下,等本帅算完这笔血债,再求玉帝降个法旨救你出来,你知道本帅的法力还不够。"

其实猪八戒有自己的盘算,珠峰是区区吕洞宾降的法旨,他当然能解印。血洗花果山是一件非常棘手的事情,把曹国舅放出来对自己将会有很大影响,把他压在这里省得杀他灭口,也算是不枉主仆一场。

曹国舅此时又何尝不知道呢。此刻他在想,等有朝一日重获自由,一定不再当搬弄是非的小人了。小人必遭天谴。奴才能做也不做了。如果无可奈何非要做,也要选个好主子,否则辛苦一辈子,到头来贱得一文不值。

"元帅,下令吧!"

"好,众天兵天将听令!对花果山我们要施行'四光'政策——摘光,抢光,杀光,烧光。花果山的水果可比我们仙界的新鲜多了,本帅西天取经时曾有幸吃过。今天大家就当来这里野炊吧!"

猪八戒一声令下,十万天兵天将如潮水般涌向了有着世外桃源之称的花果山。风声水声哀号声声声入耳,雷声火声谩骂声声声震天。

"洞宾,你看今天凡间怎么这么热闹,又过新年了吗?"

"不一定,也可能是凡间的某个皇帝又在选妃,或者某个超级财主的儿子娶亲。我们两个好久没下凡了,今天下去看看热闹吧,凡间的确好久没这么大动静了。"

"我不去,过几天就是小娥的生日,我要做充分的准备。"

"我们也不能因为自己心爱的女神就放弃生活呀,走吧悟空。"

孙悟空很不情愿地与吕洞宾奔向了南天门……

看到眼前的惨状，吕洞宾简直难以置信。昔日山水相依、鸟语花香、硕果累累的神仙洞府花果山今日已是满目疮痍、惨不忍睹。

满山的猴子抱头乱窜，数不清的水果漫山滚动。正在忙着放火的天兵天将们看到孙悟空的突然出现，一哄而散。猪八戒的军令再也无人理睬，他的呼喝好像是谁不小心放的一屁，因为这些天兵天将们知道猪八戒不一定能活过今天。

其实就连猪八戒自己也没想到，孙悟空的威力竟然大到如此地步。他一时僵在那里，手中吃了一半的甜瓜也来不及放下。

"大师兄，我——"

"好，在这种情况下，你还能叫我一声大师兄，那我就饶你一命，等我心情不好的时候再取你猪头。死罪可免，活罪难逃。今日我不教训你，就对不起死去的猴子猴孙。"

都不容猪八戒张嘴，孙悟空的金箍棒已经落在他的身上。只听一声闷哼,猪八戒的鲜血喷出丈远。孙悟空从怀中取出一道灵符,施法贴到了珠穆朗玛峰上。而此时已经搬来救兵的曹国舅刚要挣脱珠峰的束缚,一声巨响之后,他再也起不来了,而且身边还多了一个伙伴,就是自己昔日的顶头上司——猪八戒。

看到猪八戒之后,曹国舅心中错综复杂,根本难以形容是什么滋味。

"猪头,我不指望着你救我,但是你他娘的也别连累我呀。本大仙好不容易请了一群仙友前来救援,谁知道又被你这死猪拖下了水。"

"大胆!曹国舅,你可知道直呼上司的绰号是死罪!"

"算了吧猪头,能出去再说吧。孙悟空的灵符,只有如来佛祖能解,而佛祖此时正在闭关诵经。他这一诵至少需要十个轮回,也就是足足一千年。所以本大仙劝你,还是先想想怎么出去吧。"

"不会的,干爹不会扔下我不管的。"

"别自欺欺人了,如果你干爹真的能管的话,孙悟空又如何做得了齐天大圣。现实一点吧,还是好好研究一下我们日后的吃穿住行吧猪头。"

"曹大仙,你看我们还要在一起度过一千多年,拜托你叫我八戒吧,不然你一直叫我猪头,我怕有一天会真的觉得自己是个猪头的。"

"行,那我以后叫你头儿吧,把猪去了,怎么着你也做过我上司啊。"

猪八戒沉默不语,表示默认。

"头儿,你的关系那么硬倒是想想办法呀。"

"不急,让本帅好好睡他一觉,这几天杀猴放火可把本帅累坏了。"

曹国舅心想,既然如此我也睡一觉好了。在这个猪头手底下当差,真他娘倒霉,基本上没睡过一个好觉,趁着这次好好补补。

面对着众多猴子猴孙,孙悟空驾着筋斗云在水帘洞上空开始讲评。

"孩儿们!经过这次劫难,我们的家族更要空前地团结,因为我们是个优秀的物种——灵长类。虽然我们的兄弟伤亡不多,但是家园已经遭到了前所未有的破坏,所以我们一定要众志成城,搞好灾后重建工作。当前的首要任务,就是植树造林,本王最爱吃桃子,多栽几棵桃树。"

"大王,我们去哪儿找桃树呢?"

"这个你们不必担心,明日你们随我去天庭把蟠桃园的桃树移植下来,反正那帮神仙也吃不了那么多。曾经本大王也在那儿当过园长,弄几棵桃树还是不成问题的。"

"大王,什么时候给我们领个王妃来啊?我们如此大的一个山头,怎能没有压寨夫人呢?"

"孩儿们不要着急,刚才本大王一时激动,忘记介绍身边这位道长了。此人便是赫赫有名的八仙之首,有着'情圣'之称的吕洞宾吕大仙是也。下面,让我们以热烈的掌声对吕道长的到来表示欢迎!"

猴子猴孙一片欢腾。

"大王,有情圣吕道长做媒,我们的王妃一定倾国倾城、闭月羞花,就像月宫里的嫦娥仙子一样美丽。"

吕洞宾心想,我去,都说猴子机灵,果不其然,你们猴头的女友就是嫦娥仙子。但是为了保护悟空的隐私，他并没有公开这个秘密。

"众位兄弟，我与你们大王孙悟空是八拜之交，自然也就与你们情同一家。贫道不才，承蒙各位抬举，情圣之称纯属虚名。

"但我敢肯定地告诉各位，你们的大王早已经心有所属，在不久的将来，他便会带着王妃来检查你们的灾后重建工作。希望你们能够发扬灵长一族聪明机智、任劳任怨的特性，把家园建设得更加美丽！"

听了吕洞宾的讲话，众猴又是一片欢呼。

云层之中，望着重建中的花果山，孙悟空感慨万千。

"洞宾，多亏了你，否则今日怎么知道我灵长一族会有灭顶之灾呢？"

"悟空，你别这么说。我很惭愧，因为事情都是因我而起。"

"靠，我们两个大仙怎么和女神一样絮叨了，好在拨云见日。走，找个地方喝酒去。"

"去哪里好呢？"

"去东海龙宫吧，好久没吃海鲜了。"

"我也正有此意。"

珠峰下，被压的猪八戒主仆可没有如此的闲情逸致。

"头儿你醒了吗？"

"醒了。"

"醒了你为何还闭着眼呢？"

"眼不见为净。"

"头儿，你可不能用这种消极的态度来对待生命。"

"切，反正本帅的寿命就像天河的水一样绵长，这区区的一千年本帅不在乎，就当是义务奉献了。"

"义务奉献，此话怎讲？"

"为珠峰做守山大神啊。想一想，堂堂的天蓬元帅和一个参谋将军为一座破山守卫，这山以后不光海拔高，而且知名度也会提高。据说五指山以前根本不出名，就是压了那只死猴子才名声大噪的。"

"元帅，这年头猴子不常见但是猪可不少啊！"

"你说什么？竟敢瞧不起本元帅的前世。"

"头儿，你误会我的意思了。孙悟空是大众偶像，他的一举一动都会有人关注，每天跟踪他私生活的狗仔精都不知道有多少。孙悟空被压了五百年，女神为他伤了五百年的心，天庭为他担了五百年的心，众佛为他祈祷了五百年。

"在凡间地球没了谁都会转动，但是在仙界没了孙悟空就必然要引起骚乱。孙悟空的武器是定海神针，而他本身就是另一枚定海神针，因为孙悟空就是仙界的脊梁。元帅想知道为何佛祖和玉帝都会对他那么宽容吗？"

077

"为何？"

"就是因为没了孙悟空他们也将不复存在。"

"你怎么知道得这么清楚？"

"实不相瞒，很久以前，我对何仙姑的爱还很朦胧的时候，和吕洞宾的关系非常之好，可谓无所不谈，因此听吕洞宾讲了一些关于孙悟空的身世秘密。

"头儿，别看孙悟空是一只石猴，其实他是有父母的。他是天与地的产物，所以天是他的父亲，大地是他的母亲，而孙悟空代表的就是天地，因为他的身体是天地的融合。

"五百年的苦难不但没有让孙悟空消沉反而使他更加强悍，这苦难是他父母有意在磨炼他。我们被山峰压了不过十年之久，就已经体力不支了，而孙悟空反而越压越精神，那是因为大地母亲给予他营养，苍穹父亲为他驱寒。

"头儿，你想一想，一个以天为盖地为铺的神，怎么会不成为宇宙的焦点呢，从他诞生的那一刻起，就注定宇宙将会迈进一个崭新的纪元。"

"别再说了，这些天来我一直在想一个问题，如果我是玉帝的亲儿子不是他的干儿子，他会不会亲自来看看我。"

"头儿，玉帝对您已经不薄了，每日除了派神仙空投美酒美食，而且还派仙女在空中为我们做大型歌舞表演，如果你想这么堕落下去，我会陪你一起堕落，就当是玉帝放我们的假，我们在度假休闲。"

"放屁！你听过休闲度假有度一千年的吗！"

"听说过。"

"谁？"

"白素贞，千年等一回。"

"不管怎么样，本帅不会坐以待毙，当日我血洗了花果山，就想到了比这还坏十倍的后果。既然我做不了善人，那我就做一回恶人。曹将军，你可知道这个宇宙上最恶的妖是什么妖？"

"头儿，我不敢说。"

"说吧，本帅恕你无罪。"

"在几万年前，倒是出现这么一位敢与天地叫板，与佛抗衡的魔道中人，是个猪妖。据说那位法力无边的猪妖是认了白昼和黑夜为义父义母所以才获得了无边的法力。后来因为他太贪心想吞噬白昼和黑夜。因此，被白昼和黑夜联手打败封进了暗界。"

"那你说说看白昼和黑夜的法力比起天地哪个更厉害呢？"

"据我所知他们没有正面交过手，无从比较。这就好比时间与空间哪个更厉害是一个道理，二者无法比较。除非时间倒退、空间移位，二者才可能产生摩擦。难道元帅你想——"

"不错，一千年的岁月，我白日里向白昼磕头，夜里向黑夜磕头，本帅就不信我感动不了白昼黑夜。我也要认白昼和黑夜为义父义母。"

"元帅难道你要与佛抗衡，藐视天地。"

"不错，本帅就是要扭转乾坤，统治宇宙！"

"元帅大人，末将愿为您效犬马之劳。"

"这样啊，那你也和我一起磕吧。"

东海龙宫的宫门外，一群等待孙悟空签名的虾兵蟹将以及龙女们，有说有笑，好不热闹。

"大师兄来了，快请上座。龟丞相，马上吩咐人宰几匹海马、蒸几个头等的鲍鱼。对了对了，还有鱼翅，再炖上一盆龙筋。"

"师弟，怎么好吃你的同族呢。一盆龙筋，那要斩杀多少条水龙呀。"

"师兄有所不知，我们要吃的这些，都是神工饲养的。不瞒大师兄，自从我做了四海的龙王以后，水下太平，人口压力空前增大，所以要多开发一些养殖项目以缓解生存压力。"

"师弟都做了菩萨了，难道还吃荤吗？"

"酒肉穿肠过，佛祖心中留。"

"那我们就叨扰了。"

"岂敢岂敢，大师兄您有所不知，我们这水晶一族可都盼着你能多住几日呢。"

"师弟，这是为何？"

"师兄，自从定海神针成了您的私人武器以后，大海开始出现了无风三尺浪的现象，而没有修成正果的鱼虾整日游来游去、头昏脑涨。所以只要你一来，大海就出现了难得的平静，对他们来说胜似凡间的过年。一年也就那么一次。当初咱们师徒五人西天取经，海上的妖怪经常制造一些麻烦，也是因为他们想让你到海中做客。"

"既然如此，我可就经常来你这里吃海鲜了。"

"求之不得。"

酒过三巡，菜过五味之后，小白龙做起了说客。

"大师兄，有句话小弟不知该不该说。"

"但说无妨。"孙悟空放下了手中吃了一半的龙虾。

"您把二师兄压在了珠峰下，已是尽人皆知。据说足足有一千年之久。他毕竟是玉帝的干儿子啊，而且还是我们的同门师兄弟，您看是不是——"

"师弟，你不要再说了，如果不是看在同门师兄弟的情意上，当初我就直接把他给超度了。"

"不知二师兄所犯何罪，竟然惹你动了真怒？"

"师弟，如果我伤害了你凡间的一个毫无关系的前女友，你会带着十万天兵烧了我花果山，灭我一族吗？"

"这样做的确太绝了，我充其量也就伤害你的前女朋友。哦，难道二师兄骚扰了你的花果山？"

"不是骚扰，是血洗！"

"既然这样，我就不再多说什么了。不谈这些，来，道长也尝尝水煮龙筋，这可比鱼翅有营养。"

猪八戒主仆被压山下，成为灵霄殿头等大事。

"陛下，您是堂堂的九五之尊，孙悟空竟敢动您的人，他也太嚣张了。微臣恳请陛下降旨赦免元帅。"曾被孙悟空海扁过的猪八戒的爱将巨灵先锋在灵霄殿上直言。

"爱卿啊，他不动朕就不错了。小猪是朕的干儿子，朕岂能不心疼？如今如来佛祖在闭关修炼，唯一能治得住孙悟空的金箍已经不在他头上。而今之计，我们只得顾全大局、委曲求全，一切等佛祖出关之后再从长计议。我们目前能做的只是在这一千年之中，让小猪主仆二人过得舒服一点。"

"陛下身为九五之尊遇到非凡之事能屈能伸，处事合乎情理，真乃天庭之大幸啊。"

太白金星此言一出，殿上群臣齐声高呼："吾皇万岁万岁万万岁——"

其实不动孙悟空的原因玉帝自己最清楚，除了不想惹祸上身外，最主要的原因是他不想得罪天与地。

第五章

名花
落谁家

　　广寒宫一改往日的冷清,除了佛,该来的都来了,包括嫦娥的前夫大力神后羿。在众神佛面前后羿不过是一介小神。所以在今天嫦娥的生日聚会上他连个座儿都没有捞到,而嫦娥似乎早已忘记了后羿的存在。因为宇宙是不断运动的,几个世纪的轮回已经把属于他们的记忆存储于某个时代了。

　　况且后羿早已另结新欢,娶了山神的女儿为妻。自从孙悟空闯进了自己的视线,嫦娥不但觉得自己曾经历了一段失败的婚姻,而且还十分肯定真命天子已然出现。她想在这次生日聚会上对他表白,可是悟空为什么还没有来呢? 嫦娥显得焦急万分。其实焦急等待的不止嫦娥一人,来参加聚会的宾客中,有一半以上都是来向孙悟空要签名的,但孙悟空仍没有现身。

　　地府里,孙悟空深情地看着奈何桥下紫霞仙子的幽魂,黯然泪下。

　　“紫霞,你当初为何那么傻,要替我挡牛魔王的钢叉? 他就是刺到我我也不会死。"

"至尊宝,我只是想让你明白,我爱你,甚至可以为你去死。"

"可是紫霞,我今天来是想告诉你,马上我就要开始新的感情了。"

"我依然会爱你。"

"紫霞别那么傻好吗?如果早知道今天要你为我苦苦地守候,我宁愿五千年前拔那把紫青宝剑的人不是我。"

"至尊宝,你不用自责,如果当初不是喜欢你,即使你拔出宝剑,我也不会认账的。"

"可是紫霞,我无法心里想着你的游魂,再去全心全意地爱上另外一个女神。你赶快投胎转世吧,我已经和佛祖、玉帝都说好了,在三界当中你可以任意选择一个角色做你的来世。答应我好吗,紫霞?谢谢你给我的爱,但是我现在感觉非常的累。"

"至尊宝,如果来世真可以选择的话,我想做一株水仙。水仙不伤心,水仙不落泪。"

"紫霞,这个你一定要收好。"

"这是什么?"

"这是我三根救命猴毛的最后一根,其余的两根在去西天的路上我已经用掉。"

"为什么要给我?"

"因为这根猴毛代表着另一个我,象征着我的生命,我想用我最珍贵的东西祭奠我即将死去的爱情。"

"至尊宝,我想问你最后一个问题,如果回到五千年前你知道我们今天的结果,紫青宝剑你会不会拔?"

"我会。我们的相爱,是我永生难忘的经历。"

"真的是这样吗,至尊宝？"

"是的紫霞,不管你来世做什么,我都希望你能忘记我,忘记痛苦,做一个快乐的自己。我们曾经拥有的美好就让它永远地定格在某一个轮回吧。

"所以紫霞,我希望你在走过奈何桥,喝过孟婆汤之后能有一个更加爱你的人出现。还有,这根猴毛有一次重生的法力,你一定要好好保存。你就当五千年前拔出你紫青宝剑的人在拔出之后便持剑自刎了吧。"孙悟空驾起筋斗云呼啸而去,留下的是一串彼此伤心欲绝的眼泪。

孙悟空走后,紫霞也跳下了奈何桥,来到孟婆面前坚定地说:"孟婆,来碗粥。"

孟婆的表情很慈祥:"仙子,还有面条,你要不要？"原来神仙的记忆是可以选择的, 孟婆粥可以让前世的记忆更加清晰。孟婆汤俗称"忘情水",但是比忘情水功效还要大,可以忘记前世的所有记忆,重新开始。而孟婆面条是彻底失忆。据说高小姐的魂魄是被烈火烧灭的,所以没得选择只有吃了面条。

已经幻化成一株水仙的紫霞仙子感受着这阵伤心绵绵的细雨,顿时明白这个离自己而去的男神是如此伤心。也许他的放手真的是为了自己能更好地生活,为他守候自己风雨无阻,无怨无悔。

嫦娥的生日晚会,规模空前。并不是在嫦娥生日这一天,所有的神仙都下了凡,而是下了凡的神仙把嫦娥的生日这个秘密公开了,是孙悟空和吕洞宾研究了很久才做这样决定的,可谓用心良苦。

孙悟空的突然出现,让嫦娥的生日聚会瞬间达到了高潮,只见他从九重天外的更高天空而降。

身披着紫金战甲，驾着七彩云朵。自从大闹天宫之后，孙悟空好久没穿过制服了，况且如今的孙悟空已经是标准的天庭帅哥，今天的他显得格外英姿飒爽。对于众神来说孙悟空穿战甲简直就是仙界的制服诱惑，除了嫦娥仙子以外，他是今晚当仁不让的主角。

想你想了五千年，沧海易容，桑田也改变。

让你等了五千年，多么珍贵的每一天。

今日我突然地出现，再次目睹你倾城的容颜。

此刻我心里所有的阴霾，都变成了晴天。

月宫里的仙子你是那么的好看，

你每一次的微笑都让人失眠。

月宫里的仙子舞姿翩翩，

你柔美的舞步令地球狂野地旋转。

有你的日子我每天都是新年。

哪怕新年催人老我亦心甘情愿。

如果月亮真能变成银河里的小船，

我愿用心为你划桨用爱扬起帆。

如果银河真会落九天，

我在九天之下用生命为你再续一重天。

月宫里的仙子你是那么的梦幻，

捡起一块石子扔进心海荡起了波澜。

我多么希望听到你牧笛的召唤，

就算我身在天涯海角，也会立刻飞到你的身边！

"小娥,生日快乐！这是我为你亲手做的生日月饼,你喜欢吗？"

因为孙悟空的突然出现，再加上他一首感人至深的情歌，还有他那别出心裁的月饼，已经有好多的仙女仙子当场晕厥过去。聚会现场出现了小小的骚乱，嫦娥更是放下了往日的矜持，接过月饼后就举起双掌许了一个愿，许完愿之后又在悟空俊俏的脸庞上吻了一下。

嫦娥的这一吻又迅速晕倒了一批神，大力神后羿举动更为夸张，是喷着血晕倒的。一些小神怕他们会当众再做出更暧昧的举动，所以都提前走掉了,现场只剩下大仙以上的神佛。

突然随着一阵优美的旋律响起,好久不曾现身的七仙女舞团从月宫上空翩翩而至。自从七仙女中的老七与董永成亲以后，她们以团体形式出现，还属首次。谁的面子这么大？当然只有齐天大圣孙悟空。

漫天的花雨在广寒宫上方尽情地飘洒，整个月宫弥漫着沁人心脾的花香。紧接着一阵古老的东方传统音乐悠然响起,已宣告解体、曾火爆天庭一时的八仙乐队组合又重见天日。

而取代曹国舅说唱歌手身份的则是钟南山的南极仙翁。作为乐队队长的吕洞宾之所以请他来，除了南极仙翁超高的知名度以外，更看重的是他的寿星身份。

让人期待的"神五组合"并没有出现，但是竟然出现了旷古烁金的"神六组合"：唐僧任主唱，女儿国原国王与孔雀公主(女儿国现任王妃)和声，沙僧弹吉他，吹箫的人是玉帝。歌声优美，琴声悠扬。

虽然"神六组合"主唱唐僧今日也前来捧场,但实属情非得已。他在出场晚会的同时,也不忘差人给压在珠穆朗玛峰下的猪八戒送去拜祭白昼黑夜的祭品。

银河里,一百二十八位星宿化作一百二十八盏香飘四溢的小船,不约而同地驶向了广寒宫,而太白金星则化作了一艘大型的挪亚方舟(龙舟),它在众多小船的簇拥下停在了广寒宫前。

孙悟空牵着嫦娥的手在众神的注视下踏上了龙舟。踏上龙舟的一刹那,雷公电母便施展生平法力,顿时,漫天的焰火五彩缤纷,整个仙界火树银花。突然,孙悟空单膝跪地,从怀中取出吸天地之灵气取日月之光华、聚黑白之神韵的,众神只知其名未谋其面的——天地夜明珠钻戒。

霎时间天地万物黯然失色,此时的宇宙之上仿佛只剩下嫦娥仙子和悟空二人。

"嫁给我吧,小娥!"听了这句期待已久的表白,嫦娥掩面哭泣,但依旧不失矜持的仪态点了点头。当然这次又晕厥了一批仙人,而且是一大批,包括那个刚刚醒来的大力神后羿。

嫦娥和悟空置身于浩瀚的银河,站在金碧辉煌的龙舟之上,忘情地热吻。紧跟其后的一百多条小船上的众神佛都踮着脚尖,有的甚至施展了法术,也无法看到方舟甲板上的浪漫。这艘方舟实在太大了。

顷刻,方舟停在了灵霄殿与大圣府的一旁。这时,众神佛惊奇地发现不知道什么时候,在灵霄殿和大圣府的后面竟然出现了一座更加富丽堂皇的宫殿,名曰"圣月宫"。

此时,西方的特邀嘉宾上帝等神不禁感叹道:"太豪华了,东方真有钱!"

听了这些话玉帝很有面子。不停地说："过奖,过奖了！"

"不过,尊敬的玉帝陛下,大圣造的这座宫殿比灵霄殿还要高贵,并且坐落在天宫的后面。如此一来,您的灵霄殿不就沦为了圣月宫的门房了吗？"

玉帝顿时脸色变得尴尬起来。但是玉帝乃是堂堂的九五之尊,随机应变的能力自然空前绝后。

"上帝,你此言差矣,虽然悟空的宫殿比朕的奢华,但是没有朕的宫殿历史悠久。"

上帝若有所思地点了点头。

"小娥,这圣月宫就是我们日后的宫殿了。喜欢吗？"前世一直幻想着上天住大房子的嫦娥,此刻虽然已欣喜若狂,但依旧只是矜持地点了点头。因为白马王子悟空在今日已经给了自己太多的惊喜,真不知道接下来还会发生什么。她很紧张也很期待。

089

生日会瞬间变成了婚礼。原来,这一切都是孙悟空事先安排好的,想给嫦娥一个巨大的惊喜。婚礼由月老主持。

"嫦娥仙子,无论生老病死,或历经多少苦痛与磨难,你都愿意与孙悟空大圣永生永世在一起,不离不弃吗？"

嫦娥心想,你个傻老头,猪才不愿意呢,能和悟空生活一个朝夕我就无怨无悔了,更不要说永生永世了,况且我家悟空长生不死。但是她表面上只是淡淡地说了一句。"是的,我愿意！"

"孙悟空,大圣爷！无论生老病死、喜怒哀乐、酸甜苦辣,您都愿意与嫦娥仙子一起度过,不离不弃吗？"

孙悟空心想,这老头事还真多,费了这么大的财力、物力、神力,你以为小爷在闹着玩呢啊？

"是的月老先生,我愿意娶嫦娥为妻！"

"那好！现在我代表天与地、白昼与黑夜、如来佛祖、玉皇大帝并以我个人的名义祝福你们永远幸福！下面我宣布，孙悟空和嫦娥正式结为仙界合法夫妻！"

这一刻，日月同辉！海棠花漫天飞舞！银河水倒流！千万年一遇的奇景，在孙悟空与嫦娥的婚礼这一天出现了，使众神一饱眼福。而凡间的人们也没有闲着，都在争先恐后地观看日食、月食在同一天出现。

圣月宫内，两个人的世界，两个人的宇宙，两个人的童话。

"悟空，我爱你！拥有了你我可以放弃星星的陪伴！"

"小娥，我爱你！拥有了你我可以放弃令人垂涎欲滴的仙桃！"

"悟空，我爱你！为了你我有勇气拒绝所有的男神！"

"小娥，我爱你！为了你我拒绝自己爱上所有的女神！"

"悟空，我爱你！我要为你生个儿子，给他取名叫'我爱悟空'！"

"小娥，我爱你！我要把我们儿子的名字改掉，叫孙小天，因为你是我的天与地！"

"悟空，你真坏，人家刚想好的名字你都要改。"

"宝贝，那也得等我们真的有了儿子以后再从长计议呀，不管叫什么一定得姓孙，哪怕他叫'孙我爱悟空'。"

在凤凰绒的豪华床上，孙悟空见嫦娥仙子已面泛桃花，像仙桃那样令人垂涎欲滴。于是深情地吻住了思念了几千年的佳人……

圣月宫的灯终于熄灭了，而宫门外又晕厥了一大批仙人。不可否认，孙悟空的婚姻带给了仙界空前的灾痛，也累坏了专门医治病人的保生大帝。

在悟空婚后的第二天，天河的水再次涨潮，因为昨晚伤心落泪的人实在太多。天河是仙界的护城河，而银河则是无边无际的宇宙的血脉。今日上午，西方的上帝就是乘龙船从银河离开的。

没过多久孙悟空和嫦娥有了属于自己的爱情结晶。孙小天的诞生，也预示着孙悟空将退出历史的舞台，而平静的世界也在预示着风雨的来临。

孙小天出生的这一天，世界如此的平和，天没有刮风下雨，地没有地震滑坡，白昼与黑夜的交替是那么的精准。只发生了一个奇怪的现象，就是珠峰附近有一座死火山喷发了。

孙小天出生后不久，就被祖师爷菩提老祖领走。临走的时候悟空在孙小天的胸前挂了五颗晶莹剔透的珠子，孙小天爱不释手。

作为孙悟空的儿子，孙小天的出生注定是不平凡的。况且

091

他是天与地的后人，也许万物平静、宇宙生生不息是天与地送给小天最好的礼物。小天走的时候祭拜了天地，吻别了父母，而后和祖师爷消失在茫茫的云海中。而在凡间的珠峰下一股邪恶的力量也正在滋生、蔓延。

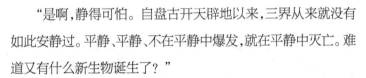

第六章

魔王
出凡世

"头儿，今日环宇怎么如此之平静，难道您不觉得奇怪吗？"

"是啊，静得可怕。自盘古开天辟地以来，三界从来就没有如此安静过。平静、平静、不在平静中爆发，就在平静中灭亡。难道又有什么新生物诞生了？"

"静得真可怕，头儿。我们在珠峰足足磕了一百年，这一百年来我们的头都磕出了深深的印记。但值得欣慰的是，每当有什么变故，您的白昼黑夜义父义母都会给你暗示，当你喜欢喧闹的时候白昼就会很漫长，当你喜欢安静的时候黑夜就会很漫长。

"虽然这种爱是无声的，但是对我们主仆二人来说那简直就是无声胜有声。可令我不解的是，今日元帅嫌这个世界太安静，为什么黑昼和白夜还会交替得如此准时呢？"

"没关系，既然这个世界太安静，那我就整出点动静来证明我的存在。这一百年来别的暂且不论，附近的火山还是很听话的。"

"火山！给我喷发一座！"

猪八戒的话音刚落一座死火山就在瞬间喷发。但正是这座火山的喷发，更加衬托了宇宙的安静。

"头儿，你也不必急躁。孙悟空结婚的时候我看您的表情不也是很平淡吗，如今怎么就沉不住气了？"

"放屁，那天平静是因为本帅伤心到了极致。一个人的最痛不是泪流满面，而是他过分的平静。"

"头儿，您别激动，现在天已经黑了，一会儿唐僧就会来送夜宵。我们问一问他不就知道发生什么事了吗？"

"你总算说对一句话。"

"元帅，等您成魔，不，是修成正果后，打算怎样改变这个世界？可否让小神提前了解一下未来的景象？"

"天塌地陷，山河呜咽，生灵涂炭，万物俱灭！简单地说，空间破碎，时间倒退。"

"那元帅会不会杀死孙悟空？"

"杀他？绝对不会。妖猴没有杀我是因为他要我活着痛苦，而我不杀他，是为了让他痛苦并快乐着。"

"此话怎讲？"

"我要把他还原成猴子，每天拿着香蕉逗他开心。他压我一千年，我要把他当作宠物圈养一千年。"

"元帅以前我怎么没有发现您这么阴呢？"

"你说什么？"

"不，不，是这么有才呢。"

"因为过去本帅一直想做一个人见人爱的好神仙，如今既

第六章 魔王出凡世

然神仙做不成了,那么我就做个合格的魔头。一个一心想成魔的神,什么恶毒的诡计想不出来啊。"

"您都可以放下元帅的身份不干,反正我这条命也是白捡的,那小的也做魔,你做魔王我就做个小魔头。都说道高一尺魔高一丈,成魔容易修仙难,那么我们就取捷径吧。"

"不错,当务之急就是要执着勤恳地磕头感动白昼与黑夜,这是我们唯一的机会。"

"遵命,猪魔王。"

"靠,能不能把猪去掉啊?"

"遵命,魔王。"

珠峰顶上乌云缭绕,每天来这里盘旋的黑龙不计其数,并且每条都张牙舞爪让人看了触目惊心。但是珠峰上人迹罕至,一直与幽界、暗界、冥界齐名,并成为四大阴地,没有人会在乎这里,但这里却是妖魔鬼怪的滋生地。

而妖、魔、鬼、怪四类之中,就当属魔的法力最为强大,性情最为阴险,手段最为毒辣。四大阴地中珠峰最为出名。也许曾有人登到珠峰顶上,但是又有谁探索过珠峰除了冰雪还有什么存在呢?

尽管珠峰人迹罕至,但还是有人来了。为了避人耳目这个人让卫队在几十里外等候,只骑了一匹汗血龙马。这个人最显著的特点是没有头发。没错,他就是唐僧。

"徒儿,你受苦了。"

"多谢师父关心。"

"来,来……你们主仆二人不要忙着磕了,停下来,吃点东西。"

"师父,今天的龙虾味道不错哦。"

"哇,头儿,还有甲鱼呢。"

"这都是从孙悟空的宴会上打包来的。"

"师父,难道泼猴二婚? 这次又是哪个荡妇?"

"徒儿,你不觉得今天出了奇的平静吗?"

"我正想问师父这是为何?"

"是因为一百年后的今天,天地间又多了个小妖猴。"

"师父,你是说孙悟空与嫦娥?"

"不错,他们的儿子就在今天诞生了。更可怕的是这个孙小天眉清目秀,齿白唇红,比孙悟空还要帅上几分。将来的天下,又不知道有多少女孩子要遭殃了。"

这个秃驴整天就知道想女人。等本帅成魔以后第一个屠的就是女儿国,让你也尝尝失去所有女人的滋味,然后再宰了你。我倒要看看淫僧的心与普通和尚的心有什么区别。

"呵呵,师父,这猴崽子的魅力再大,也不及您老人家的艳福啊! 您现在肯定是每日左拥右抱,只羡鸳鸯不羡仙了吧!"

"唉,徒儿你有所不知,你师父我身边虽然不缺女人,但是日子也不好过,上次与你合伙设计了吕洞宾一次,也不知道是哪个王八蛋泄的密,结果被他知悉后,惨遭报复呀。"

你才王八蛋呢,曹国舅在心里嘀咕。

"师父,他如何报复你呢?"

"别提了, 他动不动就给我们女儿国降一场天灾。要么洪水、要么地震,最可恨的是还有泥石流和冰雹。这不,前几天还刮了几场龙卷风和沙尘暴。我每天大部分的时间都在组织全国的妇女抢险救灾,因此为师的生活也没有你想象中的那么完美呀。"

"师父,请暂且忍耐,等我出关以后先手刃了吕洞宾,然后再抓七仙女做你的宫女好不好?"

"好,好,好!所以说我的众多弟子当中,数你最懂我。徒儿,你有所不知,为师还不算是最惨的,那个告密的吴刚更惨。据说,吕洞宾在那棵永远也伐不倒的桂花树旁边又栽了十几万棵永远也伐不倒的万年松,听说现在的吴刚一边伐树一边喷血,因为眼泪早就哭干了。而且他一边喷血一边骂是哪个王八蛋告的密。"

你才王八蛋呢,曹国舅又在心里还击。

"师父,您过奖了,小徒还有一件事情要拜托师父。麻烦师父打听一下沙悟净最近在干什么?"

"我也很奇怪,自从上次佛为我们举办了庆功会之后,沙僧就像在三界中蒸发了一样。不过沙僧向来低调,这也不足为怪,那天在会上倒是高调了一回。还有,一百年前泼猴结婚的那天他也很高调,吉他弹得很兴奋。"

猪八戒欲言又止。

"师父操心了。"

"区区小事,包在为师的身上,我会充分利用以前的关系,上天入地也要把此事查清。你用功修炼吧,我回国视察灾情去了。"

唐僧走后,曹国舅开始在猪八戒的心里栽唐僧的刺。

"头儿,你看他是回去视察灾情吗?我看八成是发情了。"

"曹将军怎么突然之间这么反感唐僧了?"

"因为平日里魔王您经常教导我,想成魔就必须先做到没有朋友。"其实这不是曹国舅的本意。他想说的是,谁叫唐僧那个王八蛋骂我是王八蛋来着。

吃过了海鲜，猪八戒主仆二人无比亢奋。

"头儿，等出关之后，您的第一件娱乐活动是什么？"

"开闸放水。本帅已经有一百多年没有小便了，憋得难受。"

"英雄所见略同，小神又何尝不是呢。"

"小曹啊，日后我们得更改一下称谓了，你就叫我魔王吧！我再也不想做什么元帅了。"

"那您的别名就叫作猪魔王了。"

"非也。如果我叫猪魔王的话，那些俗神会误认为我是牛魔王那个档次的小妖。我的别名是佛魔王，全名诛天伏地魔，而你就叫震三界魔王吧。"

"魔王的赏赐，小魔惶恐。"

"为何？"

"因为'震三界魔'乍一听还以为是凡间的武林中人的名号呢，魔王不如叫小魔色魔吧，这个名字很响亮。"

"好吧，就叫你色魔。"

"不，不，不，魔王，小魔又改变主意了，现在色魔遍地都是，听起来一点儿也不恐怖。"

"混账，你到底想叫什么？"

"佛魔王请息怒，小魔想叫魔尊或者魔圣。这个称谓既含蓄又低调。当然这是对外，您叫我小曹就可以了。"

"好，本佛魔王今后除了拜黑夜与白昼之外，宇宙万物都要向我俯首称臣，否则神挡杀神，佛挡灭佛！啊哈哈哈……"

菩提老祖带着孙悟空的后人孙小天，在天之涯海之角习练法术，对聪慧过人的孙小天赞不绝口。

"小天,你比悟空还聪明,十年的工夫就学会了我的全部本领。"

"多谢祖师爷夸奖。不过祖师,徒孙有一事不明。您就这么点儿本领,为什么名气却大过了众神佛呢?"

见祖师爷变了脸色,小天知道说错了话。但是菩提老祖哈哈一笑,并没有生气。

"孩子,你不必自责。童言无忌,祖师又怎么会生你的气呢?看到你身上有悟空的影子,我很欣慰。

"祖师爷今天就解开你心中的疑惑。其实老夫一生最大的成就,就是培养出你父亲孙悟空这样一个优秀的徒弟。不过马上就会出现第二个,看来老夫又要火一把了。小天,知道祖师爷为什么会说你比你的父亲要聪明吗?"

"不知道,请祖师爷赐教。"

"悟空只懂得领悟,而你却懂得创新,质疑我的本领。坦白讲,当初教你父亲本领,老夫还保留了一手。如果你能学会老夫这一招的话,你就不会再瞧不起你的祖师爷,而觉得我是一个真正的圣佛了。"

"在小天的心里,祖师爷一直都是圣佛。可是祖师爷,为什么别的神都称你菩提老祖呢?"

"菩提老祖是师父送我的法号,而我成佛则是因为我的祖师在师父不知情的情况下,在梦中传给了我一套天地共惊的法术。拥有这套法术的人不但可以做佛,而且还能灭佛!当然,如果内力和修为不够的人是驾驭不了这套法术的。"

"祖师爷,那我们的开山祖师究竟是谁呢?"

"孩子,他叫盘古,是开天辟地的始祖。而我要教你的这套法术，就叫作开天辟地之术。"

"开天辟地？那岂不是比我的爷爷奶奶天与地还要厉害？"

"孩子，你又错了，这宇宙之中原本有六个生生相克的极致。天与地、白昼与黑夜、盘古和佛，而如今宇宙又新诞生了两个极致，就是你的父亲孙悟空和你的祖师爷我菩提老祖。这六个原有的极致各守自己一方净土，为人低调，从来没有真正地动过干戈。但是也有一次例外。"

"祖师爷，是什么例外呢？"孙小天显然对这个例外产生了兴趣。

"在几万年前，宇宙间诞生了一个猪妖，魔力大得惊人，经常和天地叫板、与佛争斗，最后竟然打起了他授业恩师白昼与黑夜的主意。"

"那他最终的结果怎么样呢？"

"最后这个猪妖被白昼和黑夜联手封到了暗界五阴山。小天，这开天辟地之术是师祖盘古的必杀技，当初他之所以不传给我的师父而传给我是有原因的，就是他老人家看中了我沉稳的性格和低调的作风。

"而我之所以把他传给你而不传给你的父亲，也是因为你的父亲性格太火爆，况且他又机缘巧合找到了宇宙中的五颗灵珠，无须这套法术也可天下无敌。"

"是这五颗珠子吗？"孙小天拿出父亲挂在他胸前的五颗晶莹剔透的珠子。

"看来悟空是真心疼你啊！"

"那当然。祖师爷，我可是他的亲生儿子啊！"

"小天，你知道吗，这五颗珠子可是天地间的灵珠，每一颗都有续命的法力。你要知道,宇宙间所指的长生不死是指天地没有动摇、白昼与黑夜正常交替的时候。若是有朝一日黑白颠倒、天塌地陷,长生不死就得另当别论了。

"而无论在什么时候,这五颗珠子都能帮任何人续命。所以你要好好保存。好了,现在老夫开始授你法术。不过你要切记不到万不得已的时候,千万不能施此法。"

"祖师爷,徒孙谨记。"

菩提老祖拂尘一挥,顿时天昏地暗。

暗界的五阴山,并不平静,因为曾经轰动宇宙一时的万年猪妖找到了传人,而这个人就是神秘失踪许久的沙僧。

"徒儿,你这招'鬼神共泣'又有很大的进步啊!"

"是因为师祖教导有方。"

"别谦虚了,那是你刻苦求学的结果。乖徒,你是怎么知道我被封在暗界的五阴山呢?"

"师父被白昼与黑夜封在暗界五阴山的事情早已成为一段佳话在三界广为流传。至于徒儿是怎么得知您在五阴山修行的,还多亏了一种叫作乌鸦的神鸟引路。

"我看它们通体乌黑,而且还受到了三界之中那些所谓的'正义之士'的排斥,于是我就想到它们一定是从暗界偷跑出来的,所以我经常给它们喂一些食物。时间久了,它们就把您老人家的府邸告诉了我。"

"乖徒,你有所不知,这批乌鸦正是为师放出去寻找传人的工具。没想到它们不负重托,这么快就帮我找到你这么理想的传人。"

"师父,徒儿拜您为师并不是想学您这夺天地造化的本领,只是想尽自己的绵薄之力救师父您脱离苦海。"

"徒儿，难得你有这份孝心，但是为师身中黑夜白昼两个老鬼的封印，想再重出江湖恐怕是没有可能了。

"而今，为师不但要把曾经所学的本领都传授给你，而且还要把我近万年来悟到的一套魔家绝学也一并传授于你，这样你就有能力替为师报仇了。等你一统宇宙的时候，不要忘记为师的名字就行了。"

"师父，您老放心，等小徒替您报仇雪恨之后，一定找画仙为您作一幅肖像挂于南天门之上，任何神仙见到了必须跪拜。"

"徒儿，你能有这份心为师就已经心满意足了。不过乖徒，这些年四大阴地之首的珠峰动静也不小啊，动不动就火山喷发，而且都有节奏的地震，就像本妖王当初拜师学艺时一样。但不同往日的是，我拜师学艺时是一个人，而这次好像是两个。"

"弟子明白！"沙僧两眼直冒血光，一声狂吼一阵黑色的旋风刮到了冥界，把冥界的奈河吹起了波浪。

第
七
章

爱的
初印象

　　"小天，你长大成人了，该回家和你父母一起生活了。祖师爷已经给过你十分重要的神仙性教育，你千万要谨记什么是爱情、什么是滥情，做一个钟情的好男神。否则，别的神仙会骂你祖师爷我老不正经的。"

　　"祖师爷请放心，我一定会做一个正神君子，不像玄奘祖师那样自甘堕落、迷恋红尘的。"

　　拜别了祖师爷，孙小天脚踏七彩祥云，一盏茶的工夫就回到了圣月宫。

　　圣月宫内，孙悟空和吕洞宾正在下棋，而嫦娥站在孙悟空的身后支招。但是孙悟空的阵营明显势单力薄，因为吕洞宾身后的莺声燕语已盖过了落子之声。也许是孙悟空看败局已定，借儿子回来之机，拂乱了棋盘。

　　"小天，你回来的太是时候了。看到你长大成人，为父很欣慰。"

　　嫦娥看到英俊挺拔的儿子，更是激动地流下了眼泪。孙小天拿出手绢,擦去了母亲眼角的泪水,而后向吕洞宾和他的众家属请安。突然,在一个不起眼的角落,一个正在绣花的少女映入了孙小天的眼帘。此仙女生得有几分牡丹仙子的娇媚,又有几分何仙姑的气质,更有着一副完美的身材。

孙悟空发现儿子的目光定格在身后脱俗的仙女身上,连忙对他说:"小天,这是你吕伯伯的爱女荷花仙子。她的母亲是何仙姑,她的养母是牡丹仙子。"

孙小天登时明白了荷花仙子的气质是与生俱来的,而那份娇媚是后天熏陶的。

"小天,我和你吕伯伯早已为你们指腹为婚,如今你俩已经长大成人,择个吉日就完婚吧。"

听了孙悟空的话,荷花仙子双颊泛红。但是孙小天的一句话,不仅让荷花仙子的脸色又有了新的变化,也让在场所有人的脸色都有了变化。

"父亲,我可不想做一个像你和吕伯伯那样滥情的神,我的女人一定是我今生唯一的最爱。"

其实这句话也是吕洞宾的挚爱何仙姑想说的。而此刻沉默不语的孙悟空也不禁感慨,果然是长江后浪推前浪,前浪死在银河上。

"孩子,这就是你太封建了。肯定是你祖师爷教的。作为一个大仙级别的男神,有个八妻十二妾不是很平常的吗?"

"吕伯伯,侄儿不想与您争辩,每个神的恋爱观各不相同。但是我坚信我的心中只能有一个她的位置,同时我也相信荷花仙子妹妹一定能找到她的挚爱。"

其实此刻荷花仙子已经被孙小天的帅气耿直深深吸引。

"小天，我们要与你吕伯伯等人到西天、终南山、花果山等旅游胜地观光，你去准备一下。"

"父亲，好男神志在四方。虽然我很想和你们在一起，但是小天更想亲身到三界游历一番，增加一下自己的生活阅历。好吗？"

"既然你有自己的想法，那就放手去做吧。"

孙悟空很欣赏儿子的魄力，便支持了他的做法。当然孙小天也为有这样一个开明的父亲而自豪，此时在他心中始终牵挂着珠峰附近持续不断的火山喷发和不间断的地震，以及暗界五阴山附近的阵阵阴风。

父亲和二师伯的恩怨自己也有所耳闻，所谓冤家宜解不宜结，也让我替父亲做点什么吧。先去找个布店给二师伯买个海绵护垫吧，这样也免得他磕得头破血流。

猪八戒磕头拜师的事迹已经成了三界的焦点，包括凡间的一些私塾学堂都把这个故事改编成了教材，教育人们身处绝境也要有他这种锲而不舍的精神。而猪八戒的仇家们则把这看作是三界有史以来最大的笑话。

然而大家不知道的是，黑夜与白昼显然已经接受了猪八戒这个爱徒，在潜移默化中传授了他天地之法，驱使火山喷发、雪山崩塌。

在仙界，某一个神佛的封印就等同于这个神佛的脸面，如果轻易解除封印，就相当于抽这个神佛的耳光。就好比在凡间没几个人敢揭皇家的封条。孙悟空大闹天宫的时候，白昼与黑夜就已经领教了他能使天昏地暗的本领，所以对于他的封印也只好先敬而远之。

孙小天第一次来凡间显得异常激动，因为和仙界相比，凡间要更热闹一些,就是环境差得太多了。

经过打听,孙小天来到了城中最有名的布店,眼前的景象让他更加诧异。除了门庭若市、生意异常火爆之外,就连门口也站立着彪悍精壮的家丁。

孙小天正在迟疑之际,凑上来一个相貌猥琐的青年男子。

"帅哥,你也是来看花布公主的吧?"

"大哥,我不知道什么花布公主,我只是来买布的。"

"帅哥,你就别装了。你看这布店门前排起的长龙,有几个是真正买布的? 全都为了一睹花布公主的芳容而来。"

"花布公主? 有意思,是不是长得很漂亮啊?"孙小天对这个异性的名字充满了兴趣。

"帅哥,一看你就是刚到此地。告诉你吧,花布公主是这家布店的老板,但她的脸上一直遮着一块珍珠面纱,所以人称花布公主。

"据说在二十年前花布公主刚出世的时候, 一位叫作鬼谷子的天师就曾预言,二十年后,当花布公主的真命天子出现的时候,会从东北的方向刮起一阵清风,吹掉她脸上的珍珠面纱。

"而那珍珠面纱落在谁的手里,谁就将是她的真命天子。尽管大家都不相信凭空会刮来清风,但今天刚好是花布公主二十岁的生日,谁也不愿意失去这个千载难逢的机会。"

"蒙着面纱怎知道她的容貌呢,万一——"

"帅哥,你有所不知,花布公主蒙着面纱就足以倾国倾城,如果摘了面纱绝对会让人神魂颠倒的。更何况这花布公主还有一个特殊的身份,就是大唐王朝的皇帝唐三藏的掌上明珠。"

"大唐王朝?"

"难道你不知道吗？就是当初赫赫有名的女儿国呀！想当初，我就是为了被度到女儿国才与爱人忍痛分手的，到了女儿国果然娶到了三妻四妾，乐不思蜀。

"不瞒你说，这次我也是来碰运气的，说不定还能做个驸马爷呢。不过说实话，大哥我若是有你这样的容貌，就不会再等什么那阵未知的清风了，直接走过去揭开花布公主的面纱，我想她也会非常乐意地跟我走的。尽管我是个男人，但是我依旧不由自主被你俊朗的外貌所折服。"

孙小天心想，尽管这个人长得很猥琐，不过说话还是蛮中听的。虽然自己是个神仙，但是听到这样的夸赞也会不由自主地有些小得意。

"这位大哥，不必着急，机会对每个人都是公平的，说不定你就真是那个莫名的驸马。"

就在此时，不远处的珠峰上，一座死火山又爆发了。一阵阴冷黑风腾空而起，经过空气的阻隔和净化，黑风变成了清风，从东北方向徐徐吹来。

没错，这阵风正是猪八戒的杰作。他这么做有两个目的，第一就是让仇家的儿子爱上他对手的女儿；第二是孙小天能有这样的孝心让他十分感动，就回馈他一份礼物；再者，自己也不想被对手唐三藏像工具一样利用，也算是对他的小小惩戒。

当徐徐清风吹掉花布公主的面纱之时，除了孙小天，所有的人还来不及有非分之想，就已经晕厥过去。全城的人无论男女老少集体晕倒，何其壮观。这种事情是在天庭无论如何也无法看到的。

很自然，面纱落到了唯一没晕倒的孙小天手中。当两个人对视的时候,孙小天突然明白了什么叫作美丽。花布公主的一切都是那么的恰到好处、那么精致,美到无法形容。珍珠面纱上满是花布公主的胭脂香味,迷人的香气让孙小天脸色微红。

二十年来,未曾以庐山真面目示人的花布公主,更显局促不安。因为她清楚地知道面前的男子就是上天赐给自己的白马王子,可令自己万万没有想到的是,他竟然帅得如此过分,几乎令自己窒息。

曾经花布公主还抱怨命运的不堪,需要一阵风来左右感情归属,而此刻她倒是觉得这阵清风霎时间变得可爱起来了。

孙小天掩饰着内心的激动,来到了花布公主的面前。

"姑娘,这是你的面纱。"

"多谢公子,这面纱是我的心爱之物,二十余年不曾离身,今日多亏了公子,所以公子可否到府中一叙,也好让小女子聊表谢意。"

"小事一桩,请姑娘不必如此。实不相瞒,在下还有要事在身。"

"既然如此那就不打扰了。"花布公主满脸通红地离开了。

花布公主之所以没有强邀孙小天,是因为她是个性格内敛的女孩。另外她相信,如果真的有缘,两人一定还会相见的。而孙小天除了真的有要事在身之外,也不想让对方把自己看成一个登徒浪子。尽管自己对花布公主的确一见倾心,但内心深处却依旧保持着一份理智,也许这就是所谓的男人的尊严吧。

买下护垫之后,孙小天消失在人群之中,留给了花布公主无限的遗憾,也留给自己深深的思念。

珠峰脚下,孙小天把从市集上买的精致小菜,都交给了曹国舅,又把海面护垫铺在了猪八戒的额头下方。

"猪师叔，您受苦了。"

"多谢贤侄的护垫，你真是我的好贤侄。放心吧，我与你父亲的恩怨和你无关。"

"叔叔此言差矣。自古以来父债子还乃是天经地义。纵使父亲有千般不是，我身为人子也要为他赎罪。如果将来有一天叔叔真要惩罚父亲的话，就让小侄代过吧。"

此时猪八戒心想，一个都甭想跑，还谈什么代不代的。

"贤侄言重了，不管怎么说，你父亲也是我的大师兄，压我千年又何妨呢？当初佛祖压他五百年，他后来不是也就释怀了嘛。"

"难得叔叔胸襟如此宽广，那小侄也就放心了。不敢再打扰叔叔清修，先行告辞了。"

猪八戒又想，这小子想什么我能不知道？肯定是迫不及待地去找花布那女孩了。靠，和他爹一样猴急，果真是虎父无犬子啊。哈哈哈……

几座死火山喷发的同时，猪八戒的功力又进一层，惹得一旁的曹国舅羡慕不已。同样是修行，为什么自己的功力却与之相差甚远呢？但曹国舅紧接着就释怀了，原来自己没有猪八戒脸皮厚，不会欺师灭祖。

这些年来曹国舅经历的苦难，显然要比猪八戒多，因为这几百年来曹国舅没有睡过一个安稳觉。几百年间，猪八戒从来没有间断过打呼噜。

最令人叫绝的是猪八戒每打一次呼噜火山就喷发一次，而曹国舅只能在猪八戒醒着的时候才能稍微休息一会儿。可是猪八戒的作息又极其不规律，所以曹国舅近些年来都一直黑着眼圈。和猪八戒相比曹国舅此时更像一个魔王。

离开珠峰,小天拼命嗅了一下手上的余香。以前只听祖师说过,予人玫瑰、百合手留余香,没想到面纱的香味竟然胜过了鲜花。其实也难怪,花布公主这种诱人的奇香是与生俱来的。她的生母孔雀公主乃是百鸟之后,而自古以来鸟与花是无法分割的,所以后来才有了鸟语花香的说法。

据说自从花布公主的面纱被孙小天揭走之后,她走过的地方总有一群美丽的蝴蝶缠绕。而绽放的花儿也会害羞地合上花朵,就连天上的云朵也会在花布公主走过时悄悄闪躲。

唐僧自然视花布公主为掌上明珠,因为唐僧三宫六院七十二嫔妃,却只有孔雀公主生的是女儿,而其他的一百个夫人生的都是儿子。

花布公主是唐僧许下一百〇一个愿望的时候才诞生的。尽管唐僧也相信天师的预言是真的,但他依旧盘算着要给爱女介绍一个家庭背景显赫的夫婿。本来他想利用猪八戒的关系从玉帝的子孙中挑选一位,但见猪八戒横遭劫难之后,这种想法也不了了之,只好听天由命了。

最近女儿国上下出现了"爱女找到了比自己还要美若干倍的帅哥为男友"的传闻,但又不知道这个帅得非常的小哥来自何方。据了解这位小哥竟然比自己还要镇定,遇到自己如花般的女儿,竟然没有表态,所以唐僧岂能不着急?

于是他充分发挥三界之内的人际关系网,寻找这位和女儿在一起,能让一城男女老少同时晕厥的帅哥。为了女儿的幸福,唐僧可是真的豁出去了,为了寻找这个青年,他甚至连取经路上想吃自己的妖精都发动了起来。

其实。此时此刻,死要面子的孙小天也在暗加自责。

"我真的好后悔,为什么没有勇气对她说出口,留下那香飘四溢的面纱做个纪念?作为一个男神,我很失败,没有继承父亲追求女神弹无虚发的优良传统。"

花布公主那薄如蝉翼的纱布、那宛如天籁的声音、那美绝人寰的倩容,让孙小天忐忑不安。万一祖师唐僧已经为她物色好了哪家的王公子弟该如何是好?

为什么明明是一见钟情,却没有勇气向她表达?如果上天能够再给我一次机会的话,我一定会对她说:"花布我好喜欢你!"哪怕被她误会成是一个流氓。

与此同时,珠峰又爆发了一座死火山,是猪八戒在感慨。

"你那风流的父亲也说过类似的话,而最终他还不是依旧移情别恋?而你基本上连恋的机会都没有。唐僧的性格我清楚,他绝对不会让仇家的儿子做自己女婿的。

"孙小天,我就是要让你活着痛苦。好戏还在后头,你小子不是也讲过,要父债子还吗?那本魔王就成全你。我要让你爱得很深刻,痛得很彻底。"

威严的大唐王朝宫殿内,花布公主的侍臣、侍女们慌作了一团。

"启禀陛下,公主又不吃东西了。"

仆人的禀告让唐僧心烦意乱。

"公主不吃东西怎么能行呢?我养你们这群蠢材是干什么的?是伺候公主的。难道你们不知道公主因为什么不用膳吗,还来烦朕?"

"陛下请息怒。据奴才们所知,公主是为了帅哥。"

"放肆,朕的女儿会为了一个区区臭男人而绝食?你们不要忘了，公主可是我女儿国的形象大使，代表着我女儿国千万淑女的形象，所以朕可以断定，公主不是在绝食，而是在减肥？

"传我的口谕下去，公主以身效法，节衣俭食，意在节省女儿国的国库开支，塑造完美体形，为国民树立完美形象。"

"吾皇英明！"

殊不知，花布公主绝食，果真是因为帅哥。

"我好恨！为什么没有勇气把面纱留给他做个纪念？是的，我并没有对这个帅哥一见钟情，但是我却对他一见倾心。否则在接过面纱的一刹那，我的心不会跳得那么厉害，我的呼吸也不会那么的不规则。直到此刻我才明白，喜欢一个人，远比矜持的形象更重要。爱一个人不需要十分坚强的理由，也许只需要一次深情的凝望、一次刻骨铭心的颤抖。"

正在花布公主揣摩爱情真谛的时候，唐僧走了进来。

"花布，这是父皇托人从天上的神工饲养园要来的几只千年凤凰，叫御厨熬成的汤。喝一些吧。"

"多谢父皇关心，可是我喝不下。"

"孩子，父皇知道你不饿，但是这凤凰汤有养颜美容的功效。难道你就不想等日后那位帅哥出现时，展现给他一个最佳的容貌吗？

"其实为父已经派出了各路人马去打探消息，连丐帮都用上了，所以你们应该很快就见面了。还不赶快趁热把这汤喝了。哈哈哈哈……"

"父皇不要取笑女儿了。"花布公主一脸的娇羞，但是凤凰汤却是一饮而尽。

第八章

做凡人挺好

繁华热闹的大理城外街市上，生意空前火爆。

"帅哥，来一碗臭豆腐吧。"

"不行，太难闻了。"

"帅哥，这你就外行了不是，这臭豆腐是闻着臭，可吃起来香啊。"

"那也不行，我很难想象自己该如何咀嚼这令人作呕的食物。"

"帅哥，是不是一会儿要约会，怕污染口腔清新啊？别担心，早就替你想好了，我这里备足了上好的薄荷糖，买一送一。"

"大哥，我真的不需要，你总不能强买强卖吧？"

"帅哥，这样说就是你太不近人情了，自从你一出现，全城目睹你的人全部晕厥过去了，一时半会儿的也醒不过来，现在就剩下你这么一个顾客，你说我不卖给你卖给谁啊？我上有老下有小，一家人可就指着我这几串臭豆腐钱生活呢。"

"大哥,我有个不解,既然全城的人都晕厥过去了,为何你却能安然无恙?"

"唉,我这老花眼已经有好多年了,只是能看见你一个帅的轮廓。即便是这样,我也阻止不了自己窒息的感觉。"

"大哥,我还有一事不明,如果你能解答我的困惑,我就破例买你几串臭豆腐。"

"你说说看,为什么大家都喜欢帅哥、美女?"

"据我多年卖臭豆腐所遇形形色色的人的丰富阅历而言,倒是可以和你探讨一下这个问题。

"据一位爱吃臭豆腐的阴阳先生说,人类是天上的女娲娘娘用泥料制作的工艺品,帅哥、美女是用上好泥料捏出来的成品,而其他的是用多余的泥料捏的半成品或畸形。"

"那么这个帅或美有特殊或具体的定义吗?"

113

"帅哥、美女,就是一类能令同类产生羡慕或妒忌或令同类产生呼吸困难、急促现象的人。

"这位帅哥,您千万不要以为帅哥、美女好做,你看这所有晕厥过去的人,并不全部是因为崇拜,还有的是因为憎恨。所以这年头,帅哥、美女也不好做。"

"大哥,据我所知,如今的帅哥、美女,质量下降的可是越来越快,有的甚至比一般的人还要笨、还要傻。这又是为何?"

"帅哥,你有所不知,只要你长得帅,傻一点儿也没关系,别人会说你傻得可爱,诚实可靠。只要你够靓,坏点儿也没有关系,别人会说你天真顽皮,阳光活泼。"

"大哥,听你这么一说,帅哥、美女岂不是天下无敌了?"

"不是无敌,但至少可以横行霸道。"

"可是据我了解，如今的三界当中，智慧比外貌更受人推崇。"

"真看不出来，这位帅哥，你还懂得蛮多的嘛！"

"我不是帅哥，更不想做什么帅哥，尤其不是什么泥捏成的，所以从现在开始请不要再叫我帅哥，否则我就不买你的臭豆腐了。"

"那怎么能行呢？我已经帮你解答了疑惑。"

"但是你的答案是错误的，帅哥的由来只是个传说。人类更不是女娲用泥捏的，而是由宇宙苍穹(海洋)繁衍的新一代的高级动物。到后来，之所以有了帅哥、美女的区分，是因为人类的价值取向和自信心等因素在作祟。

"包括人类现在推崇备至的'四大美人'还不是因为某种现实需要而吹捧出来的吗？有智慧的人绝对不会轻易地以貌取人。至于你所说的晕厥现象，我也可以推翻你的看法。在仙界，那群神仙闲着没事干，有可能会出现这种'吃饱了撑着'没事散心的追星现象。但是在凡间，出现这种如此大规模的晕厥现象，除了一小部分是因为闲着没事真的受不了刺激追星而晕厥以外，大部分人应该是得了瘟疫。

"刚刚，我万里传音问了一下保生大帝，你为何能安然无恙，他说是因为臭豆腐是这场瘟疫的克星，而你则是全城唯一卖臭豆腐的。"

"哎呀！原来这位小兄弟不是人，是神仙下凡，难怪会如此的气宇轩昂。但是您能不能告诉我这场瘟疫的根源在哪里呢？"

"这位大哥，你当前的首要任务就是用你的臭豆腐解救那些受灾的人。放心，你的钱财一定会源源不断滚滚而来，瘟疫的根源是天机，本来不可泄露，但我不忍众生万劫不复，所以在你医治好病人之后，一定要告诫他们远离珠峰。"

卖臭豆腐的大哥若有所思地点了点头。

据说到后来，臭豆腐成了人类广泛流传并深受人们喜爱的一种特色食品，而那位卖臭豆腐的大哥，也成了那个时代的首富。

为了使自己不成为凡间的祸害，孙小天不得不戴上了面具。即便如此，一些人看到了他帅帅的轮廓和挺拔的背影，仍是忍不住地晕厥，以至于作为当事人的孙小天都不禁深深地感叹："这个时代，某些人中帅哥、美女的毒太深了，帅哥、美女害死人呀！"

自从孙小天游历凡间以来，到处打抱不平、行侠仗义，而且最为显著的特征是他戴着一个面具，于是很快便在凡间的江湖获得了一个"少年隐侠"的称号。

而他的卓越战绩也在江湖的大街小巷里广为传颂：单挑南山一百单八个色魔、横扫幽灵谷群鬼、智斗水怪勇夺钱塘江、剑劈阴窟白虎精……

说到孙小天的剑还倒真有些来历。是悟空在孙小天180岁（相当于凡人的18岁）成年的那一天，截断了自己的神器定海神针后，熔为玄铁交给了剑神干将、莫邪夫妇，打造了两把神剑，一雄一雌。孙小天手中这把是雄的，至于另外一把，被悟空尘封在百宝箱之中。

就在孙小天在凡间行侠仗义的时候，宇宙禁地悬天涯又诞生了一朵崭新的奇葩。

巍峨的悬天涯，总是在第一时间吸收着万丈霞光，又总是在第一时间沾染着天地间的雨露。在悬天涯的副峰上坐落着一个天然湖泊，这美丽的湖泊犹如镶嵌在天地间的一块宝石，晶莹剔透。尽管潭水一泻千里形成了一道罕见的高达数千丈的瀑布，但湖面上却不见一丝涟漪。

在湖中央，最清新脱俗的要数那株美丽的水仙，它宛如正待沐浴更衣的美人，又似一个翩翩起舞的仙女。

在涯上，一个相貌英俊、仪表超凡的少年深情地凝望着它，因为他知道湖中的这株水仙不但是仙女的化身，还是自己的亲生母亲。

没错，这株动人的水仙就是为了保留前生的记忆而宁愿放弃转世轮回的紫霞仙子，而这一切的一切，对于正在圣月宫中逍遥快活的悟空却全然不知。

美丽的紫霞仙子生下了这个男婴以后，就幻化成了水仙，与悬天涯上这一潭清如明镜的湖水相伴，而她最大的幸福就是看着自己的儿子一天一天地长大。她希望孩子能和他的父亲一样威武与挺拔。

慢慢地，儿子舞剑的英姿让她感到欣慰，挺拔的身躯让她感到自豪。但是近在咫尺，却无法与爱子相认，是她永远也医不好的痛。

悬天涯上的英俊男子，父亲是堂堂的齐天大圣孙悟空，母亲是仙女中的圣女紫霞仙子，但是他自幼却要与星辰为伍，以朝露止渴，食涯上千年雪莲、万年人参充饥。

也正因如此，他的仙体，已经可以变化成仙凡一体，但他却从不随意施展上天入地之术，因为他不习惯被人视作怪物。

他给自己取名无风（勿犯），因为他希望母亲所拥有的这一潭湖水能永远地平静,不受任何物种的侵犯。

天与地明白,无风也是自己的后代,而且还是直系,嫡亲正统。所以无风母子才能在凡间、魔界,甚至仙界都视为禁地的悬天涯生活得如此逍遥,而悬天涯不是仙境却胜似仙境。

所谓仙界方一日,世上已千年,虽然尘世已过千年有余,而无风也不过在悬天涯生活了近二十载,今日,是他20岁的生日。

无风生日的这一天,除了悬天涯上百兽送上了贺礼(火麒麟送上了苦菩提、赤龙献上了龙珠、剑齿虎送上了虎胆),湖中的水仙也绽放得格外美丽。只有无风知道,这是母亲在为自己祝福,希望自己开心快乐。的确,今天是自己最快乐的一天。

虽然悬天涯是天地至亲的领地,但是天仍有不测风云、地依旧有移位变迁。不知道从什么时候开始,悬天涯出现了阴风阵阵,而且透着刺骨的冰冷。这种情况不仅有悖常理,也无法让悬天涯的主人无风接受。

每当阴风袭来,看到母亲的身躯随风在水中摇摆的时候,无风都会感到莫名的心痛,一直平稳如镜的湖水也荡起了涟漪。

阴风来自凡间,无风收拾好行囊深情地朝母亲叩拜告别。水仙落泪了,她明白儿子的远行是为了什么。因为除了母子之间心有灵犀之外,多年的相依为命使他们能读懂彼此的眼神。

所以水仙的泪水是欣慰的。无风的远行就是为了斩断阴风的根源,给自己一个平静的生活。他终于长大了。

临行前,无风命令自己最忠实的奴仆(悬天涯百兽),要保护好母亲,并把自己的护心罩(护心罩,一种可与五灵珠相比肩的圣物,乃是天与地送与无风的生日礼物。它的功能是万物不侵,永生长存。无风自然知道这护心罩的威力,否则也不会如此坦然地离开母亲)罩在了湖面上,湖面顿时恢复了平静。湖中央的水仙也显得更加销魂与美丽。

只到了凡间的两天时间,无风便读懂了这个社会贪婪、自私、虚伪的一面。带着找碴儿、报复心态的无风却忽略了这个凡间社会里最重要的——人间真情。

尽管一直在悬天涯生活,但是凡间的生活和悬天涯有些类似,所以他觉得凡间这个环境并不陌生。

由于继承了悟空和紫霞仙子的优良基因,无风的气质甚至超越了仙界的诸多帅哥。也正是因为无风不是一般的帅,而且也能帅到让很多人晕厥,所以有许多人都误以为他就是花布公主要寻觅的那个帅哥。

而花布公主的意中帅哥隐侠孙小天正在干什么呢?他正在哨着从京城老字号果脯店买来的冰糖葫芦。

"黑山老魔,小爷劝你还是把大理国的公主放了吧。只要你肯放人,小爷只废你武功,可饶你不死。"

"隐侠,你最近的战斗值大幅度提升,战绩赫然,本魔王也有所耳闻。但是你也应该知道我色魔黑山也不是好惹的,只要是我看上的女孩,一个也跑不掉。"

"我晕,你个丑老怪,你以为你是我吕叔叔啊?"

"你吕叔叔是谁?"

"说了你也不知道,知道你也比不上。实话和你说吧,小爷之所以肯放你一条狗命,是因为从大理国宫殿追踪你到此刻,你都没有机会得手。假若你已经侮辱了大理公主,你以为自己还有机会跟小爷讲话吗？"

"放屁！小崽子，想逞英雄还要看你有没有过硬的本领。这个大理公主貌若天仙，在梦里本魔已经意淫过无数次了，尽管在现实中还没有得手，但是今天宰你之后，便是本魔王洞房花烛之时。"

"既然如此，我们就没什么好说的了。"孙小天将手中的糖葫芦一甩，手持玄天剑猛地在胸前划出一道弧线。顿时，万丈霞光从四面八方凝聚而至，晃得黑山老魔睁不开眼睛。

显然黑山老魔也非等闲之辈，一声滔天巨吼使天空乌黑一片，大雨密布。

孙小天哈哈一笑，大喊一声："雕虫小技，何足挂齿，你以为你是我呀，精通开天辟地之术？"

但是很快孙小天就笑不出来了。

原来老魔的昏天暗地之术只不过是个幌子，在天黑的同时，他在雨中撒满了天地间第一淫药"神仙散"。药如其名，所谓神仙散就是神仙也无法幸免的毒药。

中了这种毒的人或神，必须在七七四十九个时辰之内，找到一个处子之身的少女交配，否则会神情错乱，筋脉尽断而死。也正是因为隐侠最近的战绩超越了天上的多数神仙，甚至还超越了战神，所以黑山老魔一出手便是最阴狠、毒辣、下三烂的招数。

尽管孙小天是个神仙，而且还是一个大神，如果他想要，甚至可以拥有凡间的整个江山，但他却永远也读不懂凡间的江湖。

"小子，我这天地间第一奇毒'神仙散'味道如何啊？你不是行侠仗义吗？你不是要逞英雄吗？你不是要废老子的武功吗？好！今天本魔王就成全你！我要亲眼看着你强暴你要救的这个女子。因为此刻，本魔王已经决定放人了。"

只见黑山老魔从道袍中用力一甩，薄如蝉翼、媚眼如丝的大理公主飘落在孙小天的面前。

隐侠的名号在大理公主的内心里其实早有了印象，特别是她在黑袍里听了魔鬼和天使的对话以后，对隐侠的好感又莫名地增加了一成。当她躺在隐侠面前，看到隐侠的俊容时，内心更是一阵羞涩，在内心里她呼唤着，为了你我愿意！

孙小天一路斩妖降魔，顺风顺水，没遇到过什么坎坷，但是此刻他才真正体会到江湖的险恶，才明白眼前的这个"猎物"有多么棘手。豆大的汗珠从他的额头上渗出。一阵爽朗的笑声顺着黑山老魔的老巢黑风谷传到了天际，乌云骤雨顿时被笑声淹没，消失得无影无踪。

玄天剑继续挥下，漫天的剑雨笼罩着黑山老魔，在头颅与身体相分离的那一刹那，老魔仍是在思考，是什么神奇的力量竟让百试百灵的天下第一淫药"神仙散"失效？同时思考的还有闭月羞花的大理公主，究竟是什么力量能让这位年轻的侠士服了禁药以后，对女人还可以如此淡定？

其实孙小天并没有动用五灵珠，而是想起了魂牵梦绕的花布公主。同一天让孙小天经历了两个没想到，第一是江湖的险恶，第二就是爱情的神奇力量。

"少侠的救命之恩，小女子没齿难忘，回宫之后我一定会让父皇好好地赏赐你。他的奇珍异宝数不胜数。当然了，他最珍贵的珍宝就是我，你可以要求父皇将我许配给你。"说这句话时，大理公主满脸羞涩。她之所以这样说，是因为自己已经春光乍泄。

孙小天含笑不语，脱下自己的外套轻轻地披在了大理公主的身上，然后温柔地抱起了她，朝大理皇宫疾驰而去。

而另一朵宇宙奇葩无风，也正在仔细地追踪阴风的根源。

无风的武器断崖刀其实是上古时期九重天之上陨落下来的一块玄铁，这块玄铁重达百吨，经过天生神力的无风几十年的打磨，终于锤炼成一把可以开山辟地宇宙中罕见的兵刃。

就是因为有了这把无坚不摧的宝刀，加之他那无与伦比的神力，才使三界外的邪魔不敢靠近悬天涯半步。也正因此，悬天涯上的百兽才甘心俯首称臣。加之无风自幼食用悬天涯上的灵物，他的身体早已超脱三界之外、不在五行之中，而且战斗值更是高得无法估量。

第八章　做凡人挺好

第九章

有个神仙
恋着你

　　大理国自古以来以风景美轮美奂著称，历代大理国的国君温儒典雅，特别是家传武学"六脉神剑"更是为天下武林所推崇。

　　大理公主舞蝶是段氏王族的长女，她还有一个妹妹叫玉蝶。整个大理王族，只有这两位千金。所以在她失踪的这两天，大理国上下满城风雨，卫兵把各个街巷甚至山间的洞穴都翻了个底朝天。

　　而大理皇宫内更是忙得不亦乐乎，以少林为首的各大名门正派以及江湖中的奇人异士还有邻国的国君都齐聚一堂。其中竟然包括原女儿国国王、现任大唐王国国王唐僧。更巧的是，唐僧的千金花布公主也在。

　　大理公主自幼与花布公主是义结金兰的结拜姐妹，由于担心妹妹的安危，她暂时放下了思念帅哥之痛，不远万里来到了云南大理。

所有人当中，也就属唐僧的权势最大、神通最广、长得最帅，所以，大家对他也是奉若神明。

"唐王陛下，已经两天没有小女的消息了，孤王真是寝食难安啊！众所周知，你神通广大，不知您可有最新消息？"

"段王兄不必着急，朕已经从黑山洞土地神那里得知，公主被一名绰号为隐侠的少年所救，而且淫魔黑山老魔已经死在隐侠的剑下。"

"又是隐侠！"朝野上下一片惊呼。这个隐侠实在太厉害了，许多神仙都办不了的事，他给办了。

听了唐僧的话，大理王那颗躁动的心终于平稳，同时心里也有了主意：这么无敌的青年才俊，要是能成为我的贤婿那么普天之下谁还敢入侵我大理国土呢？

在盘算的还不止他一个，还有唐僧：有机会一定要把这个年轻人策反过来做我的手下。论说功，本王可是天下无敌的。只可惜女儿已经心有所属，否则本王还可以施展一下美人计。唉！

"启禀大王！一位戴着面具的少侠已经把公主送回来了！"

"在哪里？"

"现在正在宫门外。"

"快快有请！"

隐侠的出现让所有人不约而同地起立，鼓掌致意。大家鼓掌的目的是想让隐侠摘下面具，看看他的庐山真面目。

隐侠倒是真的很想摘下面具，但是他一时激动竟然给忘却了，因为大理皇宫中赫然坐着他朝思暮想的大唐王朝的——花布公主。

而此刻,花布公主也是哑然失色。她的惊讶并不是因为心上人就是隐侠,而是因为心上人此刻正牵着自己最要好的姐妹的手! 可能是因为激动,不知不觉中,孙小天把大理公主的手攥得更紧了,而大理公主则羞涩地看了孙小天一眼。

看到这一幕,最高兴的莫过于大理国王,最遗憾的当然是唐僧。他万万没想到,这等有为青年才俊会喜欢上姿色比自己女儿要逊色很多的大理公主。他应该更没想到,这个青年才俊就是女儿苦苦追寻的帅哥,否则他绝对不会如此笃定的。

此时此刻的孙小天多么想在万众瞩目之下扑向花布公主,抱紧她,然后对她说那已经在心里反复默念了几万次的三个字。

124

可是他却不能,因为论辈分,自己是她的小师侄,抛弃这层世俗的关系,事到如今他还不知道花布公主是否还会记得自己是谁呢! 记得师尊在给自己上青春期生理课的时候曾说过一段经典的名言:"有些男人可以见一个爱一个,有些女人可以爱一个忘一个。"

因为自己只是和花布公主有过一面之缘而已。另外,还有一个重要的因素就是家庭原因。下凡前,父亲曾告诫过自己,离唐僧远点,可自己却偏偏爱上了他的女儿。

大理国王为隐侠准备了声势浩大的万人庆功宴。宴席间,赋有表演天分的大唐王朝国君唐僧还演唱了一首《南无阿弥陀佛》来助兴。但是这次宴会孙小天并不快乐,因为不知道什么缘故,花布公主中途退场,孙小天的心神也随着花布公主的轨迹走远了。

以孙小天的法力他完全可以读懂别的人或神的思想,可是他的读心术却偏偏读不懂最爱的人的心。每当他运用读心术去想花布公主的时候，他的心就会莫名地痛得厉害。

心痛的时候孙小天首先想到的是父亲，他不但能清晰地体会到父亲未修成正果时，被念紧箍咒时所承受的痛苦，甚至感觉还要更强烈一些。其中的始末他也曾在梦中请教师尊，师尊告诉他："真爱是不需要猜忌的。"

唐僧可谓人精中的精，所以，孙小天的一举一动都没有逃过他的眼睛。他推断，隐侠对自己的女儿有一种特殊的感觉，或者女儿苦苦追寻的帅哥和眼前的隐侠是同一个人。

酒过五巡，菜过七味，宴会达到了高潮，焦急、思念、加之紧张，孙小天极不情愿地摘下了面具，自从他上次不戴面具引起万人晕厥的现象之后，这是他第一次摘面具，令孙小天没有想到的是，同样戏剧性的一幕竟然在大理皇宫再次上演。

唯一没有晕厥的是刚刚走进来的花布公主。

"少侠最近可好？"

"我很痛苦。"

"难道少侠遇到了什么麻烦？"

"是的，我很想你！"

听了孙小天的话，花布公主面若红霞。

"少侠已经有了段妹妹，请自重。"

"请不要误会，我只是救了她而已。"

孙小天随即道出了解救大理公主的全过程，特别重点地讲述了自己因为心里思念花布公主，令天下第一春药失效的事件。

听了孙小天感人至深的讲述，花布公主泪如雨下，直扑进孙小天的怀抱。当孙小天把花布公主的娇躯揽在怀里的时候顿时明白,凡间还有一种神奇的感觉叫——幸福。

待众人醒来的时候,隐侠已经不见了踪迹,大家显得很失望,只有唐僧的嘴角轻轻上扬。但当他听完孔雀公主的分析之后,就再也笑不出来了。

"夫君为了给女儿制造机会,让臣妾也伪装晕厥,但这毕竟是女儿的终身大事,于是臣妾还是偷看了一眼。虽然只有一眼,但是我敢肯定,这个年轻人绝对不会是我们女儿的郎君。"

"爱妃,这是为何?"

"因为这个年轻人不是个普通人,也不是个凡人,而是当今仙界头号人物,也就是你昔日的徒弟孙悟空的儿子——孙小天。"

"阿弥陀佛,难怪本王觉得他如此眼熟,原来是泼猴的孽种。事不宜迟,爱妃,我们立刻回宫。"

回到大唐皇宫中,唐僧更是怒不可遏,因为侍从们都说,这几日根本不见公主回宫。

"阿弥陀佛,还说什么是光明磊落的正人君子,还不是和他爹一样,是个不知廉耻的小淫贼。若是花布少一根头发,我唐僧定会叫孙悟空父子都不得好死!"每当唐僧激动的时候,还是忍不住会把口头禅说出来。

"陛下,我看女儿也是真心喜欢孙小天,况且此刻他们说不定已经生米煮成了熟饭,不如就成全两个孩子吧!"

"妇人之仁!绝对不可以。孙悟空已经抢尽了我的风头,难道还要我眼睁睁地看着他的儿子抢走我最心爱的女儿?我唐僧对佛祖发誓,绝不会把女儿嫁给孙小天。"

看唐僧动了真怒，一向对他言听计从的孔雀公主也不再多言了。因为女儿国的女人实在太多了，她怕自己会失宠。

孙小天的心仿佛压了三山五岳一样沉重，皆因他读懂了唐僧的心。

看孙小天愁眉不展，花布公主调皮地用娇弱的手在背后蒙住了他的双眼。

"让我猜猜看，是什么事情让我们无所不能的'隐侠'如此纠结呢？"

孙小天轻轻地握住了花布的手。

"公主，也许我们在一起，会有很多无法预知的麻烦和挫折，你愿意和我一起承担吗？"

"那你必须向我坦白有关你的一切，因为爱不需要欺骗和保留。"花布依旧一脸调皮的神情。

127

孙小天把自己的身世以及一切都坦白了，而花布公主的眼睛像晶莹剔透的星星闪来闪去，很显然，她听得津津有味。当她得知小天读不懂她心事的时候，脸上泛起了红霞。

幸好小天读不懂我在想什么，如果让他读懂自己每天时时刻刻都在想他的话，那我岂不是丢死人了。

"花布，能告诉我你此刻在想什么吗？我好想了解你的全部。"

"傻瓜，我在想你！"

看着花布公主艳惊天地的容颜，加上孙小天的优良基因在作祟，他的唇不由自主地靠了过去。两颗相爱的心终于交融在一起。

"小天，我爱你！我要爱到海枯石烂！"

"花布,我爱你!我要爱到天崩地裂!"

此时的天与地不乐意了,这个兔崽子,竟然为了讨媳妇欢心而辱骂祖宗。当然在内心深处,天地还是高兴的,因为孙小天继承了他们敢爱敢恨的性格和为了爱敢于承担的优良传统。

"小天,父皇那里你不必担心。虽然是他给了我生命,但是他却无权决定我的归属。所以你必须马上快乐起来。"

听了花布的话,孙小天心中的凝重消散了。只要她的心是属于我的,我还有什么可惧怕的呢?说实话,还真没什么可怕的,自己除了具备鬼神共惊的超自然法力,而且还能驾驭天地动容的必杀技,外加五颗无所不能的续命灵珠,唯一怕的就是我爱的人却不爱我。

在蔚蓝的天空中,小天牵着花布公主的手自由地翱翔。他们像彩蝶狂舞,又像是游龙戏凤,整个神州大地为他们祝福。这一刻,每一朵云彩、每一寸土地都见证了他们甜蜜、浪漫、温馨的爱情。

而这一刻,唐僧也没闲着,他花巨资从阴间的奈河河底买了一瓶忘情水。这不是一碗普通的孟婆汤,据说是先人盘古的最后一滴眼泪。为了这瓶绝版忘情水,唐僧花了女儿国十年的税收,从孟婆的心腹奈河底的鲤鱼精那儿交换来的。而喝了此水的人将会彻底忘记唯一所爱的恋人的一切。而此时正寄情于天地、美女间的孙小天却忽略了揣摩唐僧的用心。

孙小天的爱情有所斩获,而珠峰脚下的猪八戒主仆也大功告成。轰隆一声惊天巨响,主仆二人强势出关。

"恭喜魔王,贺喜魔王,终于练成了'昏天暗地阴蚀功'。"

"哈哈哈哈……这与你的陪伴是分不开的。你的赤焰鬼火不是也功德圆满了吗？”

“小魔的不过是雕虫小技，这还都是仰仗魔王的恩赐，更别提与魔王相提并论了。”

“哼哼，你知道就好。做魔、做人和做神都是一样的，最重要的是不能忘本！”

“魔王教训的是。”

“哎，我老猪，不，本魔王也算是不虚此生了。”

“魔王为何有如此感慨？”

“本魔王一生经历坎坷，做过猪、做过人、做过妖、做过神，而今又做了魔，马上就快成佛了！哈哈哈哈……”

也有可能是鬼，曹国舅心中暗想。

“魔王的丰功伟绩，前不见古人，后不见来者，佛也过之而不及啊！”

“哈哈哈哈……这一千年以来，除了赤焰鬼火以外，你的奉承功夫也是突飞猛进呀。”

“多谢魔王称赞，小魔还有一事请示。”

“讲！”

“而今魔王大功告成，马上出关，我们该如何处理花果山呢？”

“烧！”

“吕洞宾等人呢？”

“杀！”

“嫦娥仙子呢？”

“抢！”

“灵霄宝殿和大雷音寺呢！”

"掠！"

"那还要看看你们有没有这个本事！哈哈哈，两个老魔在这里大言不惭、密谋害人，不知羞耻。"

不知何时，一个神奇的少年现身于珠峰顶上。

"魔王，不必动怒。我们刚出关第一天，就有人主动来送牙祭，岂不妙哉。"

"哈哈，本魔王只是好奇，这个小崽子是从哪里蹦出来的？难道和死猴子一样也是从石头里蹦出来的？不会是死猴子的私生子吧，啊？哈哈哈哈……"

"哈哈，魔王您还别说，这小崽子长得眉清目秀，骨骼特异，还真的与死猴子有几分相像呢。"

"胡说，死猴子的孽种是孙小天。他要是的话，除非是死猴子的孙子，哈哈哈哈……"

"两个老混蛋在胡说什么呢？"

"小杂种，不耐烦了吗？我们在商量是把你红烧还是生嚼。"

"只要你们两个混蛋有本事拿下小爷，小爷没意见。但是你们落到小爷的手里，结果只有一个，死亡！"

面前年轻人信心十足的话，让阅历丰富的猪八戒也不由得一怔，这小子不是来找死的，分明是来找碴儿的。

"小杂种，你是本魔王出关以来第一个要杀的人，所以给你个机会，自己选择个死法吧！"

"老混蛋，看得出来，你是被某个大神压在山下受刑的吧？竟然还不知羞耻地说什么闭关修炼。"

"小杂种，你找死！"猪八戒业已成魔，自然没有耐心理论。

"群山合一！"霎时间附近的活火山、死火山同时爆发，山崩地裂,喷出的岩浆化作了一条火龙径直向少年扑去。

看到如此壮观的场面,纵使曹国舅也胆战心寒。看来这头猪要火了,他如今的火力已经不在孙悟空之下。

尽管护心罩不在身旁,少年并不慌张,他稍微定了一下心神,唤出天地之法,顿时,一股强大的罩气从天而降,护住了少年的身体。没有错,这个神奇少年就是玄幻悬天涯的王者无风。

猪八戒早已想到,敢在珠峰附近出现并敢如此张狂,也绝非凡人,至少也是个大仙级别的神仙,因此破格施展了自己的五成功力。但眼前的景象令自己万万没有想到,对方竟然能轻易防下自己的杀招。由此可见,对方的功力绝不在天庭的任何一个神仙之下,包括孙悟空。

其实此刻无风已是气血翻滚。自出道以来这是第一次遇到如此厉害的对手,而且还是个魔。但他必须镇定,这个时候只要一个畏惧的眼神,自己就可能立刻陷入绝地,于是他静下心全力发功,护心罩又多了一层光环。

真不知道这一千年来宇宙又发生了什么事?如果能把这个年轻人收为己用,不是更如虎添翼了吗?想到这儿猪八戒收了功力。

"哈哈哈,后生可畏啊!但不知道你为何要与本魔王作对?"

无风看对方有意放自己一马,于是也放缓了语气:"我与你本无瓜葛,只是尊驾的阴风扰了我悬天涯原有的祥和,我是跟着这股阴风寻到这里的。"

"原来是这样,那这可真是误会。都怪我的手下,他在练一种武功,每天需要驱动阴风,可能是因为威力过大,波及了你的府邸。悬天涯自上古以来都是圣地,如若冒犯,本魔王在这里赔罪了。"

这个死猪头又怪我。曹国舅很是不满。

"魔王深明大义，无风不胜感激，他日如若有需要效力的地方，请魔王万勿客气。在下还有要事在身，先行告退。"

"小兄弟，客气。他日一定到悬天涯叨扰。"

无风走后，曹国舅心有余悸。

"魔王，这个悬天涯少年，年纪轻轻便有如此身手，今日您放了他，不怕日后养虎为患吗？"

"哼，本魔王自有打算，我需要这样的人才。"

"那魔王能驾驭得了他吗？"

"废话！普天下还有本魔王驾驭不了的生物吗？"

别吹了，要是能驾驭嫦娥的话，你会落到今天这个地步吗？当然这只是曹国舅的心里话。

女儿国
覆灭

　　泱泱大唐王朝，前身乃是赫赫有名的男人梦幻天堂女儿国，虽然如今的大唐王朝已经走进全盛时期，但是女儿国的老臣旧部，依然对唐僧的统治和作风颇有微词。

　　"听说了吗？我们的国王唐僧，为了一杯长生水，竟然花掉了我们十年的税收。"

　　"的确太过分了！但我不明白唐僧买长生水干什么？"

　　"你不知道，在我们女儿国的上古时期流传着这样一个传说，据说，上古时期盘古大神在创造女儿国的时候曾预言，当女儿国由一个男人执政的时候，女儿国的末日也就快到了。我们的女王贪恋唐僧的美色，却忽略了我们的生命价值。不然我们起义吧？你看唐僧只管自己的生死，哪顾我们的死活！"

　　"他自然顾不上我们，他那一百多个亲生儿子还管不了呢，难道你比他儿子还亲？再说了，我们如何起义？怎么起义？过去我们女儿国都是女人，而现在的女儿国大部分都是男人，一点凝聚力都没有了。"

"难道我们就这样听天由命，默默地等待着世界末日的到来？"

"那倒也未必，听说唐僧是佛祖委派到女儿国来赴任的，如果女儿国破灭，佛祖自己也不光彩啊。世界末日之前，我们好好地享受生活吧。"

"嗯，也只有这样了。我的理想是带着我的老公游遍女儿国的名山大川。"

"我的理想是游遍女儿国的名山大川找个好老公。"

听到女儿国臣民的议论，猪八戒主仆发出阵阵阴笑。

"魔王，您看唐僧暴政不得民心，根本就不用我们动手，自己就乱了。"

"呵呵，既然来了我们就要牛刀小试一下。"

"如何试？"

"当然试你的赤焰鬼火了，难道你还要本魔王亲自动手不成？"

"岂敢，岂敢！放火小魔最在行了。"

说话间，曹国舅就变了脸色，阴暗的脸变成了紫红色，两个眼睛冒着鲜红的血丝。顿时两团汹涌的火焰从他的双目中喷出，直奔女儿国。

大火很快就席卷到大唐境内，卫兵慌忙奏报。

"启禀大王，我国的上古圣地原始森林突然起火，火势极为猛烈。王土之内，已经有数千座房屋被毁，数万名无辜百姓遭难，现在大火正向都城方向蔓延，形势万分紧急！"

听了卫兵的禀报，唐僧眉头紧皱，满朝文武更是惊恐万分。

"启禀陛下，自从您执政的数十年以来，女儿国一直是风调雨顺,国泰民安(国泰民安倒是真的,但风调雨顺还是有些牵强),如今我上古圣地无端起火,肯定是有妖魔作祟,何不请谛听菩萨前来一问究竟?"宰相谏言。

"爱卿之言正合我意,快请谛听菩萨。"

原来唐僧到阴间买忘情水的时候,顺便用十颗夜明珠聘请阴曹地府的谛听菩萨作为护国大法师。没想到这么快就派上了用场。

只见传令兵穿上特制的铁鞋,在女儿国的校场正南方三十米处猛跺了八脚,片刻,地下就冒出了一阵青烟,谛听菩萨乘着坐骑风尘仆仆而来。

"哎!难道这一切都是定数?"

"国师为何如此感叹?"

"陛下可曾记得,取经路上由于您和孙悟空互相猜忌,让六耳猕猴钻了空子,上演了一出真假美猴王的闹剧?"

"怎么会不记得?那次本王还遭到了六耳猕猴的偷袭,至今下雨天本王还有些偏头痛呢,是那次事件留下的后遗症。难道这场火又和猴子有关系?"

"非也,陛下,上次是猴子,这次是猪。"

"你是说猪头三?不会!他没这个胆量,更何况此时此刻他和曹国舅主仆二人正在珠峰下压着呢。前些日子我还亲自给送夜宵呢。"

"那不知陛下有多久没有送了呢?"

"你不说我还真给忘了,怎么说也有几十年了吧。"

"陛下,这就对了,猪八戒受了几百年的刑,加上您过去没有探望的几十年,已经刚好一千年了。您要知道,珠峰和女儿国是两个不同的时空啊。另外您知道猪八戒在这一千年来都在干什么吗？"

"除了吃就是睡！啊，再加上点磕头拜师的小笑柄，猪还能干什么？"

"陛下如此想，那就大错特错了。在这一千年内，猪八戒昼夜膜拜，已经拜白昼和黑夜为义父义母，并学得了夺天地造化的魔法！"

唐僧听了登时一惊："国师，如此说来，这场大火真的是猪八戒放的？"

"陛下，这场火在猪八戒眼里就是一场儿戏，牛刀小试而已，他应该不屑亲自动手，是曹国舅放的。"

"本王一直对他不薄，取经路上好吃的留给他，处处维护他。而且在他受难的时候，本王还亲自屈驾珠穆朗玛给他送夜宵，如今他真能上树了，却反过来祸害本王！"

"陛下，你身为女儿国国君，本身就是一个受千万女人瞩目、千万男人妒忌的职位。宇宙就是一个大的磁场，同性相斥啊！更何况猪八戒的身边还有一个以煽风点火而闻名于仙界的参谋将军。"

"那依国师之意，我女儿国该如何缓解这燃眉之急？"

"陛下，如今佛祖闭关修炼，玉帝虽身为九五之尊，但也只是万金之躯，身贵位尊而已，真正法力无边的如今只有齐天大圣兼斗战圣佛孙悟空。但是孙悟空已和嫦娥仙子成亲常年沉迷于酒色、游山玩水，已经好久都不练武了。所以本座也不敢对两个人的实力妄加评论。"

"让我向孙悟空低头？那还是让忘恩负义的猪头来屠我女儿国吧。"

"难道陛下您要为一己之私怨，而置我全国的子民生死于不顾？"

"国师误会本王了。我身为一国之君,全国的百姓都是我的子民,我焉有不爱之理？为了女儿国风调雨顺、国泰民安,这些年来我上天入地、下海、爬山、走关系送礼。

"最让我感到耻辱的是,上次泼猴和嫦娥那个贱人结婚,鉴于泼猴的淫威和我国民的生计,我堂堂的一国之君竟然还要强颜欢笑地担任他婚礼上乐队的说唱歌手、卑躬屈膝地送上不情愿的祝福。

"为了子民我出卖了自己的个性，但是孙悟空的同伙吕洞宾依旧不依不饶,没事就给我女儿国制造一些天灾人祸,我这一年三百多天有两百多天的时间都在救灾,可谓寝食难安。

"每当看到子民们流离失所、背子携妻远走他乡的时候,孤王的心里都是无穷的愧疚,夜深人静的时候我都会跑到六台山的庙里去忏悔。

"当然我后悔的并不是打了吕洞宾,而是后悔为什么当时没有怂恿猪头三把吕洞宾打死。如今孤王每晚做梦都在重复着相同的梦话,天作孽犹可为,自作孽不可活！弄得和我同床的爱妃们都以为从前的我是一个十恶不赦的坏蛋！

"从前我已经不止一次地向孙悟空等人妥协,已经太累了,而且感觉自己就是一个庸君,很贱。而这次的灾难不仅对我女儿国是个劫数,对他泼猴同样是个劫数。如果泼猴有把握收服猪头,孤王再贱一次倒也没有关系,但是万一猪头把泼猴给收服了,那么孤王不是既出卖了自己的个性又出卖了自己的原则了吗？赔了尊严折了面,贱得一发不可收拾。

"没当上女儿国国王的时候我不惜一切代价,忍辱负重、不择手段,当上这个女儿国国王的时候我才知道,高处不胜寒啊!

"当你到达一定的地位时,你就不再属于你自己,你就多了很多的责任,更重的压力和袭扰也会纷至沓来。能掌控局面的时候本王可以尽量维持,但当无能为力的时候,本王也只好顺其自然了。"

"难得陛下能够对本座推心置腹,特别是您的一番感慨也让我感同身受啊。"

"难道国师也有什么难言之隐?不应如此啊,国师的职业在我们凡间的定位应该是心理大夫,不,是心理专家,更何况你还会读心术。你有什么可纠结的?"

"陛下,本座之所以感怀,是因为有话说不出来比没有话说更加痛苦。"

"如此说来,国师理解本王的苦衷了?"

"不但理解,而且十分同情。"

"那不知国师是否还有其他的救国良策呢?"

"陛下,据说三界中诞生了一个名为'隐侠'的少年,攻无不克、战无不胜,他的法力倒是可以和猪八戒一决高下。据本座所知,隐侠正在和花布公主恋爱!"

"不要再说了,本王正在为此事苦恼!"

"隐侠才貌双全,与花布公主两相情愿,又能解陛下燃眉之急,如此好事岂不是一举两得?"

"难道国师不知道他是孙悟空的孽子吗?"

"本座上知天文,下晓地理,岂有不知之理。但是陛下,上一代的恩怨不能留给下一代啊!"

"国师你无儿无女，说得轻松。我唐僧养个女儿容易吗？"

"陛下勿怪。现如今公主已经陷入情网，只怕是生米已经煮成熟饭，由不得您左右了。"

"就是饭熟了本王也要把它晾凉！"

"难道陛下不管公主的幸福了吗？"

"如果她的父亲很不快乐，你认为她会幸福吗？"

"陛下，本座有句话不知道该不该讲？"

"国师请讲。"

"你始终还是一个凡人，自私、仇恨，是你无法突破的法门。"

"我自私是因为我深深地爱着自己、珍惜我十世轮回的经历，我充满仇恨因为我是一个永不服输的斗士。"

"陛下以前做过法师，本座说不过你！"

"国师也是佛啊！为什么不敢与孤王斗斗佛法呢？"

"唉，说来惭愧，我只是有一技之长而已，却不能普度众生。更何况你讲过的经比我读过的经还要多。"

"过奖了国师。其实我们同病相怜，因为我们都是无法左右自己的人或佛。"

"陛下，既然如此，那我们以后以兄弟相称如何？"

"本王正有此意。今日我女儿国生死存亡之际，我们结拜，可谓生死之交也。"

"陛下，从今日起你就是我兄长了。我们荣辱与共、肝胆相照，誓死捍卫女儿国国土。"

"贤弟，怎么还称本王为陛下呢？叫本王兄长吧。"

"兄长，我还有一个不错的建议，可保我女儿国一时无忧。"

"贤弟请讲。"

"我知道三界之内还有一个人令猪八戒有所顾忌。"

"悬天涯神奇少年！"

"怎么又是少年？现在的年轻人怎么都这么牛啊？"

"凡间有句话怎么说来着，拳怕少壮啊！年轻就是资本！"

"贤弟莫要长他人志气，灭自己威风。我们凡间还有两句名言你也应该知道吧？姜还是老的辣，最美不过夕阳红。"

"兄长说得是，是我太没自信了。"

"贤弟不要谦虚，你这是为人谨慎，不过朕还是想了解一下这个神奇少年的背景，因为悬天涯自古以来就是一个禁地呀！况且这个少年万一再是孙悟空的儿子怎么办？"

"兄长，说来惭愧，小弟能卜周天之事，能读万物之心，但是对悬天涯的一切，小弟竟浑然不知。不过请兄长放心，这个神奇少年应该不会是孙悟空之子。我读过孙悟空的内心世界，在他的世界里只有孙小天一个嫡亲，如果这个神奇少年真的和他有关系，他自己怎么会不知道呢？"

"贤弟，我只是说说而已，不可能所有好事都是泼猴一个人的。不过贤弟是如何得知这个少年与猪八戒不分伯仲的？"

"大哥所言甚是，以我多年的旁听经验推断，这个少年绝对和孙悟空扯不上关系。我之所以敢说这个少年法力无边，是因为我读了猪八戒的心。目前在他的心里，只有两个人让他有所顾忌，一个是孙悟空，另一个就是悬天涯神奇少年，而猪八戒根本不知道三界之中最致命的力量是孙小天。"

"那依贤弟之意，我该如何请悬天涯神奇少年出山？"

"愚弟倒是有一个办法既可以让公主远离孙小天，又可以让悬天涯神奇少年出山为您效命，可谓一举两得。不过又要辛苦兄长了。"

"如此甚好。贤弟不要有任何顾虑,但说无妨!"

"兄长可以先假意答应公主与孙小天的婚事,然后再找机会给公主喝下你花巨资买来的'忘情水'。届时,公主的情感世界将会一片空白,与孙小天更是形同陌路。那个时候,兄长就可以带着公主去悬天涯旅游,借旅游之机,接近悬天涯少年。

"以公主的美貌,不谙世事的悬天涯少年一定会情窦初开。事成之后,他岂不是任你摆布?如此一来我们既可以保住女儿国,又可以观看到惊天动地的末世决战,岂不快哉?"

"妙哉! 果然是好计! 可谓一石二鸟。不过贤弟你可是够阴的,这回你就不关心公主的幸福了?"

"兄长取笑了,愚弟这也是迫不得已才想出此下策。如此一来,的确是委屈公主了,但是她作为王室的儿女,不为天下的子民的安危做出点儿牺牲怎么可以呢? 她的身世注定了她的不平凡,也注定了她的付出。不过愚弟还有一事有所顾虑,此去悬天涯千里迢迢、路途艰险,不知道兄长——"

"贤弟多虑了。你别忘记我可是取过经的人,什么困难我没经历过,何况此去我要带着足够的盘缠和军队。"

火情告急,卫兵再次来禀。

"禀告大王,东部火势还在继续蔓延,西部又发起了洪水,南部地震不断,北部死火山、活火山一齐喷发,看来我女儿国真的要覆灭了。"

"放屁! 阿弥陀佛,本王太激动了,不但讲了脏话,而且又说出了口头禅!"

"贤弟,你赶快打听现在公主在何地,我要即刻动身!"

流连于天地山水之间的热恋情侣孙小天与花布正在南海归途。

"小天,我想回宫看一看,你会和我一起回去吗？"

"当然愿意。我连见你父王的勇气都没有,还谈什么给你幸福呢？"

"小天,我爱死你了,你真是我的白马王子、我的真英雄、我的丘比特。"

"我只要做你的男人就好。不过宝贝,丘比特是什么东西？"

"丘比特不是东西,是我们大唐王宫养的一条宠物狗。不过听父王讲,上帝说西方也有个叫丘比特的,据说是掌管爱情的天神,和我们的月老是同行。"

"但是我觉得还是月老伯伯更好一些，因为他安排我遇上了你！"

此时此刻月老在天空中连连摇头："不是我,是猪头！"

"是啊！你娘是月宫的公主,月老当然要给你选三界最美的我。"

"宝贝,是月老人好！"

"呵呵,这话我爱听！"天空中的月老偷偷地笑了,同时他在想,孙小天与花布公主的结合,究竟是孽缘呢,还是绝恋呢?

"小天,你真善良,而且还懂得尊老爱幼哦。"

"宝贝,你就别夸我了,我会骄傲的！"

"没关系,我就是要让我的王子高高在上！"

"宝贝,你放心,只要你喜欢,我可以站在珠峰顶上为你摘星星！"

"真的吗?那太好了小天,我喜欢哈雷彗星。"

"宝贝,那可是颗流星,不好抓。"

"那人家不管,我要我的滋味。"

"你的滋味就是我的追求。"

143

"小天你真好！"公主幸福地躺在孙小天的怀里,顺势在孙小天的额头上轻轻地一吻。两个幸福的恋人沉浸在满是化不开的柔情世界里。

大唐王宫中唐僧正焦急地催促着谛听。

"贤弟,有结果了吗?"

"兄长不必着急。公主和孙小天正准备回宫,而且孙小天还准备站在珠峰顶上为公主摘哈雷彗星呢。"

"没事摘星星干什么?"

"是公主的要求。"

"这个傻丫头,要是我的话,肯定要月亮。"

"还是兄长英明啊！月亮上住着嫦娥仙子呢,对吧?"

"开个玩笑而已,说实话,我对嫦娥可是一点感觉都没有。不过在收服玉兔的时候,她倒是目不转睛地看着我,我想猪头和泼猴大概就是那个时候开始嫉恨我的吧。"

"像兄长这么帅的,很少有女人不动心。"

"唉,这年头,女人心,定海神针啊!你不知道它有多大,也猜不到它变成什么,所以帅也没用。"

"兄长对爱情之独到见解,小弟佩服!"

"这一点我不行,败给孙悟空的儿子了,毕竟我唐僧没有勇气站在珠峰顶上为心爱的女孩摘哈雷彗星啊。"

"难道兄长改变主意了?被他们真挚的爱情所打动,想成全公主和孙小天?"

"贤弟,你太善良了,做大事者必不拘小节,我唐僧绝无妇人之仁。为了我的尊严、为了女儿国的子民,这杯忘情水花布喝定了。"

为了你那倔强的自私和该死的仇恨吧!即将要葬送女儿的幸福,唐僧知道自己真正为了什么。

而沉浸在甜蜜与幸福中的孙小天,更愿意从花布的口中得到答案,而不愿意抽出点时间去揣摩唐僧的用心。

"花布,你觉得你父王会答应我们的婚事吗?"

"傻瓜,我的父王最疼爱我了,他怎么会因为上一代的恩怨而断送我的幸福呢?"

"那我见了你父王叫祖师呢还是叫陛下呢?"

"直接叫父王,这样亲切。其实你不了解,我父王还是一个感性的人。"

"对,感性的人都比较好沟通,我相信唐王当初那么多年的经不是白念的。"

"小天你真讨厌,你父亲孙悟空曾经不也是个行者吗?"

"我没嫌你父亲身世不好。在我眼里一切有思想、有灵魂的生物,都值得尊敬,随风摇摆的那是尘埃。"

"小天,你讲话好有深度哦!我喜欢!"

"宝贝,和你在一起,我喜欢不断地思考,只有在思考中,我才能发现你更多的美。我喜欢你的微笑,喜欢你的哭泣,喜欢你性感的薄唇和淡淡的薄荷味道。"

"小天,你是我最幸福的依赖,我愿意就这样被你甜蜜地包围到永远!"

"宝贝,你怎么又流泪了,不是说好了,不许轻易哭鼻子吗?"

"不是啊,小天,前面好像起火了,我是被烟呛的。你是大神百毒不侵,我还有一半是人身,当然比你敏感喽。"

听了花布的话,孙小天掐指一算,原来是女儿国遭难了。两人不禁又加快了脚步。

"公主您总算是回来了,大王正在朝上大发雷霆呢!您快去看看吧!"花布公主二人刚一踏进大唐王朝的宫门,侍从就急忙禀报。

"知道了,你先下去吧!"

来到朝中,唐僧正在摔一个上古时期的象牙宝瓶,但被孙小天接住了。

"父王,这象牙宝瓶可是母亲送给您的定情信物,您不是一直说这象牙宝瓶就是母亲和您的爱情结晶吗,象征着女儿我。您怎么能说摔就摔呢?"

"悖父乱伦,现在我就当没生过你这个女儿!"

"父王这是为何?"孙小天上前施礼。

"按辈分你应该叫我一声祖师吧?"

"但是父王,我和花布情投意合……"

"住嘴,花布也是你能叫的?她是你的师姑!"

"父王,现在仙界已经改革了,恋爱自由。更何况我认为我和花布年龄相同,彼此真心相爱,不应拘于陈旧迂腐,更谈不上悖理乱伦。"

"那你的意思是本王迂腐无知了?"

"父王英明睿智,小天岂敢造次!"

"好,既然你不敢,那你就赶快回你的圣月宫去。之前的事我既往不咎。"

"我要带花布一块走,请父王成全!"

"我是你的祖师,不要乱了辈分,有些事情是不能强求的!"

"我称呼你父王,是因为我深爱着花布,我尊重你是她的父亲。如果我真想带走她,你以为区区一个大唐王朝能拦得住我吗?"

"本王听说你自幼和菩提老祖学习法术,道法自然深不可测,但是这种事情是强求不来的。别忘了,花布自幼就跟着我,你觉得她会跟你走吗?"

"我会的,父王!从小到大,我从来没有如此坚定过。从见小天的第一眼起,我就确定我等待二十年的真命天子出现了。所以父王,女儿恳请你再宠我一回,让我和小天走吧。"

"花布,如果你执意要和孙小天走,那么就当我唐僧没养过你这个女儿吧!来人啊!把酒拿上来。"

"父王您这是要干吗？"

"花布，喝了这杯酒我们父女之情就恩断义绝了，你和你的真命天子去生活吧！"唐僧拭去了眼角的泪水。

"我不喝，父王对我恩重如山，说什么我也不会喝的。"

"如果你真的还当我是你的父亲，就马上离开你面前的这个男人。"

"父王，你不要逼女儿好吗？"

"住嘴！"

"既然如此，女儿不孝了。"花布端起酒杯一饮而尽。

唐僧露出了诡异的笑容。

一旁的孙小天以胜利者的姿态，豪迈地牵起了花布的纤手。

"花布，我们走吧！"

"这位公子，你很奇怪，这里就是我的家，你让本宫去哪里呢？请问您是谁？"花布公主用力挣脱了孙小天的手。

"花布，你开什么玩笑，我是小天，你的小天啊！"

"这位公子，你不要自恃有俊朗的姿容，就可以到处轻薄单纯少女。这里是大理皇宫，请你自重。如果你再胆敢放肆，我就让父王吩咐卫兵把你请出王宫！"

"你们这群蠢材难道听不懂公主在说什么吗？把孙小天给我轰出皇宫！"

已经麻木的孙小天在一群卫兵的推搡下离开了大理皇宫。

离开皇宫的孙小天，不知道自己来到了哪里。

"我为什么如此痛苦？难道这就是传说中的失恋吗？不会的，花布一定是有什么难言之隐。她是爱我的，我的心不会欺骗我！花布你告诉我，这是为什么？到底为什么？我不甘心，我不甘心！”

此刻神奇的事情发生了，孙小天竟然用读心术读懂了花布的心，花布的心里没有一个男人，更没有自己。

不会的，为什么会忘得如此彻底？为什么会忘得不留痕迹？难道花布真的就是祖师爷说的那种女人，爱一个就忘一个吗？还是花布根本就没有爱过我？

心智已经迷离的孙小天，此刻根本无法静下心来去思考那瓶让唐僧发出诡异微笑的忘情水。

看到孙小天落得这个下场，最高兴的莫过于空中的猪八戒了："小杂种，等着吧，你的痛苦刚刚开始！”

大唐皇宫中，彻底失意的花布公主恢复了往日的矜持。

"花布，快来拜见你谛听皇叔。”

"原来您就是深居地府中却通晓天下事的谛听皇叔啊？”

"雕虫小技，让公主见笑了。”

"既然这样，我想冒昧地请教皇叔两个问题。”

"请讲！”

"刚才那个陌生的公子为何表现得如此伤心，就像和我早在前世就已经相识了一般？即便与他素不相识，一个气质相貌绝佳的公子瞬间就如此落魄，花布还是会很好奇。”

"这个得问你的父亲。”

正在得意的唐僧没有想到谛听会突然把这么难缠的问题丢给自己，不由得一怔，但又不得不说。

"花布你有所不知，自从你上次在后花园赏花时脸上的面纱无端被一阵徐徐的清风吹走后，每日大理皇宫前来冒充你如意郎君的人数以百计。而刚才这个年轻人最让人气愤,他拿的不是面纱而是手绢,分明就是一个江湖中的小混混,一个不知死活的东西。父王我不想因为你的婚事而大开杀戒,搞得满城风雨,所以放过了他。"

"女儿不孝,给父王徒添烦恼了。"

"这是什么话? 你是父亲的掌上明珠,婚姻大事岂同儿戏? 父王不但要为你找寻心上人,而且还要找出跟随你二十余年的珍珠面纱究竟落在了谁的手中。这也是我把你谛听皇叔从地府中请来的原因。"唐僧说完朝谛听使了个眼色。

"那敢问谛听叔叔,我的珍珠面纱到底落到了谁的手中呢? "

"公主,据本座所知你的面纱落到了悬天涯一名神奇少年手中。"

149

"悬天涯? 少年? "花布心中暗喜。幸亏不是个老头,看来上天对我还是非常眷顾的。

"既然我们已经知道面纱的去向,那么就即刻起程去找寻吧。刚好我也审视一下未来的贤婿。"

听了唐僧的话,花布公主面带羞涩。

"父王,女儿知道您疼我,可是眼下女儿国正遭逢千年不遇的劫难,女儿怎么可以为自己的婚姻而置您的江山社稷和全国的子民而不顾呢? "

听了花布的话,唐僧满脸通红。

"公主,这个不必担心,您未来的夫婿武功盖世,正是他才能化解女儿国的浩劫。王兄此次前去,除了选驸马外,更是为了解救女儿国的国民于水深火热之中。"

"既然如此,父王,那我们就即刻动身吧。"

悬天涯在女儿国的西部,就这样,唐僧踏上了第二次西方之旅。这个消息刚一传开,各路妖精蠢蠢欲动。但如今的唐僧可是今非昔比了,他带了装备精良的卫队,带了高价聘请的众多法师,所以这次他是真的西游了。

但是刚刚失去爱情的孙小天却又是另一番景象。

孙小天伤心欲绝,万念俱灭。天空中惊雷不断,骤雨连连,站在雷雨中的孙小天一夜之间白了头。他来到了日月山脚下的一个湖泊前。

这个美丽的湖泊,如上天陨落的一块晶莹剔透的宝石,又好像是一面流动的明镜,湖水清晰地倒映出一个满头银发的帅哥。经历了这次失恋,原本带一点稚嫩的孙小天显得更加成熟、更具魅力了,就连湖水也因为他的到来比先前更加魅惑。

几滴晶莹的眼泪落到湖中,原本甘甜的湖水,霎时间变得咸涩。有人说二月泉的泉水甘甜是因为一位仙女洒落了泪水,而这条湖泊变得咸涩是因为湖水感受到了这个男神有多么的伤心,他的泪水有多么的无奈。这条像海一样绵长的咸水湖泊,被后人称作青海湖,也有的老人称它为绝情湖。

湖边的不远处坐落着一座名山,那是令世间凡人闻风丧胆的牛栏山。

"当初我父王没吃到唐僧肉特别遗憾,临终前的遗言就是要让我们牛之家族无论如何也要弄口唐僧肉尝尝,然后在祭拜他的时候带上几块红烧唐僧肉。

"如今唐僧竟敢第二次西行,简直没把我们这些妖精放在眼里。而且此次西行他身边没了齐天大圣的保护,虽说他重金聘请了一些法师，但在本牛王爷的眼里他们不过是酒囊饭袋、我们炖唐僧肉的辅料而已。唐僧此次西行的第一站就要通过我们的牛栏山，这对我们来说不但是一个诱惑还是一个极大的挑战，大家有没有信心生擒唐僧？"

"有！有！"一群牛头马面的小妖声嘶力竭地呼喊。

"听说唐僧的女儿花布公主可是出了名的美人，如果她成了你们的压寨夫人，那么你们再和其他妖怪聊天不是更有面子了吗？"

"大王说得对！不过您舍得吃您的岳父吗？"

"放肆！虽然本王一千个不忍，但是事关弟兄们的福祉，那本大王也只能大义灭亲了。"

"大王圣明！"

离牛栏山还有一段距离，谛听下令卫队停止前进，他是这次西行的总指挥。

"兄长，前面不远处就是恶名远扬的牛栏山，混世魔王牛二马就是此山的头头。这个牛二马烧杀抢掠无恶不作，比起他的父王独角兽青牛精来有过之而无不及。这个牛二马有个特点，不仅恃强凌弱，而且还经常找其他妖类甚至天庭的麻烦。"

"阿弥陀佛，想起他父亲那个老畜生差点没把我煮熟了吃，本王此刻心里还是怕怕的，没想到这个小畜生更生猛。贤弟，要不然我们绕道走吧？"

"肯定不行，这样不但使皇兄的威信受损，而且后面的妖怪将会更加飞扬跋扈，那么这一路上我们可就太麻烦了。上次皇兄西行是九九八十一难，这次说不定就翻十倍。毕竟佛闭关修炼了，光对付妖精就得等个十年八载的，还没等我们到悬天涯，女儿国也烧得差不多了，而且公主也变成一个老姑娘了。"

"贤弟所言甚是。不过我还是想知道，这个牛二马为何这么嚣张？"

"大王你有所不知，牛二马这些年来不断地烧杀抢掠，财大气粗、人多势众。据说天庭里还有关系，最要命的是他父亲青牛精在临死的时候还留下了一个法宝，黄金右脚。对不起，口误，是黄金牛角！"

"黄金牛角？"

"对，说起这个黄金牛角，厉害非常。它是上古野兽独角犀牛留给他子孙后代的一个利器，因为是他右边的牛角，所以又称黄金右角！此牛角坚硬无比，精光四射，凡是普通的武器和它在一起出现的时候，都会瞬间化成粉末。更为夸张的是，这个牛角还能吹奏出一段奇怪的旋律，听到此旋律的人都会头晕目眩，心智迷离，甚至会使自己人倒戈相向，自相残杀。"

"算了，我们还是绕道走吧！"

"陛下，不必惊恐，他牛二马有张良计，我们有过桥梯。"

"张良是谁？"

"张良是天庭一百八十个星宿里的智囊，曾经被玉帝指派到凡间帮助过汉高祖刘邦一统河山。"

"贤弟的历史知识也很渊博呀。"

"陛下过奖了，都是张天师教得好。"

"不过本王倒是想知道贤弟所指的过桥梯是什么法宝？"

"不是法宝胜似法宝，是一个凡人。愚弟在来之前就预料到会有此一劫，于是在我们的护卫队伍之中就聘用了一个牛二马的克星。"

"能制服牛二马这等妖精的一定不是一个凡人，即使是，也是一个高人，世外高人！"

"陛下所言甚是。这个人却不是一般的人，他是一个相当勤劳的人，他就是织女的夫君——牛郎！"

"这个人我知道，是个凡人，但不甘平凡，怎么说他的岳父也是堂堂的玉皇大帝呀！是个人物！不过贤弟，他降服牛二马索要的报酬也很高吧？你知道我女儿国现正处于水深火热之中，一时间还拿不出那么多的……"

"陛下，这个不必担心，牛郎生性淳朴非奸佞之辈，更不会在我女儿国危难之际坐地起价。本来他说义务为陛下除妖来着，但愚弟实在过意不去，便擅自做主应允牛郎，待女儿国恢复平静之后，把焚烧过的荒地留给他开垦，行使权归他所有。"

"甚好，甚好！只要不花钱，怎么样都行！不过牛郎能降得住牛二马吗？"

"没问题！陛下请放心。五彩神牛都被他驯服了，更何况一区区青牛精。"

"但是牛二马有无坚不摧的黄金牛角呀。"

"陛下，宇宙之中生生相克，牛郎能驯服五彩神牛绝对不是偶然，所以您就不要再担心了。"

"既然如此，那就传令下去，左右吹响号角擂鼓助威！今天我唐僧要来个杀一儆百！每个男人都有阳刚的一面，我唐僧的阳刚要在旭日下面挥洒万丈光芒！让全世界的人都感受到！"

"为了陛下的旭日阳刚，臣弟肝脑涂地！"

听到号角连天,牛栏山的小妖们也顿时紧张起来。

"启禀牛王,这个唐僧气焰十分嚣张,不但直奔我牛栏山而来,而且还大张旗鼓,简直没把我们这群妖精当人看。"

"废话,我们当然不是人,是人的话怎么吃唐僧肉?你以为人是那么好做的吗?做好一个人是很累的,如果本牛王做了人,也不一定能做一个很优秀的人,但是本王自知,做妖怪我已经算很出色的了。不过秃驴敢如此张狂,的确令本王始料未及。传令下去,大摆疯牛阵,我要让他们未到山腰,先折一半!"

成千上万头青牛嘈杂着不规则地排开,要命的是它们的牛尾上还燃烧着熊熊的火焰!唐僧的队伍越来越近了,可是牛群依旧没有奔腾,它们在等待牛二马的号令。

一股烤牛肉的味道让唐僧队伍中的卫士们口水大流特流。其实最被震撼的当属唐僧本人。这牛二马治军果然有一套,火都烧屁股了,竟然不为所动,这就是人们常说的"赴汤蹈火,在所不辞吧"？但是妖精做到了，人能做到吗？此役我唐僧一定要收复牛二马，让所有的青牛、水牛甚至牦牛都为我们人类造福。看到牛二马摆出的阵仗，唐僧暗下决心。

而这一边的牛二马开始发号施令。

"弟兄们还在等什么？进攻吧，谁能把唐僧拿下，牛栏山二当家就是他的，还能得到一大块鲜嫩的唐僧肉！"

显然，唐僧肉比牛栏山的二当家更有吸引力，牛群以雷霆万钧之势冲向了唐僧的队伍。

唐僧慌了，不停地擦拭额头上的汗珠。怎么说自己也是经历过九九八十一难阅历人物，狂魔厉鬼、大妖小怪见过不计其数，但如此大场面、大阵容还真是第一次经历。唐僧的队伍出现了小小的骚乱，但是他必须表现得足够镇定。

"卫兵们，我们人类始终是高级生物，牛二马再怎么生猛也不过是个畜生，请拿好你们手里的水盆，先把这群畜生尾巴上的大火熄灭，然后再拿起你们手中的长矛，刺向它们的胸膛。你们要明白，女儿国的父兄姐妹们还在等着我们凯旋呢！"

唐僧不愧是一个煽情的高手，短短的几句话，成千上万盆水已经洒向了牛栏山，几个道法高明的法师还引来了黄河水。霎时间洪水奔腾，直冲牛群。牛群的火熄了，但是疯狂的牛群依然在前进，冲在最前面的是水牛。眼看牛群离唐僧的方阵不足一里路了，这时一个英俊的帅哥骑着一头酷酷的黄牛（五彩神牛的化身）出现在二者之间。

此人正是织女的夫君——牛郎。

牛郎的手中拿着一把玉石长笛，老黄牛一声悠长的前奏，瞬间优美的旋律响彻整个牛栏山。正在水中前行的群牛戛然止步,为音乐而倾倒,而牛郎一首惊天泣地的《疯牛狂舞》更是让群牛纷纷倒戈。

此时站在牛栏山顶观战的牛二马不再像先前那样镇定,他慌忙地从怀中取出祖传法宝——上古神器犀牛角。只见牛二马念动咒语,魔光浮现,形成了一个巨大的五彩漩涡。

"天地磁场!"谛听惊呼。

"何谓'天地磁场'?"

"陛下看看便知!"

只见各种武器漫天飞舞,尤其是唐僧卫队多用的是铁器,更是一个不落地被卷进了漩涡。战场上的形势瞬间就发生了改变,牛群开始发威,牛二马更是发出狂笑!

但很快牛二马就笑不出来了,因为在唐僧的方阵中还有一个勇士在战斗,没有错,就是牛郎!

没有理由啊!为什么我的犀牛角对他不起作用呢?而且我头还痛得如此厉害。没过多久,牛二马的额头上开始沁出汗珠,两只手抱在牛角上痛苦地挣扎。不得已牛二马向牛郎抛出了橄榄枝。

"牛郎,只要你肯罢手,我愿意把唐僧最鲜嫩的部位留给你。并且我会带兵打上天庭把你的织女从王母的手中抢过来,不让你们夫妻承受离别之苦。怎么样?"

听了牛二马的策反,唐僧吓得瑟瑟发抖。

"牛郎贤弟,你千万不要听这牛妖的胡言乱语,妖与人的最大区别就是妖从不讲真话。另外向你透露一个埋藏在我心底多年的秘密,西天取经的日子以来,本王从来没洗过一次澡,你想一想,这样的肉你吃得惯吗?"

"陛下无须紧张,所谓受人之托,忠人之事。人和妖的最大区别是,一般情况下人不吃人,而妖吃人是它们的正常追求。至于说谎话嘛,人应该比妖在行。"

安慰完唐僧后,牛郎把头转向了牛二马

"牛二马,说实话,你的条件的确很诱人,但我牛郎世代务农,土地远比唐僧肉更具诱惑,毕竟你的牛栏山没有女儿国幅员辽阔。至于我和织女就更不用你操心了,你没听说过凡间的一句话吗?'小别胜新婚',我很乐意享受这种跨越式的爱情。西方称之为罗曼蒂克。你我人妖殊途,道不同不相与谋,我念你是一方霸主,请收手吧!"

"牛郎,今日我牛二马学艺不精败在你的手下,要杀要剐,悉听尊便。但我尚有一件事相求。"

牛郎收了石笛,单人单骑来到了牛二马面前,显得风度翩翩。

157

"拜托你放过我的牛子牛孙。"

牛二马提出的请求,让牛郎震惊!令他没想到的是这个妖怪倒是有情有义,而牛郎十分敬佩这样的生物。在三界中,讲情义的生物不多了。包括这次营救唐僧、收服牛二马,除了土地的诱惑外,最主要的是他是受一个痴情人之托。

"牛二马,你是不是特别恨我多管闲事,而且特别想知道我是怎么不惧怕你的犀牛角吧?"

"呵呵,牛郎,说实话,以前本大王根本没有把你放在眼里,以为你只是一个会放牛、偷仙女衣服的下三烂,没想到你的读心术还是蛮厉害的,本大王想什么你都知道。"

牛二马原想自己的这些话会激怒牛郎,而被对方超度。因

第十二章　牛人对决

为现在的自己实在太没面子了。妖也有妖的尊严，何况他一个妖王。一个首领最大的痛苦就是在同族的面前显出无能，并且受到侮辱。

牛郎微微一笑："有这两项特长我已经很知足了，我不但收获了忠实的朋友而且还找寻到了知心爱人。三界之中我也算是幸福的人了。

"其实你的犀牛角是名副其实的上古神器，但是你错在了不应该打一个女人的主意。以前我并没有把握降服你，是我一个很有能力的朋友告诉我，我的石笛就是上古时期和田里的一块玉石打磨成的，和你祖先传承下来的犀牛角同属一个时代，所以你的犀牛角对我这把和田玉笛构不成多大的伤害。巧的是，我的老朋友五彩神牛的祖先，也在上古时期传给它一把黄牛角，并且是雄的，三种神器的法力相互制约，当然我略胜一筹了。如果我没猜错的话，你那个犀牛角应该是雌的吧？"

听了牛郎的话牛二马满是疑惑，不知道冥冥之中自己得罪了谁，但更多的是对牛郎的仰慕和崇拜。

"成王败寇，从今以后我牛二马及众弟兄愿意听从主人的吩咐，万死不辞。"

"二马，没你说得那么严重，农忙的时候，帮我耕耕地就好。你手下的弟兄不愿意的话，也可以继续驰骋在牛栏山或者森林草原，只要他们不再祸害人间就好。"

"主人，你有很多的地吗？另外，你说的那个女人是不是唐僧的女儿？她的女儿不是还没有男人吗？"

"不该问的就不要问，我的土地多不多那得看女儿国的火灾大小。"

看牛郎变了脸色,牛二马很识趣地带着一群弟兄跟在牛郎的身后去开垦人间的土地。也有一部分不愿意去的,分散到山间原野做了野牛。

看着牛郎和牛群远去的背影,一个黯然神伤的人在牛栏山顶深深地舒了一口气。

茫茫牛栏山,迢迢珠峰女,过了珠峰就是圣地悬天涯了。虽然一路的颠簸,但是经过牛栏山一战,唐僧名声大噪,倒是少了不少的麻烦,许多妖怪有贼心没贼胆。它们万万没有想到这个曾经盗见盗欺、妖见妖抓任人宰割的唐僧,已非复昨日、极其棘手。经过多年的实践和总结,妖怪们印证了得出许久的结论是正确的。那就是,吃什么也别吃唐僧肉,最好想都不要想。

珠峰女玉面修罗一袭八千尺的秀发,似乎要覆盖整个珠穆朗玛峰。从上古时代至今,她的秀发一直在生长,每过一年,秀发就会增长一尺。而她的容颜却不曾改变,冰冷美艳。

159

五千年前的玉面修罗,还是一个亭亭玉立的少女,一头的黑发。她是白昼和黑夜阴阳调和以后在珠峰留下的传人。几千年来,她一直饮食珠峰顶上的雪莲,所以她的肌肤也如雪般晶莹。但珠峰千万年来人迹罕至,玉面修罗的美注定是寂寞的。

玉面修罗,没有感情,她的血也是冷的。但是五千年前,珠峰的雪开始融化,而她生平第一次有了温暖的感觉。那种满是化不开的温情让她陶醉,她美眸远眺,原来不远的五指山处被压了一个不速之客。

天地动容,万物骤变,珠峰在一夜之间增长了气温。那一刻,玉面修罗的秀发开始变白,她的血液开始升温。从此她的生活也发生了改变,开始一直关注着那个令她血液沸腾的异性。

然而，五指山下受刑的他，却全然不知道有个美丽的女神在暗恋自己，因为玉面修罗对男人或男神来说是一个遥不可及的传说。

她不救他，并不是她的法力不够，而是她怕失去他。爱原本就是自私的，也许她并没有错。但是她并不能阻止他的离去，也许爱情注定因为短暂而美丽。他最终被一个拿着柳瓶的美丽女人安排一个骑着白马的和尚救走了。

从此她的梦碎了、血冷了。她恨那个女人，更恨那个和尚，因此只要是美丽的女人或者俊朗的男人通过珠峰，都会被离奇的雪崩埋压在山下，万劫不复！因此珠峰也被列为四大阴地之一，人兽罕至。

偏偏路过珠峰的花布公主，美绝尘寰，巧的是她的父亲唐僧，就是救走自己心上人的那个和尚。霎时间，珠峰阴风大作，暴雪突袭，天黑地暗，谛听暗叫一声不好。但当风雪过后，唐僧父女也不知了去向。

一个白发帅哥与一个银发美女在珠峰顶上对话，在银发美女的身边，正是昏迷中的唐僧父女。

"请您放了他们父女。"

"就凭你也长着一头白发，还是因为你的父亲就是那个负心人？"

"不，您错了，因为我们都是苦苦等爱的人。"

"是吗？你的理由听起来很牵强。但是我可以答应你，不过你要做我五百年的奴隶。"

"我愿意。"

"你这么为她值得吗？她不会知道你为她所做的一切。据本座所知，唐僧此次去悬天涯是给她的女儿提亲去的。"

"大神，就像您爱我的父亲一样，爱一个人不需要理由，为一个人守候同样不需要任何理由。"

"孙小天，本座能感觉到你的法力不在我之下，但是你怕我伤害到你的心上人才向我委曲求全，对吗。"

"大神，除了别让他们父女受伤外，请让他们以为这只是一场普通的意外。请大神成全。"

"孙小天，我可以答应你，但是我要你不许动用法力，把珠峰山脚下的雪换到珠峰顶上，把珠峰顶上的冰扛到珠峰脚下，为我堆垒五百个雪峰。"

"好，大神，我答应你。"

突然，又是一阵狂风大作，唐僧父女被送回了西行的队伍之中。

"大王，您和公主刚才去哪里了？可把我们急坏了。"

"唉，这儿的天气太恶劣了，我和花布刚刚遭遇了龙卷风。"

谛听沉默不语，不知道为何此时他的心情格外沉重。

一会儿的工夫，唐僧的队伍来到了珠峰脚下。

"父王，您看那儿有个白发帅哥在用箩筐背雪，好像还很吃力的样子，我们过去帮帮他吧？"

"傻丫头，那可能是天庭里哪个犯了戒的神仙在改造，你要是有兴趣的话，可以让你谛听叔叔带着去参观一下。记得小心。"

谛听带着花布疾步来到了孙小天面前。

看到了花布的这一刻，孙小天箩筐里的冰雪瞬间融化，顿时湿透了衣襟。

第十二章　牛人对决

"咦,这不是在宫中被父亲驱逐的青年人吗?他的头发怎么全白了呢?"

"叔叔,您在珠峰脚下背雪要背到什么时候啊?"

孙小天猛地一愣,紧接着浑身颤抖。

"背到你能记起我的时候。"

"我早就记起你了,你不就是在女儿国被我父皇逐出皇宫的公子吗?我还好奇呢,你怎么走得这么快啊?"

孙小天银发飘飘,无限感伤,欲言又止。

"公主,不早了,大王还在等着我们呢,快走吧!"

看着花布远去的背影,孙小天衣襟上的水转瞬又凝固成了冰。躺在冰雪中的孙小天无限感慨,仰天长笑,她竟然叫我叔叔!

回到西行队伍中的花布不知为何,在看了背雪的白发帅哥后,突然感到莫名的悲伤。

"谛听叔叔,刚才那个白发叔叔看起来很伤感,他一定是累坏了对吗?"

"应该吧,这也许是他的宿命。"

"那么谁才能改变他的宿命呢?"

"这个我不太清楚,你父王应该知道。"

"您不是三界百晓生吗?您都不知道,我父王又怎么会知道?"

"孩子,不瞒你说,这个白发帅哥可能是因情所困。你父亲的情感经历很丰富,而我还是个单身,无法妄加评估。"

说到情感,花布满脸红晕,她在期待着能和悬天涯的未来夫君白头偕老。

五阴山
论战

经过十数日的舟车劳顿，唐僧一行人终于安全地到达了悬天涯。

剑齿虎和苍龙挡在了这行陌生壮大的队伍前面。谛听怕有摩擦，连忙念动兽语（谛听在成佛前曾是地藏菩萨案前通灵的神兽，因辨认真假悟空有功，被佛祖封为谛听兽佛），告知百兽赶快去通报它们的主子。

但剑齿虎与苍龙，似乎不太买这群神仙和人间贵胄的账，因为它们只受命于无风。

在与新魔王猪八戒一战之后，悬天涯主人无风才知道宇宙的浩瀚。果然是人外有神，天外有山，这次力战虽然未伤元气，但也略显倦容。但经过数十天的休整，他却越发英气逼人了。

尽管没有受到过人类或天庭的正统教育，但是自幼受天地之灵气熏染的他，通天文，晓地理，自学成才，因此他更能清晰地分辨世间的美丑。加上得到了父亲孙悟空的优良基因的遗传，当看到花布的一刹那，他还是蒙了。

因为他从来不相信世界上还有如此美丽的女性，姿色丝毫不逊色自己的母亲紫霞仙子。看到花布的第一眼，他就已经深深地爱上了这个女人。大家都懂，这就是传说中的一见钟情。

唐僧本想率部参观一下悬天涯，在宇宙之中这是个禁地，但对人类来讲，这可是个充满魅惑的风景区啊。能看到此处风景，也不枉风餐露宿来此一行。最主要的是，他要给无风和花布制造更多独处的机会，等生米煮成熟饭，可就比忘情水保险多了。

但是参观的提议遭到断然拒绝。无风这样想，因为拒绝，所以神秘，更何况，他不希望有人打扰母亲平静的生活。

安排好一切，拜别了母亲，无风和唐僧的队伍起程了。尽管牛栏山一战让唐僧威信空前提升，但是归途的平静，却让胆战心惊的随行卫兵们满腹狐疑。

就连唐僧本人也大觉不可思议，竟然忍不住地感叹，现在的妖精真是一窝不如一窝，连吃唐僧肉的勇气都没有了。

但是，平静中却蕴藏着更汹涌的灾难。

过了面前的五阴山就是女儿国的原始森林，可五阴山不是那么好过的。如果来的时候走这条路，唐僧一行可能就没有机会去悬天涯了。因为已经沉默许久的沙僧粉墨出师了。

"我勇敢的卫士们，过了前面的五阴山我们就可以平安到家了。妇女、乡亲们，正在拿着鲜花和美酒等着我们呢！"

听了唐僧的话，众将士一片欢呼。

伴随着欢呼声，狂沙骤起，阴风大作。五阴山，没有活人目睹过其真正的面目，阴风、乌鸦、瘴气、乌云、鬼鸣笼罩，因此称五阴山。

唐僧队伍大乱，只有几十名修为较高的法师和一些大仙级别的护法尚能原地不动。这阵狂风比起珠峰的龙卷风来有过之而无不及，不过这次唐僧和花布没有受到伤害。

因为有无风在他们的身边，早已把唐僧一干人等牢牢地罩住。唐僧不禁感叹，找什么护卫也不如找一个好女婿管用。

沙僧的现身，让在场的神仙们都大吃一惊，帅还是一样的帅，但是不知道什么时候，沙僧的毛发开始变红，眼睛开始变绿，而且额头上一团乌黑，还印记着一条张牙舞爪的黑龙。沙僧的这身装束，不但惊着了唐僧一干人，就连躲在天空中看热闹的猪八戒主仆，也不禁大吃一惊。

"魔王，难道沙僧也成魔了？"

"我早就说过，他没有想象中那么简单，现在我们成同行了。本座倒要看看他究竟学会了什么本事。"

在沙僧的内心深处，一直是反感唐僧的，西行路上的尊重，是形势所迫，不得已而为之。特别是唐僧做了女儿国的国王之后，沙僧对唐僧的仇恨又上升到了一个新的高度，否则他也不会想出放弃菩萨做魔鬼的损招来。

"秃驴，你还记得我吗？"

"本王与阁下素不相识，不过阁下倒是和本王曾经的爱徒沙悟净惊人的相似。不知道阁下与我徒悟净有何渊源？"

"行了秃驴，你别装蒜了，老子就是沙悟净。不，老子现在叫万妖魔皇！"

"悟净，你难道也被猪头收买了吗？你们这群忘恩负义的孽徒，想当初若不是本王一个个将你们解禁，现在你们还在服刑呢。你的良心难道被鹰啄了吗？"

"这个秃驴真是作死，竟然骂本座是猪头。本座最讨厌别人喊我猪头了。"猪八戒在空中喃喃自语。

那你以为自己是个什么东西？当然这也只是曹国舅的心里话而已。

"魔王，少安毋躁，您不觉得万妖魔皇这个名字很耳熟吗？"

"难道你说的是万年前搅得天昏地暗的万年猪妖？"

"对，正是被魔王的义父义母联手封印的万年猪妖。如果沙僧真是猪妖的传人，按辈分，他还要叫你一声师叔呢。"

嘿嘿，猪八戒发出一阵阴笑："先看看沙僧是敌是友，如果他不是我们的力量，本座今天就要替义父义母清理门户，同时收服悬天涯少年。"

"他们斗得两败俱伤，然后我们坐收渔翁之利，顺便再验一验那个少年的成色，可谓一举三得！魔王真是深谋远虑！"曹国舅奉承道。

沙僧业已成魔，更不会再有所顾忌，对唐僧的话自然嗤之以鼻："淫僧，你别把本妖皇和那头臭猪联系起来。要怪就怪你的命不好，让本妖皇先碰上了你。收拾完你，老子就去找猪头。"

听了沙僧的谩骂，空中的猪八戒脸色陡然变绿，目露凶光。

无风自然不知道沙僧是何方神圣，此刻是给花布展示自己本领的绝佳机会，他挡在准岳父唐僧身前。

"这位大叔，您别那么嚣张好不好，如果你的能力大过我，我允许你伤害我，但你的能量再大，我也绝不允许你伤害我的女人和她的家人。忘记自我介绍了，我是悬天涯的主人无风。"

听了无风的话，花布芳心大震。猪八戒和曹国舅也犯了嘀咕。

"魔王,我怎么感觉这小崽子说话和孙悟空有点类似呢?"

"胡说,我看这小子说话像我。"

一听是悬天涯的主人,沙僧也有点儿小惊讶,但很快就恢复了神情,因为他知道自己已非昨日俯下阿蒙。

"小崽子,本妖皇不管你什么涯不涯的,神挡灭神,佛阻杀佛!"

"那你还说什么?出招啊。"

沙僧显然是被激怒了,出手便是杀招。

"鬼神共泣!"

顿时天昏地暗,无数条黑龙从四面八方咆哮而至,唐僧的卫士们纷纷倒下,一些大神开始喷血,连谛听的额头上也开始冒汗。无风的先天罩气显然承受了巨大的压力。

无风的心海里开始翻江倒海,因为他知道自己的先天罩气远不如母亲躯体上的护心罩更坚硬,所以能支持多久他也无法估量。但是他有一个信念,就是牺牲了自己,也要保护这个令自己一见倾心的女人不受丝毫的侵犯。

而花布此刻的想法是,只要有面前的男人在,她根本无须担心。但想法越是丰满,现实越是凄惨。

"万魔诛佛!"

沙僧红发竖直,周围黑云密布,环宇中浊气上升,灵山、天庭、东方、西方、峨眉、蜀山都已经被黑暗笼罩。此刻的猪八戒和曹国舅才幡然醒悟,他们最大的顾忌不再是悬天涯神奇少年,而是离奇失踪一段时间的沙僧。

唐僧卫队中想跑的、死忠的,都躺在了地上,有七窍流血的亡魂,也有一丝尚存的大神。只有无风在苦苦地支撑着,先天罩气已经陡然提到了十成。此时的他嘴角上已经沁出了血丝,沙僧的额头也开始冒汗。

此时不出手,更待何时,躲在天空中的猪八戒审时度势,发出致命一击——"天崩地裂"已然出手。赤焰鬼火曹国舅也是火上浇油。

"呵呵,猪头,本妖皇早防着你们呢,不然早就取这小崽子的狗命了!"

话虽这么说,沙僧还是胆战心惊,刚刚出师就遇到生死考验。谁会想到现在的小孩怎么都这么厉害?最悲催的是螳螂捕蝉黄雀在后。

有猪八戒的插手,形势瞬间发生了变化。沙僧嘴角开始沁血,猪八戒主仆开始冒汗。在先天罩气里惶恐地看热闹的唐僧顿时大悟,原来那把无名的烈火是曹国舅放的。他不禁破口大骂:"曹狗,我日你先人!"

亲耳听到唐僧爆粗口,无风原本只是沁血,现在开始吐血了。花布一个劲儿地掉眼泪。但是她不知道,自己已经是为第二个男人流泪。

万魔诛佛,天崩地裂,先天罩气,赤眼鬼火同时发力的威力可想而知,但结果无法预测。顿时,时间错位,空间破碎。

原本祥和的三界遭受了前所未有的灾难,玉帝和众神移驾灵山,西方的上帝和神灵也避难到灵山,就连远在希腊上空的宙斯等神也逃到了灵山。妖魔鬼怪纷纷冬眠,死伤不计其数。最凄惨的当属人类,地震、水灾、火灾……同时爆发。环宇生灵涂炭,惨不忍睹。

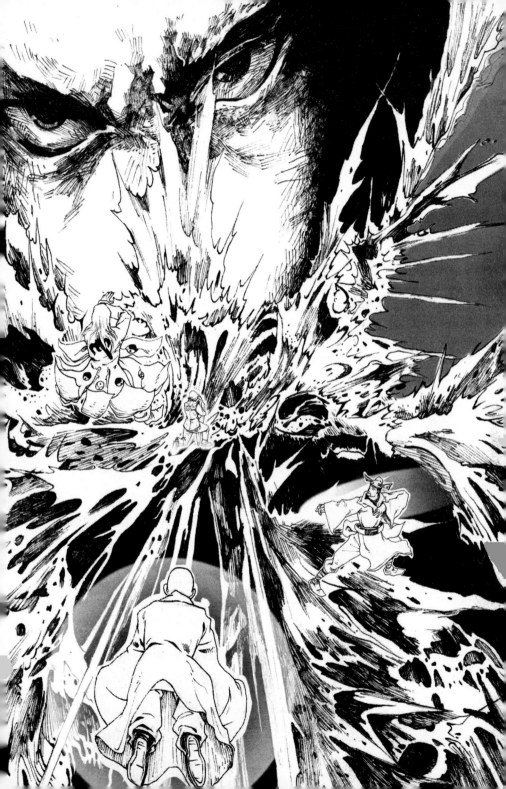

远在终南山度假的孙悟空和正在珠峰顶上背雪的孙小天父子,再也无法沉默了。终南山被陌生的力量劈成两半,孙小天刚刚垒好的几十个雪峰被这股强大的陌生力量震得粉碎。

最主要的是他读懂了人类正在遭受着浩劫,最要命的是,他读懂了自己最心爱的女人爱上了自己同父异母的弟弟。

穿越时间和空间,孙小天的心在和祖师菩提老祖对话。

"祖师,我如何解救万民于水火之中?"

"孩子,宇宙正面临着一次万劫不复的灾难。现在就是天与地、黑夜与白昼,我和你的父亲都无能为力,拯救苍生的重任只有你能完成。"

"祖师,我又何尝不想呢?可是小天不知道现在该怎么做?"

"孩子,还记得你身上的五灵珠吗?这五颗灵珠除了有续命的功能,还有保还一方平静的神奇功能。这五颗灵珠就是宇宙的命脉,但是这五颗珠子每颗只能使用一次。"

"祖师,和三界生灵的性命比起来,我个人的得失算得了什么呢?我知道该怎么做了。"

看到满头白发的孙小天坚毅的眼神,菩提老祖老泪纵横。他喃喃自语道:"我可怜的孩子,你还要承受多少苦难的折磨!"

珠峰顶上,孙小天跪拜在了珠峰女的面前。

"大神,我要去拯救三界众生,我要去拯救我的女人和亲人。"

"不可以!任何人都不能违背给我的承诺!"

"一句空洞的承诺,难道比三界生灵的性命还要重要吗?"

"坦白讲,我没你那么伟大,也不懂什么宇宙苍生,我只知道我的爱和我的恨不会改变。如果你执意要违背你的承诺,除非你杀死我,不然我会将你救活的宇宙苍生杀光。我相信我有这个能力。"

"大神,请答应我的请求,我答应永生永世做你的奴隶!"

不知为何,一向面无表情的珠峰女眼中溢出了一滴不易让人察觉的泪水。

"孙小天,你走吧! 你是第一个改变我决定的男人,我想就连你的父亲也没有这样的能力。但我希望你兑现你的诺言。"

孙小天伏在地上又是真诚地一拜,转身便消失在白皑皑的珠峰,留下珠峰女莫名的酸楚和怅然。

站在五阴山的上空,孙小天朝三界各抛了一只灵珠,宇宙顿时恢复了平静,重现阳光、溪流和人类久违的幸福微笑。

五阴山论战,可谓两败俱伤。猪八戒主仆逃到了幽冥谷,那里的魔怪已经死伤殆尽。有几个死里逃生的,把猪八戒主仆奉若神明。其实猪八戒已经元气大伤,曹国舅更惨,筋脉尽断,一息尚存。他们能在这里调养,真是再好不过。

171

沙僧也不得不退到暗界五阴山找师父疗伤。这次沙僧的表现不但让鬼神共惊,还使三界元气大伤,就连万年猪妖对爱徒的战绩也十分自豪。其实他的心里在想,可惜不是我。

而作为第三方的无风就没有那么幸运了,无风倒在满脸泪流的花布怀中永远地闭上了眼睛。

为了击退两个老魔保全唐僧父女,无风用尽十二成功力的先天罩气罩住了花布、唐僧和自己的肉身,结果元神出窍和两个老魔同归于尽。

无风的举动给两个老魔头上了深刻的一课,现在的年轻人太狠也太莽撞了,动不动就拼命。

其实作为凡人的唐僧也在思考这个问题，神仙的命，拼一次，机缘巧合可能还有来世，但是凡人可经不起拼，拼一次，少一个，没人会去在乎。

无风在做这个决定前，请求花布在他死后把肉身送回悬天涯，并有时间照料一下湖中的水仙。

看到花布伤心欲绝地泪流，孙小天不知为何会心痛，他的心痛是为了死去的弟弟，还是……

孙小天的出现，让原本惶恐的唐僧更加惶恐了。因为唐僧听谛听讲过，孙小天的法力绝不在猪八戒之下，如果此刻他落井下石的话，那么自己岂不死无葬身之地？想到这儿，他汗如雨下。他懊丧地想，早知道如此就不学念经了，学点防身的法术该多好啊！

"姑娘，别哭了，这个人是你什么人呢？"看到孙小天柔情似水的眼神，花布的心灵似乎找到了依靠。

"叔叔，他是我的男人。他是为我而死，我要把他送回悬天涯，然后永远留在悬天涯陪着他、守护他，因为，我怕他寂寞。"

花布的话，使孙小天一阵酸楚涌上心头。

"你是真的爱他吗？"

听了孙小天的话，极度伤心中的花布依旧忍不住惊讶地看了孙小天一眼。因为这位叔叔的问题，太奇怪了。

"当然，从我第一眼看到他心动的那一刻，从他决定为我去死的那一刻！"

孙小天取出一颗灵珠交给了花布。

"这颗灵珠会实现你所有的愿望，祝你们幸福。"

孙小天本想潇洒地离去，但转身的那一刻，眼泪还是止不住流了下来。

灵珠的神奇力量使花布和唐僧目瞪口呆——无风死而复生,而且功力暴涨!

不仅如此,唐僧卫队人员也都复活了。当花布再找寻那位白发帅叔叔的时候,他早已不见了踪迹。

有了无风的帮助,女儿国原始森林的大火很快就被扑灭了,而正在精心养伤的猪八戒主仆,再也无暇放火了。

唐僧没有食言,牛郎果然获得了一片广阔无垠的土地,成了人间最大的地主。而他收服的一群野牛也派上了用场,他和织女过着我耕田来你织布的生活,日子好不惬意。

第十四章

子债
父偿还

从菩提老祖那里，悟空得知他度假期间所发生的一切事情。无风的出现，令他喜出望外。但对小天的遭遇，悟空心如刀割。

拜别了师父，悟空拿出尘封许久的百宝箱取出了那把雌性利剑，准备将他送给无风。虽然他手中已经没有武器，但是没有人能揣测到他的能量。

或许孙悟空更适合做悬天涯的真正主人，在他现身悬天涯之后，百兽主动避让，连悬天之门的先天罩气也自动瓦解。

最不可思议的是，湖水中安静的水仙竟然幻化成人形。没有错，她就是美绝尘寰的紫霞仙子。她动用了悟空留给她的那根救命猴毛。

孙悟空再也无法抑制心中炽热的情感，狠狠地吻着这个愿意为他等待、为他付出的美丽女神。

"紫霞，把这把剑交给我们的孩子，你一定要让他记住，使用雄剑的人是他的哥哥,无论发生什么事情,他们兄弟也不能以剑相对。"

紫霞温顺地点了点头。

孙悟空走后,紫霞仙子坐镇悬天涯,等待爱子无风的归来。

珠峰脚下,群峰突起,一晃某个时空的五十年过去了。凡间五十年只是珠峰的五十日。在珠峰生活过的人或兽都明白,这里度日如年,很少有人能在这里活过一日,除了珠峰女、孙小天和鸿雁,还有曾经受刑的猪八戒主仆。

目睹着满头银发的爱子衣衫褴褛、泥水满身的惨状,任孙悟空金骨铮铮也无法不潸然泪下。

看到孙悟空的一刹那,孙小天的心碎了。此刻他多么想趴到父亲那宽阔的臂膀上大哭一场,告诉父亲,自己现在很痛苦,自己爱的女人爱上了自己的弟弟。

恰好,这时珠峰女出现了。

"珠峰女,你放了小天,不然我夷平你的珠穆朗玛峰。"

"哼哼!孙悟空,你不要在这里撒泼,是孙小天自愿来的,本大神可没逼他。再说了,就是本大神逼他,你又能奈我何?告诉你,别说是你,就是如来佛亲自来,又能把本大神怎么样?"

"父亲,大神说得是实情。您走吧,您就当没有生过小天这个不孝儿子吧。"

"父子情深,很感人的场面啊。可是本大神却不吃你们这虚伪的一套,除非——"

"除非什么?"孙悟空冷冷地问道。

"除非你来代替他,完成他没有完成的使命!"

"大神,你不能这样,我孙小天绝不会把个人的自由建立在父亲的囚禁上。"

"既然如此,我就爱莫能助了。"

"珠峰女,我答应你!"不由孙小天分说,孙悟空已经抢过了他的背篓开始工作。

"父亲!"孙小天跪在了雪地上。

"小天,如果你还当我是你的父亲,就答应我两件事,好好照顾你的母亲,不要伤害无风。"

孙小天离开了,珠峰女如愿以偿。因为有很多女人都是为爱守候,而她是幸福地被爱守候。

此刻孙悟空才彻底明白,原来佛赐给自己的那份刻骨铭心的真爱是珠峰女,而且自己的性格也将会永远的沉稳低调,因为一个搬雪工人是不需要过多的言语的。

孙悟空还是怪佛这次玩得太狠,毁了自己的永生。同时他还明白了一个铁律:我孙悟空再怎么跳,也跳不出如来的手心。

无风并不适应大唐王朝的奢华生活,加上牵挂母亲,于是带着花布回到了悬天涯。

在不久的将来,他要和这位美丽的姑娘结为百年之好,所以他要先将这位美丽的姑娘带给他最亲爱的母亲认可。他相信,母亲也会和自己一样喜欢这个美丽的女孩。

尽管他还不知道紫霞仙子已经幻化成人形。尽管他还不知道,紫霞仙子已经从他生身之父孙悟空那里得知了关于这个姑娘的一切。

看到护心罩中没有了母亲的身影,无风的脑海顿时一片空白。一旁的花布不知道发生了什么事情,只是傻傻地看着无风。

"我不在的这段时间里,悬天涯究竟发生了什么?护心罩无坚可摧,母亲不会有事的,不会的! 但百兽都去哪里了? 剑齿虎呢? 飞龙呢? 火麒麟呢? ”

无风平生第一次有了惶恐和绝望的感觉,眼泪还不争气地在最喜欢的女人面前流了下来。

“孩子,别哭了,我在这里。”不知什么时候美丽无瑕的紫霞仙子带领着百兽出现在了无风的身后。

“您就是我的母亲? ”

不待紫霞回答,身后的百兽已经拼命地点头,因为他们曾目睹紫霞仙子神奇的蜕变。

二十多年的思念,二十多年对母爱的渴望,无风再也无法控制心中炽热的情感,扑进了母亲的怀里放肆地泪流。紫霞仙子轻抚着儿子强健的臂膀欣慰地落泪。目睹这温馨的一刻,花布暗暗地发誓,我一定要做一个好妻子、好媳妇。感动的泪水也不禁夺眶而出。

对于无风来说,一切来得太突然了,母亲自由了,他知道了自己的生身之父是孙悟空,得到了一把无坚不摧的神剑,多了一个同父异母的哥哥,还找到了心动女生。幸福来得实在太突然、太猛烈了! 二十多年来,所有的不幸他都释然了。

但是他却不知道,自己正爱着哥哥的女人。如果无风知道真相的话,他一定会觉得所有的幸运都是他最大不幸来临的前兆。他也就会明白,为什么母亲在给他神剑时,要他发誓永远不将此剑指向哥哥;他更会明白,为什么母亲会一直对温柔美丽的花布公主冷若寒冰。

花布公主是一个十分聪慧的女孩,她具备比母亲孔雀公主还要美妙的容颜,更遗传了唐僧十世修行的智慧,她清晰地感觉到紫霞仙子对自己的不喜欢甚至是厌恶。

但是,她和无风这段姻缘是上天安排的,为何紫霞仙子要横加阻拦呢?她紫霞仙子当初和孙悟空的结合不也是上天的安排吗?

花布公主带着不解和疑问每天和无风游山玩水。

悬天涯果然超脱于尘世,真是个旅游度假、避暑休闲的浪漫圣地,竟然让两个年轻人暂时忘记了一切。随着感情的升温,在悬天涯的无风湖前,无风拿出了火麒麟进献的上古宝石向花布求婚。

满脸绯红的花布公主喜悦地说:"如果你能站在珠峰顶上为我摘流星,我就嫁给你!"

花布的要求让无风大吃一惊,但很快他就恢复了镇定。

"没问题,亲爱的花布,只要你喜欢!"

连花布自己也不清楚,自己为什么会提出这看似荒唐却又浪漫至极的要求。

圣月宫中的孙小天辗转反侧,孤枕难眠。一碗碗喷香的凤凰汤在他眼里索然无味。灵霄殿上的御医来了一批又一批,都束手无策。

大家的诊断结果是一样的,那就是孙小天患上了仙凡两界最棘手、最无解的病症——失恋综合征。得了这种病的患者,轻者茶饭不思、夜不能寐、以泪洗面,重者失去理智、为爱疯狂,最终灭亡!

"保生大帝,真的没有别的办法了吗?"嫦娥满脸焦急地问。

"仙子,小天的骨骼特异,法力无边,他是不会死去的。但是这也正是可怕之处,普通的人或神痛苦到极致可以死去,或者喝几碗孟婆汤就行。但是小天与天同寿，就要承受无止境的痛苦。除非他彻底忘却心中所爱的女人，或者得到心中所爱的女人，要么在他的世界里走进一个比他所爱女人更为出色的女人，还有——"

"大帝，还有什么你快说！"

"据我所知，孟婆还有一碗能令任何人或神忘记情爱的绝情水，但是已经不可能得到，因为我听阎王说这碗水已经在几年前被唐僧托关系买走了。当然这是内幕，仙子可能不知。"

嫦娥冷笑了一声："我怎么会不知道？我的夫君和小天今天的遭遇，都是唐僧这个秃驴一手造成的！唐僧，我是不会放过你的！"说到这儿，嫦娥面若寒霜，紧握秀拳。

卧在床上九九八十一天后的孙小天终于开口讲话了，并且还下了床。这对圣月宫来说简直是一个天大的喜讯。

"孩子，你终于起来了！娘有多担心你知道吗？"

"娘，对不起，孩儿不孝了！"看到几十天内消瘦了很多的母亲，孙小天满心愧疚。

在失恋的这些日子里，孙小天听到的最多的话，就是要他一定热爱生活。但是在他的内心深处，生活的概念已经模糊，他不止一次地在心里考问："生活，你欺骗了我，你还有什么资格要求我热爱你？"

他也不止一次地疑惑，一个对生活失去信心的神该如何摆脱痛苦。是否重新找到一份爱，我就可以开始新的生活了？

在失恋的日子里，孙小天内心深处十分感谢爸妈、感恩亲情、感激苍天。最令自己感动的是荷花妹妹，这九九八十一天，她时时刻刻陪在自己身边悉心照料。听母亲说，她刚刚去火焰山打浴火凤凰了，因为这种凤凰要比神工饲养的凤凰营养价值高出许多。

孙小天对嫦娥说他要出去走走，嫦娥自然欣然应允。其实孙小天是去火焰山看荷花仙子究竟是怎样捕捉凤凰的。这些日子，他突然感觉到凤凰汤有一种很特别的味道，他喜欢，甚至有些依赖。

踏上久违的七彩祥云，呼吸着九重天外特有的新鲜空气，孙小天内心深处少了一点空洞，多了一丝慰藉。他在想，荷花妹妹逮凤凰该是一幅多么有趣的画面啊。想到这儿，他的嘴角上竟然出现了难得的笑意。尽管他身心疲惫，但他毕竟还是一个朝气蓬勃的青年男神啊。

当他驱云赶到火焰山上空，眼前的景象使他再也笑不出来了。

汗水浸透了荷花仙子薄如蝉翼的紧身长袍，白嫩的小脸被熊熊烈火散发出的余热烤得通红。她正小心翼翼地埋伏在火焰山最为隐蔽的芭蕉峰一侧，等待着天外飞来烈火中沐浴的野生凤凰。

孙小天的眼睛湿润了。这八十多天来自己心中一直在默念着那个曾经属于他的女人，但是没想到，竟然还有另外一个女神在为自己默默地付出。这一刻，九重天外飞来一群多达数千只的凤凰，荷花仙子很是惊喜，手中的追魂箭离弦击去。不一会儿，荷花仙子拎着两只凤凰兴高采烈地朝圣月宫飞去。

孙小天悄悄地离开了。

换上一袭清新淡雅的淑女装的荷花仙子来到孙小天床前。此时的她，高贵、典雅、内敛，白皙的皮肤加上水汪汪的大眼睛，还有那独一无二的冷艳气质,宛如银河日月岛上那株圣洁的百合花。

如果不是亲眼所见,孙小天无论如何也不会相信眼前这个女孩,就是在两个时辰前还展弓射箭的劲装女生。

"小天哥哥,您今天喝了三碗凤凰汤,我托人再去猎户座大叔那里买几只凤凰吧。"

"怎么,难道这些凤凰都是你从猎户座大叔那里买来的吗?"孙小天明知故问。

"对呀,用了我十几个朝夕从银河边上捡来的贝壳呢。"

"哎呀,我还以为是你亲手为我捕捉的。既然是从猎户那里买的,以后我再也不喝了。"

"真的吗?"荷花仙子满脸的欣喜。

"和你说实话吧,小天哥哥,这些凤凰真的是我从火焰山亲手捉来的。怕你不肯喝,我才骗你的!"

"小傻瓜,我怎么会不喜欢呢?辛苦你了,小荷!"

荷花仙子的小脸又像火焰山的火烤过一样红,这次不但脸红,而且还哭得稀里哗啦的。

荷花仙子突然落泪,让孙小天顿时手足无措。一时间找不到手绢,情急之下竟从怀中拿出了花布的面纱为她擦泪。

"咦,这条珍珠面纱真美!把它送给我好吗?"看到这条美丽的面纱,荷花仙子止住了泪水。

"这——"

"这是女人的东西你拿着它干吗?一定是嫦娥阿姨送给你的,对吗?"

"忘记她就要忘记她的一切!"孙小天终于做了这个决定。

"好吧，那我就把它送给你！只要你喜欢。"

"小天哥哥你真好，以后我每天做凤凰汤给你喝。"说完荷花仙子激动地在孙小天的脸颊上轻吻了一下。

"好啊，不过以后再捕凤凰的话要带我一起去。"

只是短短的八十多个日夜，孙小天真的会彻底忘记那份刻骨铭心的真爱吗？不会的，他永远不会的。他不会忘记当花布公主惊现娇容全城晕厥、自己心动的那一刻。他忘不了和美丽的佳人一起经历的温馨生活，更忘不了自己应允美丽的她站在珠峰顶上采摘流星的浪漫承诺。

但是有一种爱叫作放手，有一种爱叫作痛苦。当他回想起花布揽着死去的无风伤心欲绝时，当他答应痛苦的父亲不会伤害无风的请求时，他没有理由不放手。因为自己爱花布，因为自己敬重父亲，因为自己是哥哥，因为花布已经彻底地忘记了自己。

孙小天的爱情观平凡普通，他只想找一个爱自己也为自己所爱的女人共度永生。但这个看似平淡的愿望却最难实现，因为三界之中还有一个无法预料的因素叫意外。

得知孙小天的遭遇，连一向对孙悟空心存芥蒂的玉皇大帝也深表同情。灵霄殿上，他和西方的上帝促膝长谈。

"唐僧这次玩得太过分了。虽说是父债子还，但也没有他这么卑鄙的啊。都当皇帝了，怎么还和凡间的江湖强盗一样，动不动就摆人一道？太没档次了。"

"我倒是有一个不错的建议，不知道玉帝陛下是否愿意采纳？"

"愿闻其详。"

"我们东西文化差异很大，你们东方神仙的坐骑一般情况下是青龙或者麒麟等神兽，而我们西方神仙的坐骑多为飞碟和流星。不如我多送兄长几艘飞碟等坐骑，您没事就派神仙到女儿国转转。这样既可以收买部下的忠心，又可以给女儿国造成恐慌。当女儿国举国暴乱，唐僧的好日子也就该到头了。"

听了上帝的话，玉帝明白了，原来唐僧还不是最阴险的那一个。但是上帝这个阴险的建议听起来好像还很不错，可以试一试。

其实玉帝这么做，无非是想讨好孙小天。因为玉帝得知，在荷花仙子的陪伴下，孙小天不仅恢复了往昔的朝气，连满头的银发都重新变得乌黑。

由于宇宙的多极化衍生，三界形成了新的格局，一些别有用心的神仙开始叫嚣着玉帝无能、天庭易主的口号。有神说，上一次五阴山论战，孙小天拯救了众生，没有谁再比他有资格当这个天帝了。所以玉帝留下后手，准备在位期间多为孙小天做点好事，将来真的有一日自己下台，也不至于太狼狈。

凤凰汤有养眼润发功能这消息一时间在天庭传得沸沸扬扬，许多少年白头或老年头白的神仙在闲暇时都会偷偷地去捕凤凰。

因为不是职业神猎手或没特殊情况捕凤凰是触犯天条的事，不然太上老君和太白金星早动手了。

以百鸟之王著称的神鸟凤凰也不是任人宰割的主，它们有的飞到灵山脚下寻求佛光的庇护，有的飞到南海做了观音娘娘的家禽。还有的更绝，竟然躲到了凡间农户的鸡窝里。这些流浪的凤凰在凡间是待不久的，因为它们经常从鸡窝里飞走。

第十五章

为爱
痴狂的神

　　嫦娥的愤怒和玉帝的惩戒，让大唐王朝的灾难空前增多，受苦的自然是大唐的子民。

　　"这日子还怎么过？地震、洪水、火灾也就算了，可现在又来了一个什么像碟子一样的东西在空中飞来飞去。那个庞然大物若是在我们安寝时砸下来，岂不是死无全尸？"

　　"然也，然也，自从唐僧做了我女儿国的国王以后，不是天灾就是人祸，弄得民不聊生、怨声载道！"

　　"唐僧有什么好，有什么资格做我们的国王？"

　　"不过客观讲，唐僧还是蛮帅的，在视觉和精神上带给我们女儿国众女性前所未有的享受。但他再帅也不能当日子过啊。"

　　"对，除了欣赏帅哥，我们还要继续生活！"

　　女儿国的人民像沉睡的老虎缓缓醒来，可怕的是大部分都是"母老虎"。

　　无风带着母亲的嘱托和对花布的承诺，与心上人一起来到了珠峰脚下。珠峰已经今非昔比了。曾经的珠峰只是一峰独立，而现在群峰突起，连绵起伏。当然，最高的还是那座主峰。

虽然不知道原因是什么，但是无风知道父亲是在为哥哥承受劫难，一瞬间孙悟空高大的父亲形象在无风的心中牢固树立。

无风心中二十多年的冷漠、疼痛甚至怨恨，化为乌有。其实二十多年来，无风一直把父亲当作了另一株隐藏在水底的水仙。

多情的孙悟空在珠峰过得简直是乐不思蜀，连绵的雪峰是他与珠峰女合作完成的。在爱情的呵护下，珠峰女八千尺长发竟然在一个月圆之夜，瞬间变得乌黑柔顺。

孙悟空他们从珠峰底部移居到珠峰顶上，每个夜里孙悟空都会在珠峰顶上为珠峰女采摘划过的流星。

见此情景，无风被彻底激怒了，而孙悟空在无风心中建立起来的伟岸形象，也在刹那间灰飞烟灭。

无风恨悟空对自己母亲的不公平，他恨悟空抓走了珠峰顶上的流星。来到珠峰一月有余，在峰底等待的无风一颗流星也没有见到。

据说西方上空的流星也被悟空抓得差不多了，现在许多西方大神外出没有坐骑，只能在空中漫步，办事效率大打折扣。

最致命的问题是，无风无法向心爱的女孩花布公主交代。自己信誓旦旦地许下承诺，可是一月有余，不但没有出现流星，而且还要看着可爱的她在冰冷的夜空里煎熬。每当看到花布期待的眼神，无风的内心深处都会产生无边的自责。

这一切的一切，都怪自己滥情的父亲。说什么为哥哥承受惩罚，这只不过是他拈花惹草的一个坚实借口罢了。

想到这儿,无风怨从胆边起,恨从心中升。是的,他要和孙悟空决斗,为了母亲!为了流星!

"花布,我们去珠峰顶吧,那里更容易看到流星。"

"可是你父亲在那儿啊!他可是仙界的传奇人物,按辈分我还要叫他一声师兄,见面多尴尬呀?"

"早晚都要见的,不是吗?"

"我听你的。"花布含羞低下头。

在幽冥谷的猪八戒主仆并没闲着,除了运功疗伤之外,这两个魔头没事就抓流星。

"魔王,您抓这么多的流星,是送给未来的魔王夫人吗?"

"哼哼,本魔王可没有那个雅兴。等我们把流星都抓完,孙悟空父子就会因没流星抓反目成仇。"

"魔王深谋远虑,小魔佩服!"

"这算什么?这只是个开始。孙悟空不家破人亡,本魔王绝不罢休。只是有一点本魔王确实大意了,这悬天涯少年果然是孙悟空的孽种。

"早知道如此,本魔王出关的时候就应该把他给灭了。不过现在也好,正好可以被本魔王利用!曾经伤害过本魔王的神佛啊,本魔王不会忘记你们的!哈哈哈哈……"

珠峰顶上寒风大作,但是无风的出现还是让孙悟空忍不住激动。

"孩子,你来了?看你长大成人,为父很欣慰。"

"孙悟空!你不配!"

听了无风的话,珠峰女和花布同时一惊,孙悟空的心头也为之一震。

"孙悟空，你这个虚伪的男神，你为了嫦娥，毁了我母亲一生的幸福，如今你又为了这个妖女想要毁了我的幸福。你有什么资格做我的父亲？你的破铜烂铁还给你，我不稀罕！"

无风把母亲传给自己的神剑扔在了孙悟空的面前。此时的孙悟空平生第一次有了眩晕的感觉。

"孙悟空，这珠峰顶上只能有一个男神存在。你为了你的妖女抓流星，我也要为我心爱的女人在这里等流星。我们决斗吧！"

"无风，我的确对不起你的母亲，更对不起你。既然我没有资格做你的父亲，我也不想做你的敌人。我走了，你好好照顾你娘。珠儿我们走。"

伤心欲绝的孙悟空拉着珠峰女永远地离开了珠穆朗玛峰，没有人知道他们去了哪里。

珠峰顶上所发生的一切，除了猪八戒主仆知道，大唐王朝皇宫内的唐僧也一清二楚。听了谛听的精彩讲述，唐僧忍不住喝彩，还不禁感叹道："孙悟空的这个儿子算是白养了，这样的女婿我喜欢。"

又是一个月过去了，流星还是没有抓到。因为无风对孙悟空的无礼，这一个月，花布公主没有对无风讲过一句话，这对无风来说是一种无声的煎熬，他原以为花布会因为他的勇敢和"在乎"而更加感动。

在一个寂静的夜晚，花布公主突然主动对无风提出了一个要求："亲爱的，过一个月就是十月初一，那天是我的生日，我想在那一天看到流星。"

"宝贝，你放心，我一定会帮你把这个生日愿望实现的。"

无风心想，就是去西天抢，我也要在十月一日那天让心爱的她看到流星。

流星之所以美,就是因为它如白驹过隙的弹指一瞬,稍纵即逝。有些事物就是因为短暂而美丽,而流星的存在注定是浪漫的。

离花布公主的生日越来越近,而流星还没有来,无风很是焦急。在还差十五天的时候他再也坐不住了。

无风用护心罩保护好花布,纵身一跃朝西方的天空奔去。他做了一个非常惊人的决定,去西方抢流星。

上帝之门,被两个面目狰狞持着利器的高等修罗看守着。

"天界圣地,不容侵扰。你是来干什么的?"

"滚开,不关你们的事,我是来找上帝的!"

两个高等修罗完全没有想到一个乳臭未干的东方人竟然敢如此张狂,两位尊者迅速关好第一道大门,手中的利器毫不犹豫地朝无风挥去。

"你们找死!"

无风仿佛什么都没有发生一样持起手中的利器便砍碎了上帝之门。两位可怜的尊者也被无风的先天罩气震得喷血而亡。

一阵飞奔,无风来到了天堂之门。这次守门的是一位年长的男性天使。

"孩子,想过天堂之门的陌生人要回答一个问题。"

无风握紧手中的神剑再要砍杀天使的时候,发现他们的身后还有一个正在为爱嬉戏的小天使,无风动了恻隐之心。因为他能体会到一个孩子失去父爱的痛苦,他充满杀气的眼神变得清澈了。

"前辈,您请问吧。不过千万不要问我脑筋急转弯的问题,否则别怪我不客气。"

"好的孩子,这只是一个常识性的问题。在东方什么东西最不好抓?"

"是流星!"无风不带犹豫地直接说出了答案。

老天使满脸的错愕,他不知道无风正是从东方赶来专门抓流星的。如果这个问题让西方人来回答,显然无解。

原以为过了天堂之门就可以进天堂、见上帝了。谁承想在天堂门后赫然出现了一座令人不寒而栗的鬼城——地狱。无风知道东方的地狱是十八层,却不知道西方的地狱竟然是在空中。

也许是太久没见到陌生人了,无风的到来,让地狱一片沸腾。他脚跟未稳,就有一群吸血蝙蝠呼啸而至。

但是这些吸血蝙蝠想错了,它们不但没能喝到新鲜的血液,反而遭到了入狱以来最大的劫难——撞上无风护心罩的蝙蝠纷纷死去。十里之外的吸血鬼也被先天罩气所散发出的强光射得魂飞魄散。

而此时正在墓地教堂听上帝讲课的魔鬼恺撒大帝以及他手下法力高强的众吸血鬼伯爵护法们却没有意识到,残酷的地狱正在接受着一场血腥的洗礼。一盏茶的工夫,看似无法逾越的地狱被无风砍得落花流水,留下了魔鬼最恐惧的哀号。今日这些吸血鬼所经历的一切让他们明白了一个道理,在宇宙中,他们还不是最狠的。

过了地狱便是天堂。

天堂很美,这里有长着银白色翅膀的美丽女性天使,有拿着弓箭乱射心形图案的男性天使,还有形态各异的西方圣兽与大神。

无风没有心思理会这些,他的目标只有一个——流星!

"上帝在哪?让他出来见我!"

无风的一声大喝让西方众神大吃一惊,因为从来还没有一个陌生人能安然无恙地从地狱鬼窟中一路闯来。在西方世界里,敢如此明目张胆不把上帝放在眼里的,他也是唯一的一个。

也许是无风的轻蔑激怒了西方众神,也许是西方众神太久没打过架手痒的缘故,也不管什么道义不道义了,众神群起攻之。只有几个资历较老的天神安然不动。

没过几招,众神就不得不重新审视这个陌生的少年了。无风只两剑便放倒了三十多个特等修罗尊者、夜叉使者,外加两个大神,连一个叫丘比特的大神的弓都被砍断了。

一旁看热闹的大神不禁连连摇头、连连感叹:"太暴力了!"

"赶快乘流星到墓地教堂禀告上帝!"天堂的长老们慌了。

"流星?"几个天使刚要蹬上几个球状的物体,无风挡在了前面。

"你们好好地生活吧,早找到这个,我也不会伤害你们了。我请求你们告诉我驾驭它们的方法。"

西方众神已经领教了无风的法力,为了避免更多的伤亡,只有命令巫师告诉无风驱动流星的咒语。

"都是月亮惹的祸。"无风念动咒语,几颗流星腾空而起伴着他划向了珠峰。

当无风飞奔到阿尔卑斯山上空的时候,几颗流星突然停止不前,一片乌云挡住了去路。

"你屠了我地狱、闹了我主天堂,难道你就想如此一走了之?你未免也太看不起我魔鬼恺撒了吧?"

"老魔鬼，我不想和你废话，小爷只是很好奇，你是用什么办法让流星停住的？"

"小畜生，你还真是狂得可以，有我成魔之前的影子。本大帝就告诉你吧，令流星停止的咒语就是'我承认都是月亮惹的祸'。"

"呵呵，老畜生，你们西方的神还挺有趣的，弄个咒语和歌词似的。出手吧。"

"我要吸了你的骨髓！万恶的巫灵、邪恶的魔窟之主，我是您最忠实的奴仆、魔鬼恺撒！请您赐给我黑暗的力量吧！"

在大唐王朝的时候，大家都说花布公主的父亲能念经，如果把这两位聚到一起肯定不会寂寞。无风这样想。但他很快发现，真要如此的话，唐僧没命是肯定的。

这个魔头只是随便唠叨了几句，就招来无数只吸血蝙蝠和吸血鬼，还有成千上万条双头毒蛇、数不清的吸血虫。

无风的脸色瞬间凝重起来，陡然把先天罩气功力提到了十成。尽管如此，他还是能感觉到罩气外那阴森恐怖的感觉。

"千人斩！"

无风的神剑开始发威。原来他并没有丢掉父亲的神剑，这毕竟是父亲留给自己的唯一礼物。

魔鬼的残肢在漫天飞舞，勾画出一幅独特的血腥画卷。但是吸血鬼群仿佛越死越勇，他们的目的只有一个，生吞了无风。

"万人斩！"

无风又增加了砍杀的力度。但魔鬼恺撒不为所动，依旧念动召唤的咒语："我死去的孩子们，不要悲哀，你们今日的死亡，是为了明日的复活！"

听了恺撒的咒语，无风火了。

"灭绝斩！"

灭绝斩是无风吞服灵珠之后才练成的新型必杀技。灭绝斩一出，谁与争锋！霎时间，电闪雷鸣，精光四射，所有的魔鬼和毒虫，有的化作血水、有的化作黑烟，全消失不见了。

魔鬼恺撒手持魔杖咆哮着："不可能，绝对不可能！怎么有人能破的我的血魔噬天阵？"

"老畜生，你耽搁了小爷十余天的行程已经是罪该万死，我不但要灭了你，我还要以东方神针刺破你西方神话！"

以残暴著称的恺撒大帝，没想到遇到这个陌生的天外来客自己却连残忍的机会都没有了。这是他第一次显出无措和虚弱。一声沉重的叹息后他化成一片乌黑的浓烟。

驱赶着流星，无风继续一路疾驰。当隐约地看到珠峰，无风心中涌上一种说不出的温暖。今天刚好是十月初一，十几天的鏖战，自己没有辜负那个让自己爱得痴狂的女孩。

就在这个时候，上帝出现在无风的面前。

上帝果然与魔鬼有本质的区别，他带来的是西方最美的女神，真爱女神维纳斯、快乐女神蒙娜丽莎和自由女神雅典娜。

"孩子，虽然你在天堂犯了不可饶恕的罪，但我和天神宙斯还是想再给你个机会。只要你答应做我和宙斯的传人，这三个美丽的女神将陪伴你到永生，而你内心深处那个想让恺撒做你仆从的愿望也将如愿以偿。孩子，赶快来到我的怀抱吧！"

上帝一番慈祥可亲的感召，让无风陷入对未来美好生活的憧憬中。西方的完美主义和浪漫主义思想，在侵蚀着无风的意志。

第十六章

为你挥洒
流星雨

上帝带走了三位女神,无风坚强的意志让他无奈,甚至觉得可怕。他不禁感叹:"这是谁的儿子,能在名利面前心不动,美女面前不弯腰?要是我的儿子该有多好!"

无风最终还是战胜了自己、战胜了诱惑。

当无风兴高采烈地赶到珠峰的上空时,漫天的流星雨从他眼前划过,有几颗竟落到了满脸微笑的花布公主身旁。流星雨的美让无风震惊,让他更为吃惊的是,挥洒流星雨的人不是自己,而是一个帅得惊人的男子。

"我承认都是月亮惹得祸!"

流星雨停止了,却留给花布公主最灿烂的回忆、最满意的微笑。

"你是谁?为什么要在珠峰顶上挥洒流星雨?"

"我是孙小天,我在履行一个承诺。"

无风没有想到,自己与哥哥的相见,竟是在这样一个场合。

"你知不知道,花布是我的女人?"

"既然你知道她是你的女人,就不要轻易让她失望。"无风抬头看了看星象:"难道你已经挥洒了四五个时辰的流星雨?"

"对,只为等你回来。"

"你想让我怎么感谢你?"

"没必要。但是我要警告你,如果你再敢伤害父亲或者背叛了这个女人,我不会放过你!"

说完孙小天就消失在天际。

"孙小天,你回来!你有什么资格对我施舍?你有什么资格教训我?没有你我一样可以抓来流星!"无风声嘶力竭地呼喊。

流星雨过后,便是一阵雷雨。没有人知道,那是无风伤感的呐喊和泪水。

还有许多事情无风想不明白:孙小天所谓的承诺是什么?他怎么会知道今天是花布公主的生日?为什么他离别时眼神中充满幽怨和无奈?难道他早与花布相识?为什么从没有听花布提起过孙小天?难道是十多天的恶战让自己神志不清,开始胡思乱想了?

"都是月亮惹得祸!"

几颗流星和无风同时出现在护心罩中的花布面前,花布幸福地沉浸在她心中的王子为她一个人编织的浪漫的童话中。她发现无风十几天不见,除了帅更多了一丝忧郁、多了一层内涵。

当无风也走进护心罩时,花布泪流满面。

"风哥哥,谢谢你的流星雨,我原本以为你无法完成给我的承诺。你不知道流星雨在午夜之前挥洒的时候,我是多么幸福!我要嫁给你,永远地和你在一起!"

听了花布公主的话,无风没有说什么,只是紧紧地把她揽在了怀里。他等这句话等了好久,但不知道为什么,今天听到会有不安的感觉。

远在九重天之外的孙小天还在不停地抛洒一些零星的流星,给珠峰顶上那对浪漫的恋人最真挚的祝福。无风为了花布公主勇闯西方的勇气让他自豪、佩服,但更多的是羡慕。

爱情是自私的,孙小天没有勇气告诉无风,抓流星不用那么费劲,其实九重天之外的第十重天有许多这样流浪的星星。但为了了却心中的牵挂,他最后一次为花布公主全心全意地付出。

此刻,在孙小天的心里正倾泻着一场气势恢宏的流星雨,他的心痛只为祭奠已经死去的爱情。

而浪漫要求实现之后,珠峰顶上的那对情侣也不再留恋冰冷刺骨的珠峰了。

“花布,明天起程回大唐吧?”

“嗯,我也是这样想的。不过在回大唐之前,我想见一下那位帅叔叔。”

“救我们的那位帅叔叔吗?”

“是啊,在我去悬天涯找你的时候,他还在背雪,后来在五阴山救过我们之后,就消失不见了。”

“他叫什么名字?”

“孙小天。”

听了花布的话,无风头脑中一片空白。

“你为什么叫他叔叔?”

“因为他满头白发呀。”

难道花布口中的孙小天不是哥哥？他分明是一头黑发呀，无风满脸的疑惑。

"无风你怎么了？"

"没什么，我同父异母的兄弟也叫孙小天。"

"你哥哥要是有那么帅就好了，呵呵。"

花布的调皮可爱，让无风暂时忘记了烦忧，二人商定明日上午寻找恩人，下午起程回大唐。

如果说宇宙是浩瀚无穷的，那么宇宙中的生活也一定多姿多彩。一场精彩纷呈的演出，主角总是在接近幕落的时候才开始释放出更为神奇的元素。

我不知道我是谁，听村头老槐树下那个算命的老人说，我出生的那天是世界毁灭的那一天，父母也在那一刻永远地离开了，整个村子碎成了粉末。

我是在父母用躯体搭建的空间里存活下来的，也就是说我是喝了父母的鲜血才保全的生命。听老人说，我生下来就不会哭，只会笑，在废墟上足足笑了一百天。

在第一百天的时候，奇迹出现了，死去的人仿佛只是沉睡了一百个日夜，全都神奇地复活了，唯独我的父母却永远不见了。后来听老人说，我的父母变成两只金黄的孔雀朝灵山的方向飞去了。

我不知道灵山是什么山，我只知道父母在那个山上，那里有我另外一个家。等我长大了，一定要去灵山看望我的父母。

在全村人的心中，我不是一个普通人，是一个妖孽。他们把我扔在了村头的老槐树下，理由是一个老妖孽和一个小妖孽在一起生活再合适不过。

老妖孽对我很好，甚至是尊敬，这让我很感动。在我懂事之后我对他说，即使你真的是一个妖孽，在我的心中也是菩萨，因为你有一副菩萨心肠。

　　我知道，老妖孽是怕我伤心，才编出父母变成孔雀飞走了的动人故事，我从心底感激老妖孽，但我更恨制造这场灾难和解救这场灾难的人。为什么？他们使这安静的世界血染江河？为什么他解救了众生却忽略了我？这个世界对我不公平！

　　老妖孽经常问我，如果有一天我突然有了无边的法力打算做什么？

　　"如果这个世界真的有如果，我想改变这个世界，让每个世界里的生物都有属于自己的生活。"

　　我的回答显然出乎老妖孽的意外，我清晰地看见他变了脸色。我知道他为什么吃惊，因为说这句话的时候我只有6岁。

　　事后老妖孽对我说，我的这个如果正是他毕生的愿望，从此以后我有了属于自己的名字——"如果"。

　　当我再大一点的时候，老妖孽拿他的吃饭钱把我送进了城里的私塾。开始我并不想上什么私塾，可是老妖孽神秘地说，没文化，很可怕！

　　虽然我生下来就不会哭只会笑，但是在失去父母的时候，我还是觉得这个世界的一切都是那么的陌生与可怕，直到老妖孽的出现，才渐渐地忘记了那种危险的感觉。所以，我很在乎老妖孽的感受。怕他伤心，我选择了这所富人子弟读的私塾。

　　私塾的门口停着各式各样的马车，在这里读书的孩子都是王公贵族的子弟，也有员外郎和财主的公子哥和千金，而我孤儿一个，注定是最平凡却又最受关注的一个。因为，整座私塾只有我一个人是步行来上学的。

我们的私塾是城里最华丽的,先生自然也是最优秀的。听年长的师兄们说,先生不但知识渊博,而且人长得帅,最大的特点是富有幽默感。因为他经常会给学生们变些戏法。简单说,他是一个集知识、容貌、幽默于一身的全能先生。

这位先生的教学方法很特别, 招纳学生的方式更为特别。凡是进这所学校的学生,入学前必须填一张自己的意向表。表的内容有三项:一是渊博的学识。这一项可以考取功名,升官发财,大部分师兄都填报了这一项。二是形体美颜,这一项可以享尽荣华、受人青睐。大部分的师姐都填报了这一项。而我填报的是一项冷门,也就是第三项天文、戏法。这一项也有一个明显的特点,那就是百无一用! 后来怕没面子,我又给这一项强加了一个特点,就是娱乐自己,拯救世界。

命运的平凡和选择的平凡, 注定了我的遭遇是不平凡的。遭受同学们嘲笑,成为我课前课后不可或缺的部分。除了嘲笑,有的时候我还因为看师兄们玩耍遭到暴打。

每次被打的时候我只笑不哭,因此本来可以被打得轻些我却会受很重的伤。后来师兄们连打都不愿意打了,说打我没有成就感和挑战性,并把我归为了异类。

每次我被打的时候,都会有一个叫玉蝶的小姑娘跑去告诉先生。第一次,先生用戒尺体罚过师兄们之后很好奇地问我在笑什么,我的回答是:"我张口便笑,笑尽天下可笑之人;我大肚能容,容尽天下难容之事! "

听了我的回答,先生很吃惊。我也很吃惊,怎么如此轻易地就对先生说出了老妖孽安慰我时所说过的话?

从那次交谈以后,潜移默化中,先生开始教我一些戏法的心法,并叮嘱我牢记。先生似乎对天文特别在行,总是给我讲什么玉皇大帝啊,太白金星什么的。后来这种神话听多了,我的梦里总会出现一些神佛或者妖魔鬼怪什么的。梦境中的生活,我过得非常快乐。

　　就这样,我和老妖孽相依为命。直到我 18 岁那一年,我的命运发生了改变。

　　那是一天的下午, 我回到老槐树下熟悉的三间茅草屋里,对正在研究周易的老妖孽说:"我不想去学堂了。"

　　老妖孽用一种陌生的眼神看着我,看得我心里发慌。

　　"果儿,你为什么会有这样的想法?"

　　"因为天文戏法这一学科只有我一个学生,所以我是这一学科的优等生倒也无关紧要,今天笔试之后,我竟然也成为学识科和形体学科的第一名,而且还被先生评为私塾的'三好学生'。"

　　老妖孽眼放红光、兴高采烈地对我说:"果儿这是好事啊,你怎么会不高兴呢? 我很好奇你是怎么做到全科第一的?"

　　"我也不知道为什么,我学了天文戏法学以后,知识学科的问题就全都不在话下了。至于形体美学,先生说我的五官是最端正,绝对是吸宇宙之灵气、取日月之精华,自然也就给我评了个第一。因此我成了私塾最年轻的'三好学生'。

　　"我长得帅也不是我的错,师姐们没事总是写情书给我,因此师兄们都欺负我。虽然他们现在打得我已经没什么感觉了,但是他们今天羞辱了我,是我无论如何也无法忍受的。"

　　"他们如何羞辱你的?"

　　"他们用'如果'造句,每个人句子的开始都是,如果我是一个妖孽、如果我是一个孤儿之类的话,后来他们干脆说,如果是妖孽、如果是异类了。最令人厌恶的王将军的公子还总是骑着马车撞我,他的理由是塾花喜欢我。"

"塾花?"

"嗯,她叫玉蝶,是我们私塾最美丽的姑娘!"

听了如果的话,老妖孽微微一笑:"孩子,成大事者,必先苦其心志,饿其体肤,空乏其身,行拂乱其所为。"

老妖孽的话听得我很懵懂,但是我能清楚地感觉到,他希望我继续上学。可是我没听老妖孽的话,第一次和老妖孽顶了嘴:"十八年前你摆布我,十八年后我摆布我自己。"

其实在说完这句话的时候我很后悔,我想老妖孽一定会非常伤心。但是老妖孽很得意地笑了。

"果儿,你长大了,以后你做什么事我都不会勉强你。不过在你退学之前可不可以告诉我你的先生是谁?我对他很感兴趣。"

在我小的时候,老妖孽抱过我很多次,但这次我第一次主动地拥抱他。在我心中,他是我的前辈又是我的恩师,我责无旁贷地应允了他这小小的请求。

要退学了,我的心情格外地放松,情不自禁地吹起了口哨。我心想,这要是有一乘豪华的马车该多好啊!

先生教了我那么多的戏法心法,我为什么不试一试呢?尽管师兄、师姐们经常对我说,戏法都是骗人的,戏子是三六九等人物中最没地位的,当念动一个简单的心法时,奇迹出现了——我的面前真的出现了一乘富丽堂皇的马车和四个精壮有力的车夫。

我简直不敢相信自己的眼睛,这乘马车比王将军甚至王室贵族子弟的还要气派。难道这乘超豪华的马车真的属于我吗？

"主人，请上车！"

听到车夫恭敬的提示，我确定这辆马车真的是我的。在车夫的搀扶下，我第一次坐上了马车。马车里的豪华程度让我不敢想象，除了丝绸座椅还有床。夸张的是床可以同时睡四个人。有了这辆马车后，我和老妖孽再也不用怕下雨天了。

车的速度快过了我的想象，但停车又是如此的及时。

我遇到并且超越了玉蝶的马车。以前我步行的时候，玉蝶遇见我都会停下马车，问我是不是要一起走，因为自卑，每次我都断然拒绝，这一次我主动停下了马车。

看到我从这乘豪华的马车上走下来，不但玉蝶很吃惊，就连她的车夫也都瞪大了眼睛。在我的盛情邀请下，玉蝶饶有兴致地参观了我的马车，并且决定，乘坐我的马车去私塾。

私塾前的停马车场，所有的马车因为我的马车到来而黯然失色。王将军的公子带着他的仆从朝我走来。我知道他们又要在玉蝶面前羞辱我，每次我都承受，这一次我要拒绝！

我念动心法，一列金甲战神从天而降。别说是王将军的公子了，就是我也没想到会唤来神仙，我只想唤来一群比他们更凶狠的侍从而已。也就在这个时候我才意识到，先生不是一个凡人。

第十七章

平凡的
世俗

当我见到先生时,先生正在收拾行李。站在先生身边,我很愧疚。

"先生,可不可以不走？以后我宁愿被欺负也不再使用你教给我的戏法了。"

"傻孩子,本领学了就是要来用的,用在对的地方叫本领,用在错的地方或不用就叫祸害。"

"先生,那你再多教我一些本领吧。"

"孩子,有些本领是随着你潜能的增长而增长的。我可以负责任地告诉你,你不但不是一个凡人,而且还不是一个凡神。今天你招来的救兵是佛前的四大金刚,而我顶多能招来天兵天将。"

先生在说什么我听不懂。看他去意已决,我虔诚地跪在他的面前真诚地一拜。因为老妖孽让我学会了感恩,先生给了我尊严。

"孩子,我马上就走了,你还有什么愿望吗？"

"我想知道您是谁？"

先生犹豫了一下，还是告诉了我："我叫孙悟空。"

先生在我的面前消失了，但他却永远地留在了我的记忆里。

孙悟空，一个熟悉却又陌生的名字。

先生走后，私塾散了，我驾驶着心爱的马车来到了老槐树底下。

"老妖孽，我的先生叫孙悟空，就在今天他飞走了。"

记得当时老妖孽正在做晚饭，他激动得把一瓢大米撒在了地上："原来真的是他！真的是他！"

在我印象里，老妖孽从来没有如此惊慌失措过，我跑到老妖孽的跟前扶住了差点晕厥的他。

"孩子，其实我是上古时期的一棵槐树，那个时候你的先祖就开始在我的躯体上生活，直到一万年前我幻化成了人形，孔雀家族与我也是不离不分。在上古时期盘古大神开天辟地，宇宙巨变，天地分别，但是天地在一起的时候，却孕育了一个传人，也就是你的先生——孙悟空。

"在上古时期，巨角犀、火麒麟、剑齿虎都被尊为神兽，上古植物的地位在当时是十分卑微的，就算是万分珍贵的雪灵芝、婴参和寒仙草都不被重视。

"但是他的到来改变了这一切。他超群的本领征服了各路神兽，统治着整个上古时期。他派夸父赶走了天空中一百个毒辣的太阳里的九十九个，让植物不再承受烈火般的煎熬，他还指派神农氏把我们归类，充分地利用，并且亲手栽下了我。是他塑造了我的生命。所以他一直是我的主人、我的偶像。

"所以孩子，无论到什么时候，你都要答应我，不要伤害他。"

看老妖孽说得如此郑重，我狠狠地点了点头。

我想给老妖孽变点什么，老妖孽不肯，他说他已经习惯了这样古典的生活。那一刻我才明白，原来简朴不一定是贫穷，也可能是古典，在过去的十八年里我一直过着古典的生活。

老妖孽问我今后有什么打算？我说我去寻找我的仇人。因为我始终不肯相信父母真的变成孔雀飞向了灵山，因为我永远也无法忘记父母鲜血的味道，是甜的。

老妖孽送给我一把剑和一串佛珠，他说这两件东西都是上古的神器，剑可以防身，佛珠可测凶吉。我问他，那以后你算命用什么，他说他可以借鉴《周易初稿》。这本书写得不错。一本得到上古时期的生物好评的书，我想作者一定是个不平凡的人。

带着十八年的感情我离开了老妖孽、离开了那棵老槐树，直到回头再也看不到一片枝叶。

我想看一看村庄和私塾以外的世界。外边的世界很精彩，外边的世界却也很无奈。

光天化日之下，我目睹了第一场战争。这是一场宫廷政变，执掌兵权的王将军想颠覆大理政权，他的军队和王室的卫队展开了一场生死搏杀。

而王将军公子的目的也很明确，就是得到大理的二公主玉蝶。关于这一点我也觉得很可笑，相处了十八年，竟然不知道她是个公主，难怪她的马车会比普通人的豪华。

本来势单力薄的大理王室已经孤掌难鸣，靠着大理段氏的祖传绝学"一阳指"和"六脉神剑"苦苦地维持。我能清楚地看见几个段氏王爷们，已经濒于崩溃了，我想如果此刻不出手，大理段氏可能真的要覆灭了。更何况王将军的公子，已经绑走了玉蝶。

乌云密布,雷声大作,数条金龙在空中盘旋,烈火熊熊,训练有素的王家军丢盔弃甲,许多王家军阵前倒戈。他们以为自己的逆天之行惹怒了苍天,殊不知是我在暗中助段氏一臂之力。

两军对阵出现了如此状况,身经百战的王将军也不得不及时收兵,带着残部奔向二郎山准备落草为寇。但是我没有给他们这个机会。

又是几声骤响,马儿惊了,王公子亲自驾驭的载着玉蝶的马车肆意向前狂奔。而前方就是万丈悬崖。

王将军脸色大变!大理国谁都知道,一人之下万人之上的他,视爱子如命,这次犯上作乱也与因爱子暗恋玉蝶公主成疾有关。此刻爱子命悬一线,他焉能不惊!

五十步,四十步,十步,当所有人发出惊呼时,我镇定地坐在马车和峭壁之间。马儿可能是又被惊到了,戛然而止。

看到我的出现,玉蝶泣不成声,她扑在我的臂膀上痛哭起来。这是我第一接触异性,感觉浑身发烫,脑海中所有的思路都被玉蝶的胭脂香和清新的薄荷香打乱,以至于王将军的呼喊我都没有听清。

"小英雄,你舍身救了犬子,要老夫怎么报答你?"

"他是我的师兄我救他是应该的,更何况马车上还坐着我的师姐。"

"虽然你与犬子是同门师兄弟,但是老夫一生最不愿意欠别人人情,你开个价码吧。"

我心想这个老头还真偏,不是说救人一命胜造七级浮屠吗,为什么要用金钱来衡量?看来我要好好地开导一下这个老头,于是我伸出了一个八的手势。

"来人啊,快给小英雄拿八万两黄金来。"

我轻蔑地摇了摇头。

"拿八十万两! "

我又摇了摇头。

"小英雄,我爱我的儿子胜过我的生命,虽然我没有八百万两黄金,但我知道你开出的价码合理,亲情是无价的。等老夫屠了大理王宫之后,把剩下的给你补上。"

听了老头的话,我感到一丝欣慰。他至少明白了亲情无价的道理。其实我想要八千万两来着。

"既然你明白亲情无价的道理,那么就别再继续战争了。你的士兵也为人子,也有自己的爹娘,他们的生命难道不是受之父母吗?人的职位可能有高低贵贱之分,但是人格和躯体却没有贵贱之别。我希望你能放下屠刀立地成佛!"

我很惊诧自己的说教能力,这些话我是怎么讲得如此理所当然?

听了我的话,王将军先是一愣,紧接着他下马给不愿再征战的士兵发了饷钱解散回家,还有一部分不愿意回家的和他一起上了山。不过不是二龙山,而是对面的五台山。临走的时候王将军和众人还朝我拜了一拜,而王公子没有随父亲上山,据说是去了大唐王朝。

一路上,我对自己惊人的感召力百思不得其解。让我不解的是还有大理王室的这些皇亲贵族们。

我从玉蝶的口中得知,大理皇帝竟然派了士兵在五台山的路上屠杀了那些已经准备皈依佛门的叛乱士兵和王老将军。

玉蝶说我在听到这个消息的那一夜失眠了,她陪着我失眠。她说那一晚我很可怕，一直在重复着一句话："善有善报，恶有恶报，冤冤相报何时了！"

其实玉蝶不知道，我不是失眠而是在为王将军和众士兵的亡灵祷告。再后来，我又从玉蝶的口中得知，在我失眠的第二天，被斩杀在五台山路上的将士们的尸体不见了。在五台山不远处，多了一座金山寺，那里的主持正是王将军，他的法名叫法海。那里香火鼎盛，邪魔不侵。

这时候我才知道先生孙悟空有多的了不起，因为祷告中我曾赐王将军法名为法海。

虽然王将军等人得到了正果，但是我还是无法忘记大理王室的自私与狭隘，看到了他们我仿佛看到了自己的性格，因为我也是在苦苦地找寻那个曾经屠我村庄、害我爹娘的凶手。

207

玉蝶说，她也早已厌倦了王室生活，决定和我私奔。私奔的途中，我问玉蝶对我有什么要求，玉蝶说她没有。但是我知道，她只是不肯说而已。我暗暗地发誓，总有一天我要实现她心中的愿望，不论这个愿望是否浪漫。

我喜欢玉蝶，不仅仅因为她是一个美丽的异性，更因为她是一个和老妖孽一样的人。他们这类人，不是自私地为自己而活，而是帮助所有人都能快乐地生活。如果没有玉蝶的关心，十八年的私塾生活我是不可能支撑下来的。

离开了大理王国，我和玉蝶进入了一片茫茫的原始森林。前方的路神秘又充满魅惑，玉蝶紧紧地拉住了我的手。

和玉蝶在一起，能让我暂时忘记了仇恨。因为恨由心生，我的心完全被玉蝶占据，根本无暇顾及仇恨。所以老妖孽有句话我还是比较认同的。他说，人不能太闲了，要给自己找点事做，不然容易出问题。当然老妖孽说的事是有利于三界的事,没事找坏事做的人无异于找死。

因为勤奋好学,我把先生交给我的七十二种戏法开发出七千二百种,也就是说三界中有的我都会变。玉蝶戏称我是万变郎君。

我对她说,无论我怎么变,爱她的心也不会变。本以为玉蝶也会对我诉说倾心之语,但是没想到她竟然说出一句相当深奥的话:"对于爱情,任何人都不要太乐观,因为有些爱是身不由己的。"

有时候,我也在想很多人都在思考的一个问题,幸福是什么?我感觉,幸福就是可以有一个不被干扰而且自己很喜欢的生活。生活中没有仇恨,只有喜怒哀乐。

玉蝶不这么想,她对幸福的定义很简单,好好地活着。她说不幸的人早已经离我们远去,有的进了第十八层,也有的进了更深层。

"那么进天堂的人呢?"

"天堂里也有不幸的人。"

为了证实自己的说法是对的,玉蝶还给我举了几个实例:"不说西方的天堂,就说东方的仙界,神仙都挺悲摧的,牛郎会织女还要看王母的脸色。神仙下凡还要向玉帝请假。最可怜的是土地爷爷,明明是神仙,也不知道是因为天上的住房拥挤还是地位卑微,总之是久居地下。"

看玉蝶越说越气愤,我很是心疼:"蝶儿,待我有能力改变宇宙的时候,我会顺便帮你改变这一切。"

玉蝶扑哧一下就笑了:"吹牛!"

"茫茫森林里吹什么的都有,只要你能开心。"

每当给别人一个承诺,我就会多一份苦恼,我给自己的承诺是为父母报仇。我给老妖孽的承诺是帮他报恩,我给玉蝶的承诺是为她做任何的事情。这些负担中,只有玉蝶带给我的是甜蜜的负担,我发现自己深深地爱上了这个善良的女孩。

花开不落是一年的开始,花开花落是一年的终结。在这个花开的季节,我要带着玉蝶向幸福出发,不管前方是狂风骤雨还是万丈深渊。

沙僧、猪八戒、悬天涯神奇少年在五阴山一战,一举成名,宇宙之中无不谈之色变。而猪八戒和沙僧在魔界和冥界的威望更是如日中天。

当猪八戒主仆出现在幽冥界的时候,鬼面阎罗亲自带队迎接。

"不知元帅屈驾到小神的府邸有什么差遣?"

"你们难道活得不耐烦了吗?如今我主已经不再是什么天庭的元帅,我主乃是宇宙之中独一无二的佛魔王!"

"小神有眼不识泰山,多有得罪,请魔王见谅。"

"把孟婆找来。"猪八戒阴森森地吐出了几个字。

"还不快去?"阎王立刻下达法令。

牛头马面领了阎王的法旨,飞奔奈何桥。

孟婆被猪八戒带进了冥界的密室。

"启禀魔王,这绝情水的解药也不是没有,但是老身说出这个秘方之后等于泄露了天机,会被打入三十六层地狱的。"

"难道你不怕魔王现在就让你永世不得超生吗?再说了,你在十八层地狱都已经生活了这么久了,还在乎什么三十六层地狱?"

"只要魔王能答应老身一件事老身就说，否则老身宁愿元神俱灭。"

"没有人敢跟本魔王讨价还价，但是本魔王愿意听一听你的条件。"

"老身希望在说出解药的秘方之后，请魔王做主成全我和月老。"

"哈哈,这个简单,快说吧。"

仙旅
奇缘

　　一百多天之后，玉蝶和我又看见了刚刚踏入森林时做了标记的参天银杏树，也就是说我们迷路了。

　　先生教我的戏法已经派不上用场，从佛珠中得知这是一座死亡森林，外面的生命无法在里面存活，而里面的生物没法活着出去，只能老死在森林里。而且我还知道，这里有许多凶残的原始魔兽。

　　玉蝶对迷路没有太大的反应，她说只要和我在一起，在什么地方都一样。她更希望我能永远留在这里，这样我就可以永远忘记仇恨。可是我做不到，因为我无法忘记父母似海深的恩情，更何况这神秘的原始森林还有许多无法预知的危险。

　　一路上，我们只发现了许多不知名的野兽的骸骨。

　　玉蝶对我说，这些日子吃了太多的虎狼，她想换换口味，于是我决定为玉蝶捕只凤凰。最近有许多凤凰在这里安家。

　　我神秘地对玉蝶说："把火生好，今晚吃什么我做主。"

玉蝶幸福地点头。

一群凤凰之中，我挑选了一只最威武闪亮的。我要给玉蝶最好的。

我想，今晚的月光晚餐，一定是不同凡响。

当我把凤凰带到玉蝶面前，准备挥剑斩杀的时候，凤凰落泪了并说话了："求求你们放过我吧，我本是火焰山凤凰群中的公主。火焰山是我神鸟一族的领地，在那里我们生活得无忧无虑。但是有一天突然去了一个仙子，专捕我们。没过几天这个仙子带来了一位白发帅哥一起捕，后来不知道什么缘故，这个白发帅哥的头发变得乌黑靓丽了。这个时候，一直仇视我们神鸟一族的五阴山乌鸦开始造谣，说什么吃凤凰肉能长生不老。于是仙界的大神们抵挡不住诱惑，冒犯天条，偷猎神鸟。迫于无奈，我族背井离乡，有的躲进了这片神秘的原始森林，有的飞向了九重天外投奔了远房亲戚。"

听了凤凰公主的遭遇，我们表示理解和同情。特别是玉蝶，不但把我臭骂了一顿，还掉着眼泪为凤凰包扎了伤口。玉蝶的善良换取了凤凰公主的信任，她告诉我们其实这座森林是有出路的，翻过前面的断魂崖，看见流星陨落的海洋，就有希望走进另一片原始森林。而那一片原始森林的尽头，就是传说中的女儿国。

森林里有悬崖峭壁，已经让我的好奇心空前膨胀，但是森林里还有片海洋，则让我不禁感叹宇宙的博大与神奇。

但是我很担心玉蝶，因为她手无缚鸡之力，况且我的法术也暂时失灵，我们所有的防御力量只有一串能预知未来的佛珠和一把上古的神剑。当然现在我们又多了位朋友——失落的神鸟凤凰。

有了神鸟的指引，我们不再是迷途的羔羊，几天的时间就看到了断魂崖。这几天，我们经历了春夏秋冬四个季节，而此时的断魂崖比冬天还冷。我斩杀了一只剑齿虎，亲手为玉蝶编织了一条虎皮外套，她的小脸又开始变得红润动人了。

断魂崖深不见底，我们不敢贸然地攀爬，准备在崖边先盖个茅草屋安顿下来。我砍木材，玉蝶做饭，凤凰收集毛皮，一天的工夫我们总算有了个新家。虽然不大，却也温馨，这让我想起和老妖孽一起在槐树下茅草屋里的惬意生活。

在给我擦汗的时候，玉蝶给了我一个温情的吻。她说我劳动的时候最帅，我说我思考的时候更帅，只是她没注意观察而已。

接下来这几天我们一直在重复一项工作——砍藤条。几千年的藤条粗如婴儿的手臂，但是有上古神剑在手，我倒也不发愁，可怜了玉蝶和凤凰，每天我平均能砍一万根藤条，而她们两个每天只能帮我找到一根藤条。

213

在事实面前，她们还振振有词："告诉你如果，我们若是有上古神剑，藤条早就够了。"

我诚恳地对她们表态，接下来我会更加努力的，因为我特别想带着心爱的女人体验神奇的森林之海。常听老妖孽讲，海洋是孕育生命的神奇宫殿，所以我对海洋总是有一种特殊的感情。

当藤条有十万八千里长的时候，我们已在断魂屋生活了十天之久。"断魂屋"是凤凰给我们的新家起的别称，虽不文雅，但也贴切。为了表扬我近期的努力，玉蝶和凤凰在我外出砍藤条的时候,特意准备了一桌丰盛的大餐,有雪莲、有虎肉,还有我最喜欢喝的菩提果浆酒。

除了我们就要起程了之外,还有一件事情值得庆祝:再有十天的时间,凤凰公主就可以修成正果化身人形,成了名副其实的仙女了。于是我们又多喝了几杯。

天气还和往常一样阴冷,我用双手捂着玉蝶红通通的小脸。

"小蝶,怕吗?"

"不怕,如果在我身边,我什么也不怕。"

"呀!太冷了,我先去崖下看一看,紫藤有没有到崖底。"凤凰飞走了。

我和玉蝶相视一笑。

凤凰真是太可爱了,不敢想象没有她的存在,我们的生活将是多么的艰险、无趣!私下里,玉蝶不止一次地开玩笑说:"如果,等凤凰妹妹化身人形,你把她也娶了吧。我不会生气的。"

每次玉蝶这样讲的时候,我总是脸色铁青,很明显我生气了。

到了晚上也不见凤凰回来,玉蝶坐不住了。

"如果,凤凰妹妹会不会遇到什么危险了吧?我们快去找她吧。"

玉蝶所想正是我所担忧的。虽然进入森林以来我们一路辛苦,但是还没有遇到过真正棘手的麻烦。往往在平静中隐藏着无限的危机。凤凰以往也曾去过崖下,但都是很快回来,这次时间长得可怕。我的预感是,凤凰遭遇了不测。

我把紫藤的一端牢牢地拴在一棵千年银杉树上,取下佛珠戴在了玉蝶的胸前,叮嘱她睡觉时也不许摘下来,安静地等我回来。看我表情凝重,玉蝶乖乖地点了点头。她如此动人,我又情不自禁地发狠吻她。

顺藤而下的一瞬间,我突然想到了嫦娥奔月的故事,玉蝶会不会突发奇想和我玩失踪呢?很快我就没有闲心再胡思乱想了。当我下到快一万里的时候,寒冷几乎让我失去了知觉。下到五万里的时候我想,心爱的玉蝶,你的如果可能要真的永远离开你了。

我想,这可能就是传说中的三十六层地狱吧?让我感到奇怪的是,自己生前也没有什么十恶不赦的罪行呀,为什么会被沸水煮呢?

"孩子,还冷吗?"

可能我还没死,地狱里是不会有如此和蔼的声音的。

215

一个慈祥的老人掌灯出现在了我的面前。

"前辈,我还没有死吗?"

"孩子,这里是断魂洞,你只是被寒气侵蚀了神志,没有大碍。本佛已经用玉泉为你驱寒了。"

"前辈救命之恩没齿难忘。请问您是?"

"本佛法号燃灯,人称燃灯上古佛。受我佛如来所托,我在这里等一位有缘人。"

"如来?和我的名字倒是蛮像的,我叫如果。"

"哈哈,如果即如来,如来也如果。"

说完这句让我懵懂的话,古佛消失了。

我想我是不可能和佛扯上什么关系的,我还打算和我心爱的玉蝶成亲呢,生个儿子叫如来倒是可以考虑。

洗完玉泉，再也没有寒冷的感觉。特别是古佛的出现，他那温馨的灯光带给我前所未有的温暖。置身这个天然的石乳洞中我才明白，即使在最阴冷的悬崖，一样可以发现温暖的源泉，除了玉泉我还看到了一本秘籍，上面赫然写着"如来神掌神仙版"七个大字。

秘籍里的内容是用古体字撰写的天文。上私塾的时候先生曾教过我，而且他特别地叮嘱了我，多学点古体字，以后用得上。此刻我才明白，为什么大家都称先生为先知，看来是有道理的。

我之所以选择学习神仙版如来神掌，是为了有朝一日能手刃仇人，为了更好地保护玉蝶。只一天的工夫，我便熟练地掌握了这门旷古奇学。

上私塾的时候，先生就提到过这门绝学，他说即便是像他那样有慧根的大神练此功至少也需要一年半载，而且还得有机缘。

神仙版的如来神掌已经流失了许多年，倒是一些凡间少林僧人创研的武林版的如来神掌在凡间的江湖风生水起，但威力自然不能和神仙版的如来神掌同日而语。以前我以为先生在吹牛，原来他只是在叙述。

断魂洞口依旧悬挂着那条粗如婴儿手臂的藤条，我心想，自己的命真好，如果不是摔到了洞内，说不定真的已经粉身碎骨了。既然还活着，我一定要找到凤凰，活要见鸟，死要见毛。

在课堂上先生曾给我讲过，在海的上面，越高的山峰越是寒冷，就像珠峰。据凤凰说，这断魂崖要低出海平线很多，不明白为何也会越来越冷。

我的手掌已被十余万里的藤条磨得布满了血泡，不得已，我只好脱掉了貂绒外套护住手。藤条的尽头就是崖底，我并没有发现凤凰的踪迹。

在我冷痛难耐的时候，突然感到了一阵难得的炽热。我想那一定是凤凰，因为我感受到了她如火般的温度。

我感受着温度，焦急地找寻凤凰，终于在一处最为炽热的怪石奇峰旁发现了一片十分茂盛且阴森的紫藤林。如果不仔细观察，很难发现在藤条绕峰的下端还隐匿着一个瘴气四起的溶洞。

我料想，凤凰定是被可恶的藤条精困在了洞内，就顾不上手掌的疼痛，紧握手中神剑飞奔而去，手起剑落。洞口的藤条被神剑斩得七零八落，但是向洞中望去依旧漆黑，不时飞出几只蝙蝠还趴着几只吐着黏涎的蟾蜍，阴暗中我依稀听见了女人的娇叱声和一阵阵恐怖的哀号，算算凤凰失踪已有十日有余，想必她已化身人形。

听声音双方似乎在进行一场激烈的厮杀，很显然凤凰在苦苦地支撑。为了凤凰的安危，我已顾不上秘籍上"切勿轻施"的训言，双掌合拢，念动心法，顿时莲花坐骑浮生，佛光乍现，万缕佛光直射洞内。面前景象让我大吃一惊，泥泞不堪的沼泽洞瞬间干涸，不计其数的毒蛇、蝙蝠、蟾蜍纷纷化作尘埃，百余万条紫藤全部折断，连紫藤老怪也自爆身亡。

洞中只剩下一个貌若天仙、香汗淋漓的红衣少女。当她喊我如果哥哥的时候，我才知道她就是我那已化身人形的天仙凤凰妹妹。旋即，她晕倒在地。

当凤凰公主还是一只神鸟的时候，我和玉蝶只是把她当作朋友、妹妹,而现在抱着她的娇躯,心中却产生了异样的感觉。

我一手揽着凤凰,一手紧握藤条慢慢向上攀爬。一息尚存的凤凰显得如此柔弱,尽管她的美让我心动,但玉蝶是我的唯一。我想在男人的一生中,可能会出现无数个令自己心动的女人,而最爱的女人只能有一个。

负重向上攀爬不是件容易的事,更何况我还抱着一个令六宫粉黛无颜色的旷世美女。一个月的工夫,我终于爬到了断魂洞,藤条也被染成了红色。柔弱的凤凰浸在玉泉里疗伤,我心里踏实多了。

不知玉蝶现在怎么样了,是否消瘦了许多?

玉泉不愧是神之泉,几天下来凤凰的伤已经痊愈,凤髻铺云,蛾眉扫月,红罗飘香,惊煞吾心。凤凰的美占尽了人间的千娇百媚。

"凤凰,你在这里好好休养,我去崖上接你玉蝶姐姐下来。我们一起去森林海。"

"可是如果哥哥,你的手……"

凤凰轻握着我鲜血模糊的手,扯下罗裙的一角耐心地包扎。不知道为什么,在闻到凤凰的奇香时,我的心跳得厉害,就像一只猛虎在胸中奔跑。

"凤凰,不要紧的,分别一月有余,玉蝶肯定会担心我们的安危。事不宜迟,我必须赶快把她接来。"

凤凰点了点头,把我送到洞口。

刚到洞口,突然阴风大作,红雾漫谷,乌云满崖,一条白鳞巨蟒横崖而出。

凤凰一声冷笑化身神鸟飞身去啄,白蟒临死之际吐出一口腥恶红雾,我闻之立刻晕厥。

待我醒时,凤凰正在穿衣系带,我登时大惊。

"凤凰,你……"

"如果哥哥,那孽畜乃是药王山上的一条千年淫蟒,当初因为袭扰紫阳真君修炼而被打回原形,没想到它跑到这断魂崖来了。前日你中了它的红雾淫毒。此毒无药可解,中此毒者三日之内需与一名异性童身交合。今天是第三天,看你昏迷不醒我,我……"

凤凰满脸绯红。

我顿时明白,原来为了救我,我与凤凰已经有了夫妻之实。但是玉蝶该怎么办? 老天你为何如此捉弄我? 想到玉蝶为了我放弃了大理公主的身份情愿与我一起奔波到天涯海角,想到自己对她许下的永不相负的誓言,我羞愧难当,扬起手中的神剑向颈上抹去。

219

第十九章

魔鬼
屠皇城

宇宙之中，三界并不太平，一向与世无争的大理国正惨遭魔鬼屠城。

"我是何方来的妖孽？哈哈，问得好！阎王你告诉他！"

望着尸横遍野的大理皇宫，大理皇帝根本不知缘何会招来这场横祸。

"这位魔王乃是当今宇宙最有实力的佛魔王座下魔尊是也！"

大理皇帝显然没有听过这号人物，依旧坦然地问道："那么请问魔尊？你屠我国民、毁我皇宫这是为何？"

"快将你的女儿交出来，否则我生吞了你！"曹国舅阴森着脸。

"老魔，你休想！我二女儿玉蝶已经因我的不仁慈离我而去，大女儿因负心人的抛弃为情憔悴，孤王怎么会为了保全自己的性命做出如此苟且之事？要杀要剐悉听尊便。"

大理皇帝如此强硬，倒让曹国舅吸了一口冷气。如果找不到大理公主，就没有办法向猪八戒复命，也就是说，自己的性命也将受到威胁。他魔眼一转,计上心来。

只见曹国舅念动咒语,万里魔音震耳欲聋。

"大理公主!为了保全你,你大理国已经死亡数以万计的国民,你的亲人和奴仆也一个个相继离去,接下来将是你最挚爱的父亲。如果你再不出来,本魔王定将他挫骨扬灰,然后踏平你大理王国,鸡犬不留!本魔的话,你懂的!"

曹国舅的一番话,让整个大理王朝陷入一片悲凉当中,连空气都是阴冷的。躲在皇宫藏经阁释迦牟尼坐像下的大理公主,终于现身了。

"魔头,只要你放了我的父王和我大理国民,我跟你走。"

"舞蝶,我的傻孩子,你怎么跑出来了呢?你有佛像护体,这个魔头伤不了你。赶快回去!"

"父皇,舞蝶不孝,自从隐侠消失之后,女儿为情所困,一直让父皇操心,而今又因为女儿,使我大理王国惨遭灭顶之灾。舞蝶死不足惜,但恳请父王等找到隐侠以后一定要问问他,当初为何要不辞而别。"

此时的舞蝶和大理君民都是泪流满面,而曹国舅在舞蝶流出第一滴眼泪的时候,已经把这滴泪水收入一个玉瓶中,他的这一举动,让大理国举国惊讶。

"一群俗人!有什么好看的,本魔尊喜欢收集眼泪不行吗?"

尽管如此,他还是瞬间消失了,临走时他又吐了一口鬼火。

大理国民命悬一线,突然出现了许多救火的和尚与沙尼。被救活的人大部分去五台山做了和尚。

曹国舅收集大理公主舞蝶的第一滴伤心的眼泪,阎王也百思不得其解。他暗想,这个老魔头不会是个变态吧?其实,里面

221

第十九章 魔鬼屠皇城

的玄机只有猪八戒和孟婆知晓。

猪八戒此刻已经来到了南天门。

"天蓬元帅,小将巨灵神等恭迎你出关。玉帝已摆好玉宴,特命小将等在此等候。"

"本魔王已经不是什么元帅了,尔等本来可以活命,但是你们提了我的耻辱史,所以都要死。"

死字一出口,巨灵神等神有的喷血而亡、有的元神俱灭。

猪八戒一字一顿地对躲在门里正瑟瑟发抖的四大天王说:"叫玉帝滚出来见我!"

"猪八戒,你大逆不道,竟敢亵渎玉帝,我等要把你再贬至人间猪圈,让你万劫不复!"

虽然四大天王已经目睹猪八戒的恐怖实力,但是神仙的范儿不能丢。他们颤抖的声音,倒让猪八戒以为是天庭的回音。

"本魔王一直以为天庭里都是废物,没想到你们四个还有点儿血性。这样,本魔王就赐你们个全尸吧。"

四大天王死后也不明白,曾经想死都难,原来死竟是这么的容易。

南天门失守,玉帝心知肚明,早已知会太白金星去请孙小天。

对于如今的猪八戒来说,曾经固若金汤的天庭是如此不堪一击。没几个回合,他便来到了玉帝的面前。

"好久不见,我儿别来无恙啊。"

"哈哈,玉帝,亏你还自称九五之尊,难道你不知道现在本魔王已经成魔了吗?"

"一日为父终身为父。虽然你已成魔,但是为父依旧不嫌弃你。回到灵霄殿来你依旧还可以做元帅。为父知道你前些年在珠峰受了很多苦，今天特意为你准备了宴席，为你接风洗尘。"

玉帝想用真情感动魔头回心转意。

"看来你是真不了解我啊玉帝。还记得在佛举行的那次庆功会上你让我拜你为义父的可耻行径吗？在那之前，本魔王已经对你恨之入骨了。

"我只不过是借酒调戏了一下嫦娥，你竟不肯给我一次悔过的机会，为什么你可以借酒调戏仙界的任何人而不受到惩罚呢？今日本魔王不杀你，我也要把你贬入凡间，让你化身为凡间的野猪，除了受屠宰之恐吓以外，还要每日承受猎户驱赶。"

"放肆！天蓬，朕屡次纵容你，但你却毫无悔改之意。你以为你学了几套妖法就可以在我天庭为所欲为了吗？你过得了我天河十万天兵吗？你过得了我满朝仙班吗？"

223

"哈哈，玉帝小儿，十万天兵都是我带出来的，他们什么战斗水平难道我还不知道吗？更何况他们早已投靠到本魔王的麾下！玉帝轮流做，今年到我家！"

天兵天将临阵倒戈，让玉帝始料未及。众仙与投敌天兵混战一团。

玉帝虽然惊恐，但也不失威仪。

"妖魔你休要张狂！因果轮回，万物皆有定数。哪位卿家为朕出战！"

"舅父，让我来试试。"

二郎神的出场让喧闹的天庭顿时安静下来，因为二郎神的功力与孙悟空最为接近。在天庭，观看高手过招已经成了一种传统，就像凡人都特喜欢看热闹一样。

"玉帝小儿,省省吧。据我所知,除了佛和孙悟空,你也是金刚不坏之身,今日本魔王就要用天崩地裂大法破你金刚不坏的传说!"

"孽畜,想动我主,先过了二爷这关!"

"三眼,你找死!"

猪八戒一出手便是绝杀。但二郎神也非浪得虚名,手中的金戟舞得金风四起,形成了一个强大的罩圈。

此时的众神仙也顾不上什么道义了,所有的法宝一齐出手。特别是托塔李天王,一激动直接把手中的镇妖塔砸了过去。

猪八戒的手下死伤无数,也有个别叛军,看形势不好溜之大吉。但众仙的这一做法也彻底激怒了猪八戒。

"天崩地裂!"

一道黑光从天外而来,劈开了众仙家的法器,包括二郎神那个看似刀枪不入的罩圈。灵霄殿上,十几根玉砌的水晶琉璃柱轰然倒塌。二郎神一个跟跄倒下了,鲜血喷出丈余。猪八戒魔爪一伸,直奔杨戬而去,他要掏出他的心肝。

"妖孽,不准伤害我舅父!"

危急关头,一个小孩拿着一把开山巨斧挡在了二郎神的面前。

"小崽子,你又是谁?"

"妖孽,小爷飞不更名,走不改姓,沉香是也!"

"本魔王生吞了你!"

沉香怎知猪八戒早已今非昔比,不知深浅的一斧头砍将过来,猪八戒眼睛都没眨一下,继续朝二郎神扑去。当沉香看到自己的利器在碰到猪八戒的身体碎成粉末的时候,才知道,在巨大的差距面前,有勇气也是徒劳,所以他平静地闭上了眼睛,等待死神来临的一刻。

在二郎神与沉香二人命悬一线的时刻,令所有神仙们都无法相信的一幕上演了——玉帝竟然挡在了两人的前面。

玉帝的周身发出金灿灿的玉光与猪八戒魔功散发出的黑光顽强地对峙着,亮光相撞产生了强大的气流让所有的神仙都难以承受,但是借此机会大家救下了二郎神和沉香。

已经过了一盏茶的工夫,玉帝的罩圈依旧没有被攻破,但是在罩圈里的玉帝嘴角开始溢出血丝。

众神看在眼里急在心里,纷纷元神出窍,欲和魔头同归于尽。

正在这时候,救世主出现了。

"二师伯收手吧,自私会害死你的。放弃仇恨,你和你身边的人都会很快乐!"

这句话的力量远远比众神的法力还要大,猪八戒听到这句直触心灵的劝告,鲜血狂喷。

说此话的,正是孙悟空的儿子孙小天。

猪八戒收了魔力,与踏在祥云上的孙小天阴冷地对视。

"孙小天,上次五阴山论战,本魔王已经重创了宇宙苍生。都是你这个小杂种,学你的流氓父亲逞什么狗屁英雄,坏了本魔王的计划。

"本魔王原想先灭了玉帝小儿,再去肮脏的圣月宫灭了你和嫦娥那个贱人,没想到你竟这么迫不及待地送死。看在你曾经给我送过护垫的份儿上,本魔王让你先出手。"

猪八戒侮辱自己的母亲,孙小天顿时怒火中烧。

"我早就对你说过,你和我父亲的恩怨我不会怪你,还要为我的父亲代过,但是你侮辱了我的母亲,我岂能饶你!看在你曾和我父亲一起奋斗过的情分上,我让你先出招!"

其实猪八戒的谦让是假,孙小天的谦让才是真。猪八戒的那点阴险伎俩孙小天岂能不知。

原来猪八戒在珠峰下的千年修炼和幽冥谷的创研,悟出了一套后发制人的魔家绝学——幽冥吸星掌。这套掌法,攻击自己的外部力量越强大,自己的魔力将会更加膨胀。遇到普通对手猪八戒不屑施展此功,但他明白孙小天的实力不在自己之下,且不知道对方的虚实,所以施此奸计。

见孙小天不上钩,猪八戒也顾不了那么多,出手便是天崩地裂大法。一旁的神仙们顷刻倒下,灵霄殿也在魔音中坍塌,沦为了一片废墟。

开始孙小天还是面不改色,很快他的额头就开始冒汗。而一旁的玉帝、太上老君等人脸色煞白,喷血不止。

已经略显急躁的孙小天,显然没有太大的耐性了,因为他看到同来的荷花仙子晕倒在地。

"师伯,是你逼我的!开天辟地!"

孙小天话音一落,九天失色,地闪红光,宇宙一片混沌,万物寂静!筋脉尽断的猪八戒化作一缕黑烟向幽冥谷飘去。

待孙小天收了法术之后,宇宙恢复了平静,但是天庭却遭遇了千年难见的浩劫。神匠鲁班领命重建灵霄殿,受伤的众神搀扶着玉帝移居蟠桃宫疗伤调息。

银河边上,平息了魔鬼战乱的孙小天和荷花仙子在散步。

"小荷,还记不记得上次哥哥给你的那条面纱?"

"当然记得,我可喜欢了,每天都带在身上。"

"其实我觉得那条面纱很一般,前些天我求我娘织了一条更漂亮的,我给你换上吧。"

"拿来给我看看!"

孙小天迅速从怀里拿出嫦娥刚刚织好的花好月圆面纱。荷花仙子看了又惊又喜,爱不释手。

"小天哥哥,两条我都喜欢,谢谢你的礼物。"

孙小天无奈地苦笑了一下。

"怎么了,小天哥哥? 难道你不高兴?"

"小傻瓜,我怎么会不高兴呢? 真是!"

其实孙小天是哑巴吃黄连,有苦难言。

"小天哥哥,我想问你一个问题,但你不许说我幼稚。"

"呵呵,你能问我问题,说明你很虚心,那些不懂装懂的人才幼稚呢。什么问题快说吧。"

227

"我明明很喜欢一个男神,却没有勇气向他表白这是为什么呢?"

"小荷妹妹你有意中神了? 告诉哥哥是谁,我帮你参谋一下,他的人品怎么样。"

"你讨厌死了,赶快回答问题。"

"那你和他熟吗?"

"熟,还是青梅竹马的那一种,我们两家还是邻居。"

"估计就是因为太熟,你不好意思下手。这个坏小子究竟是谁,竟能俘获我如花似玉的荷花妹妹的芳心?"

"小天哥哥,你就是那个坏小子!"

荷花仙子掩面跑开了,银河边只留下孙小天不知所措地惊愕着。

看到落寞的孙小天，身为东方爱神的月老在默默地感叹。

"小主人，我月老一生矢志不渝的理想就是让天下所有的有情人终成眷属。可是相爱没有那么容易，即便安排相爱之后，还会有意外，作为您的仆人我却无法为您安排一段一帆风顺的爱情，我惭愧！

"因为大神级别以上的爱情，像我这种小神是无能为力的，但据我这么多个轮回的牵线经历而言，世界上最完美的爱情不是彼此守候，而是留下遗憾！

"爱情不需要任何诀窍，非诚勿扰。更直白一点儿说，就是给自己的拥抱找一个温馨的停靠。很多人和神都知道我月老是安排爱情的，但是又有多少人和神知道我连自己的爱情都无法安排？

"千万年前我去天庭的路上，碰见了一个卖汤的姑娘……"

第二十章

阴差阳错
就是你

断魂洞内,凤凰惊恐地打掉我脖颈上的剑。

"如果哥哥,我知道在你的心里只有玉蝶姐姐一个人。其实我早就喜欢你了,但我从没奢望得到你的爱。当你第一次抓住我的时候,我的心就被你牢牢地捕获。虽然那时我只是一只鸟,但我依然相信一见钟情。今天的事情只是一个意外,我想玉蝶姐姐她会理解的。既然你如此在意这件事情,我会永远地消失。祝你幸福!"

凤凰飞走后,我不知道为何会心痛,还有一丝不舍,但更多的是对玉蝶的愧疚。心力交瘁加上凤凰的离去让我精神恍惚、浑浑噩噩地在玉泉中睡去。

迷离中,燃灯古佛又出现在我的面前。

"孩子,那万年紫藤乃是上古植物,在这断魂崖生长了千万个轮回,你为过这断魂崖和你心爱的女人去看森林海伤及了它的子孙,你又因救友心切毁了它的根基。这千年白蟒被紫阳真人追到这儿以后为紫藤所救,它为了报恩,你才有此一劫!这都是因果报应。"

"可是古佛,在我的心中爱只能是唯一的。我纯真的爱情被践踏,真爱也将不复存在,现在我竟然会因为凤凰的离去而心痛。"

"哈哈,孩子,这就是你为真爱付出的惨痛代价!不过想拥有真爱并不意味着你只能拥有一个女人。当然本佛只不过是随便说说。让我背几千万个字的《金刚经》没问题,但是让我对女人说出'我爱你'三个字,比修成真身还要难,不然本佛也不用出家了。"

"古佛,当初我离开老槐树、离开老妖孽、离开温馨的茅草屋,只是为了找寻仇人、为父母报仇。自从玉蝶出现,我的世界里增添了新的色彩,我的追求才赋予了新的内容。我抛弃了属于我的一切,来到这森林中的断崖想要获取幸福。然而就在幸福的远岸,我却迷失了自我。"

"孩子,你又何必为此事耿耿于怀?记住你没有背叛,这只是上天对你的捉弄。"

"我怎么才能与天抗衡?"

"除非你修成真佛!"

"前辈,我要成佛,请您指点迷津!"

"孩子,修佛的过程很艰难,你要受尽任何凡人都无法承受的所有苦难!"

"我不怕!十八年前,除了老妖孽就没人把我当人看!"

"如果你有这个决心,我自然高兴。成佛的第一件事就是断绝七情六欲,你先放下玉蝶吧。"

"前辈，这个我做不到，等来世吧。"

其实我明白，古佛接下来要说的条件就是让我放下仇恨。冤冤相报无了时。

古佛走了，我的梦也醒了。

顾不上手掌的疼痛，只为尽早与崖上苦苦等待的玉蝶相见，我奋力向崖上攀去。更重要的是，我惶恐古佛会再次劝说玉蝶弃我而去。

事实证明，是我太不自信。因为还没到崖上，我已经望到了坐在崖边痴痴等待的玉蝶。此时此刻我才理解到，有人等待是一种幸福，有了牵挂才是家。

我深情地吻着玉蝶，感受着她熟悉却又极其魅惑的薄唇，忘却了世间所有。想要忘记一些不愿留在记忆里的人，必须有一个占据你记忆的人存在。

231

没有和凤凰一起回来让我忧心忡忡，断魂洞里的事，实在让我难以启齿。即便这是上天对我的不公平，但我对玉蝶、凤凰也都是不公平的。

作为一个男人，我有勇气让玉蝶知道真相。

玉蝶的反应让我大吃一惊："傻瓜，你为什么要自尽？难道你想让我们的孩子生下来就没有父亲吗？"

"什么？我们的孩子？"

"对啊！本来想迟些再对你说的，但看你闷闷不乐，就先告诉你啦。早就对你说过让你把凤凰妹妹娶了，她喜欢你我早就感觉到了。告诉你如果，你这一生只能对我们姐妹两个人好，否则我也自杀，让你见不到儿子。"

"宝贝，你怎么知道一定是个儿子呢？"

"因为我想让孩子和你一样优秀。"

"傻瓜,女儿我也喜欢,哪怕没有你漂亮。"

我紧紧地拥抱着这个善解人意的女孩。她原本是一个可以享受荣华富贵的千金之躯,但是为了我,她却放弃了一切,每日和我风餐露宿、担惊受怕,还很快乐。原来快乐源于爱、源于喜欢一个人,而不是因为你有多么富丽堂皇的房子,也不在乎你有多么豪华的马车,只要你们彼此有眼缘、有感觉、有包容,最好有个小孩。

"如果,答应我,等我们找到凤凰妹妹以后,就和她一起在森林海附近盖一座房屋好好地生活,好吗?"

"玉蝶,我也喜欢海景房,我也想永远生活在这片美丽的大森林,因为有你。可是你喜欢我是一个不负责任、没有理想的男人吗?我答应你,到了森林海定居以后,等我报完仇,把老妖孽接过来,我们一起过快乐的生活。"

对我的答案,玉蝶不是很满意,因为她不希望我的世界里存在仇恨。

在我霸道的要求下,玉蝶答应我让我背她过崖。尽管玉蝶是一个标准的苗条淑女,但是负重的我还是有些吃力,手上还没来得及愈合的伤口又生生地裂开了,血迹染红了紫藤。

玉蝶在我背上心疼地抽泣着,泪水浸透了我的千年虎皮裙。此刻的我虽然疼痛但也快乐,虽然我不知道自己还有多少血可以流,但我有信心和心爱的女人走完这十万八千里路。

对于什么都不懂的玉蝶来说,下断魂崖不是探险而是冒险,而且是一次伤心欲绝的冒险。

"宝贝,你最好不要哭了,我们带的水源不是很充足,如果

你实在控制不住的话,那么就把泪水存储到水囊里吧。"

听了我的话,玉蝶果然破涕为笑。

"傻瓜,泪水是苦涩的,怎么可以喝呢?"

"如果你不珍惜水源,最后一滴水就是你的眼泪。"

听了我的回答,她的小拳头像雨点一样落了下来。

"如果,你真坏!"

其实本来负担玉蝶没有太大的问题,但是我还背负着一千斤的泉水,一只千年的剑齿虎的烤肉。因为我们是人,需要食人间的烟火。本来这些都计划让凤凰来背的,如果不是在断魂洞中练就了奇功,真的不知道该如何是好。

"玉蝶,我们的相恋算不算千年之恋?"

"那必须算啊!万年之恋都有资格。"

"我爱你没有时间的界限,死了都要爱。"

"如果哥哥,那我们就定居森林海吧,别去报仇了。"

听了玉蝶的话,我沉默不语。

断魂崖的崖壁上,找了一个离紫藤较近的山洞我们停下了。

在洞里,玉蝶找了一些雪莲和药草捣碎,敷在我的伤口上。

两个人的世界美好但也寂寞,作为一个男人,我要找点话题。

"玉蝶,你还没有对我说过你的愿望。难道我不值得你信任吗?"

玉蝶先是惊诧地看着我,紧接着她就低下了头。

"如果,和你讲了我的愿望,请不要认为我很自私好吗?"

"怎么会呢?你的愿望,就是我的追求。"

玉蝶躺在我的怀里,开始抽泣。

"你知道吗如果,在整个大理皇宫,除了父王,姐姐最疼爱我。她叫舞蝶,她美丽温柔,才艺双绝,是我们大理国的骄傲。可越是这么一个优秀的人,越容易招来横祸。几年前,横行一时的妖怪黑山老魔垂涎我姐姐的美色,施法掳走了姐姐舞蝶。幸运的是,被当时名震江湖的少年隐侠所救,而我姐姐的一颗芳心也就彻底地交给了他。

"但不知道什么缘故,在救回姐姐之后,少年隐侠就离奇地失踪了。从此之后,姐姐每天以泪洗面,茶饭不思,成为世界上最伤心的女人。父王派了无数批卫兵去打探隐侠的消息,但是都无功而返。在一个七夕的晚上,姐姐对我说,她最大的愿望就是嫁给那个让他一见钟情的男人,哪怕今生再见一面也好。

"我恨那个叫隐侠的少年,他毁了姐姐的幸福、毁了姐姐的一生,我希望有一天能把他带到姐姐的面前,责问他为何当初不辞而别。"

玉蝶说出这个愿望之后,我的心里窃喜。她劝我不要去报仇,自己心里不还是放不下怨恨? 人都如此,安慰别人的时候都振振有词,说服自己的时候却力不从心。

虽然从玉蝶的口中得知,隐侠是迫不得已才看了她姐姐舞蝶的玉体的,可是隐侠,再怎么样你也要和人家姑娘打个招呼再走啊? 你可以没那意思,但你不能没有礼貌。再说,你不喜欢人家牵人家手干吗? 你的不辞而别让舞蝶守候一生,这个隐侠太不厚道了。

"玉蝶,你放心,我一定会帮舞蝶找到隐侠的。活见人,死见尸。"

话音刚落，天空一声骤响，断魂崖内黑烟四起，乱石飞走，怪峰坍塌。我紧紧地把惊恐不安的玉蝶揽在了怀里。

天上又谁和谁开战呢？这次动静真大，连这与世隔绝之地都有这么大的震动。听先生孙悟空讲过，天上动不动就干架，我想这次估计是玉帝也挨揍了。证据是，地都裂开了。先生讲过，玉帝罩不住天的时候地才裂呢，五千年前他大闹天宫的时候，出现过一次这样的情况。

当断魂崖恢复了平静后，我背着玉蝶继续往崖下攀去。十几天过去，我又看见了断魂洞。断魂洞真是神奇，前些天的灾难让许多奇峰怪洞都碎成了粉末，它竟安然无恙。也就是说，我可以给心爱的玉蝶一个惊喜了。

"小蝶，除了那个大愿望，你阶段性的小愿望是什么，能告诉我吗？"

"如果，我现在就想早点去森林海。听凤凰妹妹说那里有充足的阳光，没有阴冷。最重要的是可以游泳。下断魂崖半个多月以来，我们还没有洗过澡呢。"

"呵呵，我可是洗过了，只不过是有点咸罢了。"

玉蝶刚要用她的小手敲我，就被我紧紧地握住。当我吻她的时候，她乖乖地闭上了双眼。而当她睁开眼的时候，我们已经置身在断魂洞的玉泉中。感谢你玉泉，让我完成了心爱女人的阶段性愿望，让我看到了她脸上那灿烂的笑容。

又经过十几天的颠簸，我们顺利地来到了崖底。断魂崖的崖底真美，有湖泊、有珊瑚群、有雪莲花，还有在壁画上才能见到的菩提树。最奇特的是，还有钻石珍珠山。这些奇珍异宝，令大理皇宫公主出身的玉蝶也惊讶得半天说不出话来。看她那陶醉的神情，我又忍不住想逗她开心。

"财迷，要不我们就在这儿定居别去什么森林海了，森林海不一定有什么珍珠钻石山。"

小蝶娇媚地斜了我一眼："看看不行吗？真是！"

我用神剑从珍珠山上砍下最完美的部分打磨了两颗珍珠和两颗最完美的钻石，把其中的一颗珍珠和钻石镶嵌在小蝶的秀发上，原本天生丽质的小蝶在这旷世奇宝的妆映下更加光彩照人。剩下的两颗我准备送给凤凰。

断魂崖底的奇景让我们忘记了一切，但是现实问题不会因为我们神奇的发现而停止出现。我们准备了充足的下断魂崖的紫藤，但是忽略了该如何攀上断魂崖对面的绝壁。看来我和玉蝶要在断魂崖底定居的戏言要成为现实了。

正当我感到万分沮丧的时候，断魂崖上方一只金光四射的美丽凤凰展翅飞来。

237

第二十章　阴差阳错就是你

第二十一章

魔头
在行动

孙小天不知道该如何面对荷花仙子,因为她的善良和温柔的确填补了自己的感伤,但他无法欺骗自己的感觉,她还不足以撼动花布公主在自己心里独有的位置。

自从荷花仙子表白之后,两个人见面就脸红,说话也遮遮掩掩的挺别扭。特别是最近几天,荷花仙子都不来圣月宫找孙小天聊天了。两个人天天在天上住着,天对他们来说还真没什么好聊的。

孙小天仔细回忆了一下,自己在凡间的那段日子还蛮开心的。虽然大唐王朝有那个令自己心痛的女人,但是自己可以去大理呀。大理风光无限好,这是神仙都知道的事。

拜别了母亲,从书房里拿出隐藏许久的面具,他悄悄地驾着七彩祥云出发了。

在半空中,孙小天发现五阴山黑烟滚滚,不禁感慨,又是哪个混蛋在闹妖呢? 这么一来又有生灵要遭殃了。

孙小天猜对了，五阴山上的两个魔头，万年猪妖和妖皇沙僧又练成了一套全新升级版的魔法——魔音追魂。

也就是说，此功一出能摄人神鬼妖的魂魄。被夺了魂魄的妖魔鬼怪全部聚集到五阴山沦为沙僧师徒的工具。过去的五阴山是方圆几百里没人敢接近，而现在方圆几千里已渺无人烟了。

虽然五阴山的妖气很重，但是毕竟没有作乱，况且那里原本就是妖魔的领地。想到这里，孙小天没有理会浓浓的黑烟，径直向大理国飞去。而在他的身后，沙僧也腾云而起。

经过上一次五阴山论战沙僧清醒地认识到，自己的对手只有一个，那就是大师兄孙悟空的儿子孙小天。所以他这次要摸摸对方的虚实，玩起了跟踪。

孙小天法力无边又怎么会不知？他心中一乐暗想，沙师伯，不怕累您就跟着吧，我先去大理城买两串臭豆腐。怕沙僧搅了自己吃臭豆腐的雅兴，孙小天猛地一提功力，消失在云端。

239

沙僧傻了，失去目标的他只有停了下来，往下一看已经到了大理境内。大理湖真美，即使沙僧这样的大魔头见了也不禁驻足观望。他看见湖边有一个比湖水还要清新美丽的女孩。

沙僧呆了，因为他不敢相信三界中存在着能让自己的心跳如此剧烈的女孩，也许在三界中她不是最美的，但是在自己的眼中，她却是最美的。

沙僧安静地坐在了云朵上，痴痴地看着湖边美丽的伊人。在没有看到这个女孩之前，沙僧的心里只有欲望。而他最大的欲望就是统治三界。而此时此刻，沙僧愿意放弃所有只愿拥有她。

正当沙僧满怀憧憬之际，只见湖边的美丽姑娘纵身一跃跳入水中。沙僧登时一惊，原来这个美丽的姑娘要投河自尽！他立刻收了妖气恢复了原本的模样，也跳入湖中，救起投湖自尽的少女。

奄奄一息浑身湿透的少女越发显得楚楚动人。曾经在流沙河做过多年妖精的沙僧当然知道，溺水者如果不赶快施救，很可能就有生命危险。

不过救溺水者他是行家，需要做神工呼吸。当初在取经回来的路上，神龟把大家掀翻在河里，还不是自己一个个给做的神工呼吸？一群人中就属猪头的嘴巴最臭，事后沙僧才知道猪八戒会游泳，只是一时呛了水。

原来魔头也害羞，经过了片刻的思想挣扎，沙僧的唇轻轻地印在了美丽少女的性感薄唇上。此刻的沙僧头脑一片空白，什么"神挡杀神，佛阻灭佛"的威猛早已幻化成泡沫。

吐出几口湖水之后少女醒了，而沙僧早已被对异性的吻迷惑了心智没发现对方已经醒来，又用力地在少女的小嘴上吸了一下。少女先是一愣，紧接着以迅雷不及掩耳之势抽出一记十分精彩的耳光。沙僧白净的小脸印上了一个清晰鲜红的纤纤手印。

以沙僧现在的魔力和脾气，谁斜他一眼他就会将谁立刻秒杀灭口，弄不好还要株连九族。但此时他不但没有发作，还表现出令人难以置信的温柔。

"姑娘，你误会了，我是在救你。"

谁知轻生少女并不领情，竟轻轻地抽泣起来。

"为什么要救我？是我害了父王，是我害了大理的子民。我是一个不祥之人，你为什么要救我？"

沙僧不知道为何面前的少女如此痛彻心扉，自己的心中竟有一丝酸楚。

"姑娘，难道遇到什么麻烦了吗？如果你信任我，不妨对我讲一讲，或许在下能够帮你分担一些。"

听了面前这个男人的话，少女绝望的眼神中突然闪烁出一缕让人不易察觉的希望之光。

"恩人当真能帮我吗？"

"姑娘请不要叫我恩人，叫我流沙就好。只要是我能力所及，在所不辞。"

"流沙，我要报仇！"

说完这句话，少女的眼神又有些黯然了，因为她不知道面前的男人是否能胜过那个魔力冲天的魔头。

沙僧仿佛看穿了少女的疑虑。

"姑娘有什么话不妨直说。"

"我要杀人！"

"什么人？"

"他不是普通的人，是一个十恶不赦的魔头。他自称是佛魔王的座下魔尊。流沙，你能帮我吗？"

或许其他人不可能知道这个魔尊究竟是何方神圣，但是妖魔一家，少女歪打正着地找对人了。因为沙僧和猪八戒之间存在着不可调和的矛盾，这笔账迟早都要算的。况且少女一句温柔的"流沙"早已让动情的沙僧热血沸腾。

"哼，我当是谁，原来是他。姑娘，你先回家，用不了几日我便把他的狗头提来。"

"流沙,我要和你一起去,我要亲眼看到魔头殒命的一刻。况且我的家已经被魔头毁了,回不去了。"

沙僧当然愿意,但是他并不打算这么快去找猪八戒主仆算账,因为他怕此事一完,就没有这么好的理由和少女在一起相处。更何况猪八戒在魔界也是数一数二的人物,不可轻视。

幽冥谷中魔力已经恢复七八成的猪八戒把曹国舅叫到了身边。

"魔王有什么吩咐?"

"上件事情你办得不错,等本魔王一统宇宙时仙界就由你来掌管,到时候何仙姑自然也就属于你了。"

"多谢魔王栽培!"

"接下来你去月宫把月老绑来交给冥界的孟婆,到时孟婆如果还有额外要求,你就地灭了他们,然后让冥王把他们打入三十六层地狱永世不得超生,本魔王也算是了却他们的心愿。"

曹国舅虽然好奇猪八戒为什么会这样做,但是他没敢多问。这就是做奴才的本分,他的本分就是毫不犹豫地去执行主人的命令。

猪八戒小心翼翼地把曹国舅从大理公主那儿收集来的眼泪兑进了孟婆从奈何泉眼中接的一杯忘情水中。原来绝情水的解药如此简单,一杯忘情水、一滴全世界最伤心人的眼泪。

解女人的情毒需要女人的眼泪,至于弄杯忘情水,对猪八戒并非一件难事,但是为了寻找这个全世界最伤心的女人,一开始猪八戒可是真的费了一番心思,直到那首歌的出现。

我的心好痛,感觉有点冷,

原来我一直在拥抱窗外的寒风。

总以为自己的爱会与众不同，

没想到竟然一样来去匆匆，

我强忍着疲惫把灵魂挪动，

腾出空间把你放在心中。

我怀念你戴着面具时甜蜜的朦胧，

我重复着你不辞而别时的心疼，

我紧张的眼神一分一秒也没有放松，

只期待那一次惶恐，那一次感动。

一直为自己编织一场破茧成蝶的梦，

为何泪滴点缀的雨帘如此绝情，

它残杀了我的温柔，也断送了我的光明，

一转身，万物皆空……

随着这首歌在大理皇宫的盛传，凡间各国的乐师纷纷为此歌作曲填词，版本诸多，就连乡野村落也广为传诵。而这首歌也当之无愧被凡间评为十大金曲之一。大理御赐情歌，传着传着就传到天上去了。

理所当然，这首歌的词作者、女主人公大理公主舞蝶也就被评为了全世界最伤心的人。

如今的曹国舅真是魔眼通天、魔法超群，不费吹灰之力就把月老给绑走了。难道月老真的只懂驾驭爱情却手无缚鸡之力吗？非也！因为月老知道曹国舅的来意，所以他甘心被绑。这样去见孟婆，既避人耳目，又得偿所愿，岂不是一举两得？

在月老的心中永远也不会忘记，那次去殿试自己饿得奄奄一息时给自己喂粥的姑娘。如今因为职业有别，那个姑娘为情熬成了婆，自己都不能见她一面，何其悲哀！

月老坚信姑娘的心里是有自己的，否则她为何不喂自己喝汤，却给自己喝令记忆更加清晰的粥呢？当然这也是若干年后月老做了神仙才悟到的，他明白了孟婆在救他的时候已经不是凡人，只不过是在凡间修行。

大理国是去幽冥谷的必经之路，而邀功心切的曹国舅忽略了大理国境内的滔天妖烟魔气。在他的眼里，除了猪八戒，自己就是三界最妖魔的魔。但不幸的是，他碰上了宇宙中最妖魔的妖！

沙僧和曹国舅遭遇了。

在五阴山领教过沙僧实力的曹国舅先是一愣，但很快就恢复了镇定。

"沙僧别来无恙啊！在这里泡妞啊？"

沙僧身边的人曹国舅当然认识，因为前不久他刚屠了这个姑娘的家。

"叫我流沙，否则我让你死无全尸！"

一旁的舞蝶听了沙僧冷冰冰的话不禁毛骨悚然。沙僧现在的阴冷和不久前的温柔似水简直判若两人。

"流沙？哈哈哈……还挺非主流的。别忘了你我都是妖魔，和凡人结合是不会有好结果的。沙僧，你不会真为这个凡人跟本魔尊翻脸吧。"

"你猜！"沙僧依旧冷冷地说。

"听你的语气，你是要与佛魔王和本尊为敌了？"

"哼哼，你猜对了！"

论魔力和妖力曹国舅显然和沙僧不在一个档次,最要命的是沙僧身旁还有一个自己喜欢的人。沙僧倒不担心身边的舞蝶会为魔力所伤,因为他根本不打算给曹国舅出手的机会。再说,舞蝶是沙僧看上的女人,阎王敢要吗?

只是眨眼的工夫,曹国舅死了。一代魔头,一世的卑鄙小人就这样死了。如果猪八戒真的一统了三界,他会不会给曹国舅开办一个声势浩大的追悼会呢?

猪八戒与孙悟空的仇恨和许多的是非,如果没有曹国舅或许天还是天,地还是地。正是因为曹国舅从中作梗,世界变了,人心也变了。天宫到此刻还在修补。但是曹国舅的存在是一个错误吗?不是!世上既然允许有高尚宽容的存在,谁又有权利不让狭隘和自私滋生呢?

但狭隘和自私始终无法成为主流,用已故的曹国舅的话来说,它的滋生和存在充其量也只能算是非主流。

消失了,伴着他的狭隘和自私曹国舅消失了。按正常逻辑,他应该死于孙悟空或者孙小天、无风之手,但他却死在了沙僧的手里,这不能不说曹国舅死于非命。但就是这样看似悲哀的结局,对于自私阴险的曹国舅来说,也是宇宙对他的仁慈。因为他的自私与阴险,曾使无数无辜及善良的人为他陪葬。

亲眼看见仇人的魂飞魄散,舞蝶似乎对身边这个善变的男人有了一层好感,但是她明白,这仅仅是感激,而自己的心一直被那个朦胧的男人占据。

“谢谢你,流沙!”

舞蝶的感谢让流沙魔血澎湃,突然萌发了一个念头,他迅速地闪到了月老的面前。

在目睹了沙僧的魔力之后，月老显然被震惊了。他已经不知道该如何称呼沙僧了。

"大王！您有什么指示？"

"本妖皇想命令你把我和这位姑娘牵到一起！"

"我办不到！"

不是月老不想办，而是他确实办不到。但沙僧认为，这老头明显是瞧不起自己。

还在做卷帘大将的时候，沙僧对月老不给自己安排恋人已经是满腹抱怨。特别是取经的路上，几乎每个人都有情史，就连畜生出身的小白龙也不例外，而自己的情感世界一片空白。想到这儿沙僧更为恼火！

什么爱的使者，根本不称职！以后再也没什么包办婚姻，全给我自由恋爱吧！让你的包办婚姻去变成非主流吧！想到这儿，沙僧猛地击出了一掌。

"你去死吧！"

转眼间，月老做了第二个亡魂，永远地退休了。而这正是月老所想要的，因为他终于可以和心爱的孟婆在一起生活了，从此过着你卖粥我织线的日子，该是多么的惬意。

"流沙，你为什么杀害那个慈祥的老伯伯？"

舞蝶哽咽着生气了。而沙僧看到喜欢的女孩又哭泣了有点不知所措，不得已说了成魔以来的第一个谎话。

"姑娘，他是个坏人，屠杀大理国民他也有份儿。"

听了沙僧的解释，舞蝶破涕为笑。

"流沙，是我错怪你了。我叫舞蝶，很高兴认识你。"

第二十二章

陪你
定居森林海

凤凰分担了我所有的重量，包括玉蝶这个甜蜜的负担。而学会如来神掌的我，自然把这套武功里的轻功运用得登峰造极，坐着莲花飞速旋转上升。

过了断魂崖就是森林海。有生以来，真的不知道自己还有幸领略如此美的风景。

顺着风我闻到了海的味道，顺着海我看到了生活的美好，这片海，看不到尽头，它却被无穷无尽的神秘森林包裹着，像镶嵌在碧绿中最珍贵的蓝宝石。

说是海，它平静如夜；说是湖，它广阔无际。我惊奇地发现，就在林水相接的地方竟然有一座金碧辉煌的宫殿。它的存在，让原始自然的森林海又多了一层人文浪漫的含义，楼阁与海中形态各异的岛屿遥相辉映又形成了一幅宇宙最经典的组合画卷……

我激动得至少还有所感觉，而玉蝶亢奋得简直语无伦次。

"天啊！太美了，你看北海岸那边有五颜六色的珊瑚树林！如果，你个笨蛋！快看那是什么海鸟啊？羽毛有好几种颜色！如果！你个傻瓜，别闭着眼睛了，南海岸怎么会有瀑布呢……"

原本想闭上眼睛感受一下这大自然最朴实、最美妙的恩赐，但被玉蝶这一喊，我不得已睁开了眼睛。

"玉蝶，再过一会儿我就变成白痴了对不对？"

"小气鬼，人家激动嘛。再说了，你本来就是一个傻瓜嘛。我说的对吧，凤凰妹妹？"

凤凰狠狠地点了点头，不禁小脸通红了。

原来那座金碧辉煌的宫殿是凤凰离开这段日子修建的。有凤凰这样的知己，我和玉蝶既感动又庆幸，庆幸之余我还感受到了幸福。

森林海的鸟儿鸣叫得如此动听，每一种鸟儿的鸣叫都是一曲别具风格的歌谣。一开始我还担心会寂寞，后来才体会到在森林海，寂寞根本就是一个传说，更何况这里还有醉人的阳光和天然的温泉。

在断魂崖生活的那段日子见不到阳光，冰雪的颜色就是断魂崖的全部色彩，而鲜红的菩提和碧绿的仙草只是那里偶尔的点缀。

森林海的气候如此稳定，阳光的挥洒是这样的均匀。当我们三个人在温和的海水中嬉戏的时候，凤凰突然说她要告诉我们一个秘密。

"这是我第一次下海游泳。"

"那我来教你吧！"

在我们的凡间一直流传着这样一句话，"落水的凤凰不如鸡"，但我没敢讲，也讲不出来，因为现在的凤凰不但是一位风华绝代的佳人，还是一个正在沐浴的美丽仙女，也是我的娘子。

一边日出一边雨的景象就是森林海的另外一个特点。几天下来我和凤凰又在海中搭建了几座断桥，这样一来，我们既可以领略阳光的温暖，又可以在雨中陪着玉蝶漫步。玉蝶曾经是公主，现在依旧是我的公主，而且永远都是，更何况她还怀上了我的小公子。

海兰花是森林海特有的奇花，妩媚地绽放在海中的岛屿上。它沁人心脾的花香，赋予了时而温暖时而清新的海风属于自己的味道。海风不会太大，就算有时稍大，海面依旧是平静的。

因为这里没有冬季，海兰花一直绽放，而五颜六色的彩蝶伴着它翩翩起舞。我为玉蝶和凤凰各开辟了一个花园，每天都要采两朵最艳丽的海兰花送给她们。白色的送给玉蝶，它代表圣洁、高雅、永恒；粉色的送给凤凰，它象征着妩媚、激情和相守。

249

森林海里的水是甘甜的，比溪水甘，比泉水甜。而以前在大理国接触过的海水除了咸就是涩，就像我18岁之前体验的滋味。18岁的天空里有疑惑、有不解、有抱怨还有淡淡的忧伤。如今我长大了，如苦柚般的记忆挥之不去，我弯下腰用清澈的海水洗了把脸，被无情打乱的海面很快就恢复了平静。

森林海处处飘着果香，这里的鲜果有的常见，也有我从没见过的。玉蝶说那种结人形的果子叫人参果，就是在仙界也十分罕见，但在这里光树就有数十棵。人参果的味道比森林海的水还要甘甜，这种果子是我们三个人的最爱。最为神奇的是，我们从树上摘下果子之后,果子又会重新生长出来。

森林海的动物王国庞大,森林之王叫作火麒麟,是一种能吐出天火的猛兽。而海中之王是在传说中才能看到的水苍龙。空中之王自然是我们家的凤凰公主。

用了一天的工夫我驯服了火麒麟和水苍龙,同时拥有了这两个神兽,我也成了森林海名副其实的主人。

森林海的夜,美得纯粹、美得让人心悸。一个错觉就会以为这是一片丢失的星空,旋转的天。

海中云在飘,群星调皮地眨着眼睛,月亮不是孤单的一个,而是星星一样成群结伴。每到夜晚,可爱的玉蝶和调皮的凤凰都会捧着一个明月送给我,当我伸手接过时,两个月亮就变成了一个。原来每一滴森林海的水都能晶莹地映出一个月亮。

夜里,玉蝶和凤凰很欢喜欢听我讲月宫里的故事,特别是关于嫦娥仙子的故事。当然,这些都是孙悟空先生讲给我听的。

我能感觉到先生和嫦娥仙子有着非同寻常的关系,直到临走的时候,先生才告诉我嫦娥是他的妻子,他还有两个儿子,一个叫孙小天、一个叫无风。

我问先生为什么不和仙子在一起生活,而要选择长发师娘。因为在向我讲述故事的时候,我能感觉到先生是十分爱嫦娥仙子的。师父给我的回答是,现实的残酷和命运的安排总叫人无奈,相爱的人不一定能在一起。

先生是一个很神秘的人,所以讲出如此有深度的话我并不感到意外,让我意外的是他年纪轻轻就已经有了两个儿子。

和先生相比我显然是幸福的,除了能和相爱的人彼此相守,而且我也即将要有我的儿子,当然女儿我也喜欢。

森林海的夜，静谧又怡然，可能我的阅历比较肤浅，如此美的夜让我叹为观止，就连阅遍环宇的凤凰也悄悄地对我说，森林海的夜是宇宙最美的，因为美丽的夜有我在身边！她这句话让我感动得失眠了一个晚上。

这就是我想要的生活，和心爱的女人一起养养花、看看海，没有世俗的心态，没有外界的纷扰，其实最重要的是只要两颗心在一起了，再喧闹的世界也会显得很安静。

如此绝佳的环境，如此罕见的福祉让我没有理由不在这里留下，接下来的日子我和凤凰除了用心照顾小蝶之外，就是兴建楼阁。当然我们只是总指挥，具体实施要靠森林海的神兽们。按照它们的族氏等级，凤凰为它们分配了自己的宅邸，就连寂寞的海岛上也赋予了新的内容。

251

捞到一座大宫殿的水苍龙按捺不住自己心中的兴奋，向我吐露了一个秘密。

森林海在上古时期是天之湖，地之海，造物主盘古大神就是喝森林海的海水长大的。也就是说，凡是喝了森林海海水的凡人都会长生不老，而喝了海水的神人至少都能升级大神，喝多了有可能成佛。

我坚定地说，这不可能，因为我无法做到六根清净，佛该做的我做不到，不该做的我却都做了。水苍龙说，世间的该与不该都是天定的！看水苍龙说话的神情、语气竟然和断魂洞中的燃灯古佛有些相像。

"水苍龙，你的意思是我有机会成佛喽？"

"主人，能不能成佛，您可以预测一下。"

"如何预测？"

"我的先祖曾告诉我，森林海的主人将在未来的某一天持着一把古剑和一串佛珠而来。我之所以肯臣服于您，除了您的神功卓绝之外，还因为您拥有这两件信物。这一切都是早已注定的。在森林海中的海底有一座尘封千万年的宫殿，据说唯一能开启这座神殿的是一把上古神剑，而且第一个走进神殿的人便是宇宙之主——灵山佛祖！"

或许水苍龙以为他提前向我吐露了这个秘密之后我会很高兴，但我只是淡淡地说了一句，我不稀罕做什么佛祖。不是我不想试，而是我不敢试，因为我怕失去小蝶和凤凰。

"森林海有出口吗？"

"主人，整个森林海恐怕只有凤凰夫人知道这个秘密。"

原来凤凰早就知道森林海的出口在哪儿，只是她不愿意告诉我罢了。或者是玉蝶不让凤凰告诉我，无论如何，她们的目的只有一个，就是不让我离开。归根结底是自己不忍离开，如果我想离开，我早已迫不及待地打开那座属于我的神殿。

当玉蝶睡下后，我悄悄地来到断桥，想到血海深仇的沉重牵绊和完美爱情的依依不舍，今夜的断桥别样的感伤。儿时父母那陌生又熟悉的鲜血又涌上了心头，心也痛到了极点，我知道一个人心痛了会哭，但是我生下来就不会哭，于是就省略了这一部分，直接喷出了一口鲜血！吐血之后，感觉舒服多了。而躲在断桥菩提树后的凤凰却惊慌失措地奔跑了过来。

凤凰用她那充满淡淡体香的粉色手绢拭去了我嘴角上的血迹，然后伏到我的肩上哭泣起来。

"如果哥哥，你不要折磨自己好吗？我告诉你森林海的出口在哪里。"

我很惊讶凤凰的反应，因为在这之前，她一直都不肯承认自己知道这个秘密，以至于我都开始怀疑水苍龙的忠诚。原来女人说谎可以如此滴水不漏，除非她自己坦白，否则你将很难揭开谜底或辨别真伪。

"是的如果哥哥，我的确对你说谎了。不告诉你森林海的出口是因为，我怕你会遇到危险，怕玉蝶姐姐会生气，但我更怕你受伤，所以你要答应我，一定要回来！"

我紧紧地抱住了凤凰。

"我答应你一定会回来的。我离开的这段时间，你要好好照顾玉蝶，好好地照顾自己，辛苦你了！"

凤凰泪眼婆娑地朝我点头。

"如果哥哥，林海的出口在森林海中心的硫磺岛。硫磺岛是一座死岛，没有生命迹象，但是硫磺岛本身就是一只猛兽的化身，它周边五十里的海水被它散发出来的热量和硫磺烤热，水温能溶化世间坚硬的钢铁和金石，是名副其实的火海。我的先祖们喜欢在这里沐浴，所以只有我们凤凰家族知道这个秘密。"

听了凤凰的话，我有些担忧，也就是说玉蝶拥有了森林海，却永远地失去了外边的世界。难道这就是做我女人的宿命？

"如果哥哥，当你踏上硫磺岛之后，岛上面会有一个洞，洞是不怕火烧的。洞中会有汹涌的水流，顺着水流而下，你会在另一端的洞口看见一片黄果树林，树林下有一条高几十丈的瀑布，瀑布的周围有茫茫的原始森林，走出原始森林就看见传说中的女儿国了，也就是如今的大唐王朝。"

吻别了凤凰，骑着水苍龙，乘着夜色我直奔硫磺岛。我不敢回头，怕玉蝶突然醒来，怕看见凤凰的泪流满面。

在离硫磺岛还有数十公里的时候，我命令水苍龙停下，因为我已经明显感觉到它的力不从心，但是它依旧没有丝毫的退缩。我知道它是我最忠实的奴仆，但我又怎么忍心它受到伤害？叮嘱了水苍龙几句，我就命令它回程了。突然，森林海的局部天空乌云密布，细雨蒙蒙，我明白这是水苍龙用心挥洒的眼泪。

硫磺岛周围的水烫得厉害，让我发慌，不得已只得运功抵抗。如来神掌神功的罩气紧裹着我，但是我依旧能感受到滚烫的温度和听到海水被烧烤的沸腾的声音。几个时辰以后我的莲花坐骑终于飞上硫磺岛。

在硫磺岛，我又明白了一个道理，当温度达到一定程度以后，石头也是可以着火的，与其说是硫磺岛还不如说是火焰岛，这里火海一片，连周围的海水都是红色的，根本就找不到凤凰所说的洞。也许是我的到来打扰了硫磺岛原有的平静，火势突然迅猛起来，我连来时的路也模糊了。

难道凤凰要置我于死地，报我当初要取她性命之仇？很快我便打消了这个念头，同时也用一种陌生的态度审视自己：为什么有了仇恨之后会想得如此复杂。

在我已经被烤得汗流浃背的时候，猛地想起凤凰的一句话来，这个洞是不怕烧的。也就是说，这个洞一定隐藏在火势最猛烈的地方。

我把如来神掌内功提到八成，周身顿时清凉了许多。我定睛一看，在我的左前方火势最为凶猛，火焰高达数十丈，就好像有无数条张牙舞爪的火龙在那里盘旋飞舞，而这一刻我也管不了那么多了，不成功便成仁，我将如来神掌内功陡然提到十二成，瞬间跃进了熊熊火焰。实践证明我成功了。

或者莲花是为水而生,激流上的莲花洁白,娇艳动人。当我想把手伸进激流中体验一下汹涌澎湃,突然一瓣莲花黯然落下,莲花瓣在水中化作了一股白烟。原来清澈的激流只是假象,激流的成分是硫磺水。

我知道这是莲花坐骑的暗示,也让我明白了往往可爱的背后会包藏着无法预知的凶险的道理. 也许在人间我还能算得上是一位神侠奇士,但是在自然界我只是沧海一粟,只不过我的运气好一些而已。

经过十几天的颠簸,我终于见到了黄果树林,饥渴难耐的我已经顾不上水的成分痛饮起来。水很甘甜,不再是洞中的硫磺水。大自然真是奇妙,我想水既然都这么甘甜,那么清水滋润的黄果树的果子也一定会很香甜。但出乎我意料的是,果子竟是出奇的青涩。

要命的是我的嗓子疼痛难耐,最终失去了知觉。

伪君子
显形

　　大唐王朝今日的将军是昔日大理王朝的王公子，世代为官，也许是他家族的宿命。今日的他格外繁忙。

　　"勇敢的卫士们，十日之后就是我们大唐花布公主的大喜之日，所以这几天我们要全城戒备，绝不能放进一只蟑螂，也绝不能放走一只苍蝇。

　　"作为人间第一大国，虽然我们的自然灾害是最多的，但是我们的治安必须是最好的。比起防震卫队和防洪卫队我们算是幸福的，他们可都是和死神直接交谈的勇士，所以我们一定要加倍努力！知道了吗？"

　　"严防蟑螂，灭尽苍蝇，守护皇城，为国争光！"

　　但是已经变成苍蝇轻松混进大唐王朝的猪八戒对这些空喊口号，没有实际效果的大唐王朝的勇士们早已嗤之以鼻。其实猪八戒太低估自己了，在世俗的眼中，他早已经被列入破坏力空前的自然灾害的行列了。

本来这些阴险的琐事都可以交给曹国舅去办的,可是曹国舅却永远地消失了。身为史上最大魔头的猪八戒虽然早已丧失了所有的情感,但是身边突然少了一个狈也极其恼火,因为孤狼最大的天敌是寂寞。

现如今,仇恨和报复充满了猪八戒的内心:沙僧! 本魔王不管你出于什么动机,你伤害了我,就别再想一笑而过。

猪八戒认为, 一个人的最痛不是让他去为心爱的人死,而是爱上了一个已经心死的人。他本人尝到过这种痛苦,所以才有了这样的结论。

在他的策划下,孙小天把这种痛苦体会得淋漓尽致。但是猪八戒认为还不够,他要让孙小天爱得死去活来,让孙小天爱的人活活去死! 一切仇恨都来源于猪八戒内心深处畸形的爱。

水的咸涩把我灌醒,我不知道自己在莲花上漂浮了多少个日夜。

"朋友,你醒了? "

当我醒来的时候,发现一个戴着面具的青年出现在我的面前,他驾着一朵云,浮在海的上面,看情形他不是一个凡人。

尽管他戴着面具,依然能感觉到他英气逼人,他的风度甚至超越了孙悟空先生在我心中所一直占据的首位。很显然是这个人救了我。

我很想向他表达我的谢意,可是我已经说不出话来。微笑是我的全部表情,虽然此时我的内心是极度痛苦的。

面具青年扔给了我一个比苹果还要红的桃子,已经几天滴水未进的我,狼吞虎咽地吃掉了,都来不及品味这是什么味道。

令人感到神奇的是,吃完桃子之后,顿觉神清气爽,嗓子的疼痛感也消失了，但还是无法言语。

面具青年似乎看透了我的心事。

"朋友，我们能相遇就是缘分，我给你指条路，那里的主人能医好你的病。"

我感激地点了点头。

"我们现在在南海的海面上，你顺流而下，会发现近千座岛屿，在第198座岛屿前会有一片紫竹林，进了紫竹林后能不能遇到那个人，得看你的造化了。"

在我能说话的时候，感觉声音并没有那么珍贵，而且小碟和凤凰在我关心她们的时候，还会嫌我的话多，而此刻我才感觉到语言的重要性。如果不能说话，不仅不能和想认识的人沟通，我将无法再对心爱的玉蝶说我爱你。

面对救命恩人，我露出了感恩的微笑，我不敢说是三界最美的，但是我敢说是三界之内最真诚的。

顺流而下，果真出现了很多的岛屿，每个岛屿都云雾缭绕，青竹翁郁。活了二十多年，每当新发现一个地方，我都会感觉宇宙的浩瀚和人类的渺小，虽然我没有征服宇宙的欲望，但是我却有在宇宙中生存的勇气。

像晚上数星星一样，当我数到第198个岛屿的时候，天已经黑了。也有了些许的倦意，但是为了我那不可或缺的部分，仍努力支撑着残余的意志，运起如来神掌轻功，向那个大得出奇，却隐得神秘的海岛驶去。

让我不解的是，海岛上并没有什么紫竹林，只有连绵起伏的山峰。其中有两座山峰的高度最为惊人，简直可以和珠穆朗玛峰的高度相提并论。尽管我没有爬过什么珠峰，但是孙先生不止一次地对我讲过。

想对着面前的有形阻碍声嘶力竭地呼喊，为什么阻止我寻找一个完整自我的权利？

在18岁之前，我和老妖孽一直过着贫穷的生活，所以我不止一次抱怨自己的贫瘠，因而总是闷闷不乐。

有一天我从私塾回来见老妖孽拎了一把菜刀和一袋子不知道从什么地方搞来的黄灿灿的金条，我吓坏了，以为老妖孽把我给卖了。因为村子里的人都说，吃了我的肉会长生不老，但是傻子也能猜得出来，这纯属造谣。

"如果，把你的手剁下来，给你五两黄金行不行？"

我狠狠地摇了摇头。

"那么把你的眼睛挖下来我给你五百两黄金行不行？"

我把头摇得和拨浪鼓一样。

"卸你一条腿，给你五千两黄金？"

"呵呵，您就别打我的主意了，只要是我身上的器官，包括头发我都不会卖给你的。"

老妖孽也是哈哈一笑："孩子，就目前而言，你已经有了五千五百两以上的黄金，你还会觉得自己贫穷吗？"

听了老妖孽的话我恍然大悟，同时也明白了他的良苦用心。他是在告诉我一个既浅显又极为深刻的道理，拥有了完整的自己，就拥有了无法估价的财富。

所以为了寻回失去的声音我会不惜一切代价！我不知道山的后面是什么，但我认为是一片紫竹林，因为救命恩人不会骗我，骗我他就没有必要救我。

想到这里我陡然提起了十成功力，如来神掌幻化出无数的

第二十三章　伪君子显形

手掌，朝挡路的山峰拍去。我从不敢想象，自己发脾气后的威力竟然如此之大——那个最碍眼、最高的山峰被削平，而其他的山峰也在我神掌的余威之下纷纷倒塌。但是山实在是太高了，还是没能看到山后的风景。

我是个执着的人，不达目的决不罢休，于是我把功力提到了十二成，既然已经开始，我就来个彻底的毁灭。

在我刚要出掌之际，一团黑乎乎的庞然大物出现在了我的面前。我定睛一看，原来是一只硕大的黑熊，身躯和一座山相仿。熊能长到它这么大个让我非常惊讶，尽管在原始森林之中我什么动物都见过。

令我最为气愤的是，如此庞然大畜竟然会说人话！我不禁寻思，人话是什么动物都可以说的吗？只有高级动物才有这个资格。它的身高没有问题，但是它的智商呢？

后来我才知道，它的智商也不是一般的高。

"你是哪里来的凡夫俗子，竟然敢在本山神面前撒野？惊动了菩萨你死罪难逃！"

我心想，你小子看我的掌力惊人心虚了？不然怎么第一句话就把菩萨搬出来吓我？也正是黑熊的这句话让我知道，这山的后面真的住着能医治我病的人。在我一个凡人的眼里，什么是菩萨？菩萨就是救苦救难的神医。

也可能是我刚才的掌力太强悍了，在黑熊质问我的同时有一座山崩坍了。黑熊此时的眼圈明显红了，手中一把银戟抖得和丝带一样。

"我乃堂堂的守山大神，任何神人想拜访菩萨都得自报家门，然后由本大神前去通报，经允许后方可进入禅林。你是哪路神仙竟然如此不懂礼数？"

这家伙倒是很聪明，在给自己找台阶下。它的意思我懂，只要我按正常程序来，肯定能见到菩萨。可是我真的能自报家门的话，又何必来这里寻找菩萨？我已经没有太多的耐心和它纠缠下去，手掌缓缓地提起。千钧一发之际，只见黑熊再也顾不上什么尊严和面子，竟然扑通一下跪倒在我面前。

"好汉，饶命！几千年来你是我见到的最低调、最狠的一个角色。我带您去见菩萨，请随小的来。"

我想这就是黑熊的过人之处，它的职业是守山，它明白如果真的激怒了我，它就彻底地失业了。

有时候，守护尊严就意味着失去更多。尊严和原则还有本质的区别，有的尊严暂时失去还可以找回，但是一个人或神一旦失去了原则，那么将会覆水难收，万劫不复。

也就是说，失去一些模棱两可的尊严，可能是识时务者为俊杰的体现，而丧失原则是背叛，是贬低，背叛了恩人、背叛了伦理道德，贬低了自己、贬低了人性。

黑熊念动了咒语，在两座松柏密布的山峰之间出现了一扇金光闪闪的山门。

进了这道门又是一片山，就这样直到黑熊打开了第788道山门之后，紫竹林出现在我们的面前。我突然有了侥幸心理，就算我一掌能毁掉一个山群，但是要看到这神秘的紫竹林，至少还要拍出788掌，也可能更多。因为肯定有某一掌会力不从心，需要补拍的。

黑熊对我说，它是山神没有资格进紫竹林，要过紫竹林必须要过林神这一关。我很想知道林神又是谁，但黑熊已经消失不见了。

浩瀚的林海清风阵阵。原来我总以为每一株森林海的植物都是外界植物所不能比拟的,但看到紫竹林之后,仿佛每一株舞动的紫竹都在嘲笑我目光短浅,坐井观天。但正是紫竹的美,让我懂得了一个人无论遇到什么事情都应该淡定。在遥远的将来我们还能遇到什么,谁也无法预料。

虽然不能言语的痛苦导致我心情极其失落,但是对美好事物的向往并没有消失。于是我在心里悄悄地做了一个决定:等医好病,报完仇,一定要挖几颗紫竹移植到森林海,否则对不起这次完美的发现。

突然一阵诡异的吱吱响声打破了紫竹林的和谐。我对于一切破坏和谐的人从来都不会手下留情,而且我办事不喜欢拖泥带水,如来神掌直接提到了十成。

不知道为什么现在如来神掌,用得越来越频繁也更顺手,威力也更大了。而且最为神奇的一点是,我无论想对谁施掌,都百发百中,不管对方是静还是动。

我欲发掌的时候,动得慢了,静得更静了,也就是说,我只要想打,对方只能等着挨打。

连自己都不禁感叹这如来神掌真是太霸道了。而仔细想想也对,霸道才是王道,想报仇没点过硬的功夫怎么能行呢。

来者是位女性,严格说是一个妖女,人面蛇身,应该是条青蛇精。虽然我遇到过很多的怪兽,但是第一次碰见这种《山海经》里才能见到的精灵,也非常好奇,本想和她交个朋友但是对方显然很不友好。

"贱人,为什么要跑到我的领地上来闹事?"

我心想："妖女,既然人类在你的眼里如此的低贱,为什么还要幻化成人形?"

已经幻化成人形的蛇妖看我没有搭理她,脸色通红,可爱极了。看到这个唯美的画面,我突然产生了一个不成熟的结论,三界中,有两种女人是靠脸吃饭的,一种是仙女,一种是妖女。

"真是凡夫俗子,擅闯他人领地,还不知道主动道歉,你这种男人注定要遭雷劈的。"

我慢慢地提起了手掌,因为这妖女太野了,我想先劈了她。

"哟,怎么着?还要动手打女人是吧,你是不是男人啊?来紫竹林拜访的奇人异士、小妖大仙不计其数,就没见过你这么没风度的。"

看这妖女还有话要说我收了掌,坐在了一块青石上,给了她一个请继续的手势。

263

"还不说话是吧?和本姑娘玩低调是吧?不不不,玩深度是吧?"

说实话,这么漂亮的女孩我倒是真的想试一试她到底有多深。

"你知不知道,刚才黑熊给我万里传音了,隔着空气还哭呢。你知不知道黑熊是我们南海出了名的三好男人,厚道、敬业、好脾气。你说你一掌下去差点没让人家失业,你说你多缺德啊?"

我又疑惑了,这姑娘是妖精吗?哪有这样的妖精啊,为别人打抱不平,不用妖法用口技,如果可以说话,我一定会问问她是不是已经暗恋黑熊很久了。

"你不说话就是做贼心虚的表现!就你们这些人类中的男

人们啊,除了会欺负女人以外,就会用沉默来掩饰自己内心的罪恶。就你这么城府深的人还想见菩萨,去阴曹地府见你的鬼哥哥去吧。

"我说,菩萨根本就不想见你,很明显她老人家生你的气了,你想一想,打狗还得看主人呢,你可倒好,连为主人看狗的人你都敢打。你这贱人也太不识趣了,哪里来的就滚回哪里去吧!"

这个时候,我的额头上已经开始冒汗,气血开始翻滚。我一直认为女孩是一种既温顺又善良的动物,幸运的是在这之前我碰见的都是这种女人,同时我也是一个有原则的人,通常情况不对女人出手,可是今天的情况非同寻常。

"哎哟,你这个虚伪的男人哦,还好意思流汗啊。不不不,应该是很虚的男人哦,还坐着一朵莲花来的,那是女孩用的好不好? 你以为你是佛祖啊,再说了人家佛祖坐的是金莲。既然如此追逐时尚,为何穿长衫不穿裙子啊? 现在不都崇拜非主流吗,说明你还是没勇气,既然没勇气还伴神马哭? 神马都不跟你哭。

"再看看你的外形,要帅不帅,衰倒是很衰,但是衰的一点特点都没有,你的名字能入阴间的生死簿吗? 姑奶奶很好奇你的生辰八字什么的在五行之中吗? 你的父母是哪里人啊? 是不是变成孔雀飞走了? "

"我靠! "

"行了我得向菩萨汇报去了,你能开口讲话了,只是讲的是脏话。"

妖女消失之后留下我徒添感叹。到目前为止,我认为世界上最厉害的两样东西,硫磺岛洞中的水和紫竹林妖女的嘴。至于妖女本身根本算不上东西。

仔细思考一下妖女为什么能治好我的嗓子，只因为我平淡的生活中缺少刺激，但是受如此大的刺激，还是让人始料未及。

　　心情放松之后，连行程也加快了速度。南海上又遇见了恩人，我很想第一时间把这个好消息告诉他，而这一次又是他开口先说了话。

第二十三章　伪君子显形

"朋友，你也别太着急，治病非一朝一夕之功。观音大士是一个可以依赖的菩萨，既然你能寻到南海来，她绝对不会让你带着遗憾离开的。"

原来恩人还不知道菩萨已经派人把我医好。我看恩人不是一般的仙人，或许他知道我想知道的答案，于是我做了一件很不道德的事情，继续装哑。

"知道你现在一定很难过，此时此刻我又何尝不是这种心情。你的病虽然是顽疾，让人痛苦，而我的病却无药可医。"

恩人的话让我诧异，难道他还有什么难言之隐？

"把你当成了朋友，所以对你说说心里话。"

我点了点头。

"从五阴山论战的那一刻，天塌地陷，江河改道，生灵涂炭，虽然这次灾难的罪魁祸首是猪八戒和沙僧，但是我的弟弟无风也有着不可推卸的责任。"

恩人的第一句话让我知道了，沙僧、猪八戒和无风就是我要苦苦找寻的血海仇人。老妖孽曾说过，尽管那次灾难有许多人在后来离奇生还，但还是有许多人从此消失，其中就包括我的父母，因为他们的肉身以破，灵魂已经无法附体，而这次灾难正是源于五阴山论战。

恩人继续讲述。

"尽管后来我动用灵珠解救了宇宙和苍生，但是这次灾难留下的荼毒却是无穷无尽，很多家庭甚至是国家从此破碎了，而我曾经的女人再也无法离开我的弟弟，因为在当时我的弟弟是为了保护他们父女舍生忘死。"

我用瞪大的眼睛来表示我的疑惑。

"你不用疑惑，其实我的弟弟并不知道他的女人曾经是我的女人，我的女人也忘记了我是她曾经的恋人。我能读懂所有人的心，唯独读不懂她的心，因为她是我最爱的女人。直到后来，我读懂了她的心，可是她的心里已经没有了我，或许她已经真的不爱我了。

"虽然对亲人和朋友们说这件事我早已释怀，但是当知道过几天就是我弟弟和她的大婚之日，为什么我还会这么心痛？这是一种贱的体现还是爱的最自然的反应，抑或是命运对我最无情的捉弄？"

看着恩人微红的眼眶我十分同情，因为他的遭遇连我这个陌生人听了都难以接受。我很好奇他是怎么和那个女孩认识的，恩人似乎看穿了我的心，扔给了我一瓶紫竹清酒。

"我和她相遇在一个柜台，是我摘走了她的珍珠面纱，也是她让我甘心情愿摘下了在凡间伪装的面具！"

我很想知道恩人为什么会在凡间戴着一个面具生活。

"其实我是一个神仙。在仙界的时候，就听人说过凡间的江湖人心险恶，甚至有的时候不能做真实的自己，所以下凡的时候我喜欢戴着面具生活，也一直在等待那个让我自愿把面具打开的人，不知道为什么好不容易找到了，却又要彻底失去了。"

我在想，既然恩人还深爱着她，为什么不去把她追求回来。

"如果她现在是不幸的，我甚至愿意使用一些卑鄙的手段把她争取回来，可是她现在很幸福，这就已经足够了。我不想证明自己有多伟大，只要她能开心快乐就好！我还是自由自在地做我的隐侠吧！"

恩人的话让我再次震惊，开始我还一直犹豫不决，原来他真的就是舞蝶一直苦苦寻觅的隐侠。但是我敢肯定的是，恩人并不是一个滥情的人，也许真的只是舞蝶的一厢情愿罢了。

我还是要把恩人带到舞蝶的面前，因为这是我欠玉蝶的一个承诺，但是这需要一个合适的契机。

"恩人，其实我的病已经医好了，你的恩情我将铭记于心。请你相信，我并不是一个虚伪的人，我只是想为我的朋友分担一下痛苦而已。我叫如果，恩人不介意的话，可否把名讳告诉我？"

也许恩人真的懂得读心术，读到我说的每一句话都十分的真诚，或者他本身就是一个心胸如海的真隐侠。

"我叫孙小天，很高兴认识你！"

当我们抱拳致意的时候，南海的上空突然出现了一道美轮美奂的绚丽彩虹。

也许这辈子我注定是要欠老孙家的，我很清楚，他就是先生孙悟空的长子。

"小天，我觉得你应该去参加他们的婚礼，给你的弟弟和她最真挚的祝福。"

"呵呵，我也是这样想的，否则也不会在这里遇见你了。好兄弟，我们一起去看看吧。到时我失态的时候，你一定要给我暗示啊。"

其实我是想去会会无风，我觉得一个抢哥哥女人的人不会好到哪里去，看在恩人的面子上我不杀他，但是我至少要让他明白，他曾经为了维护自己的利益却伤害了很多人的利益，他这种损人利己的行为是十分不道德的。

在这个世界上存在着各种无法预知的矛盾，既然存在了矛盾就要去解决矛盾，不知道为什么在我的脑海中产生了一个念头。这个念头十分清晰，脑海中浮现了一些陌生的经文和充满悬疑的图案。

"小天，你的女朋友会不会是失忆？你是不是一直沉浸在情感背叛的怪圈？不知道为什么，从你对我讲过你和花布公主的经历之后，我觉得这里边很有问题。要不就是花布公主失忆了，否则还有另外一种可能，那就是在这件事情的背后有一个策划者，隐藏着一个极大的阴谋。"

"如果，这个问题我也曾想过，可是很快就放弃了。"

"为什么？"

"就这种现象，我曾经咨询过月老，"他说，这种情况已经写在三生石上面，从前世到今生要经历一个非常漫长的过程，一场大病就可能导致一个人的失忆，更何况还要承受烈火烘烤、冰雪侵蚀之苦。

"一个人为什么能记得起小时候的事，却记不起前世的事情，就是因为他要在母亲的腹中承受轮回之苦，如果怀孕的母亲吃点热的，对于婴儿来说就是炼狱，如果母亲吃点冷的，对于婴儿来说就是冰雪世界。

"婴儿在腹中经历的一天，相当于在人世间的三年，十月怀胎，也就是千年轮回。在这种情况下，花布都没能把我忘掉，又怎么会失忆呢？

"第二个构想也是不成立的，我孙小天自幼就和师祖习练法术，知己只有荷花妹妹一个，而朋友也只有你一个，所以我并没有什么仇家，既然我没有仇家，又何来阴谋和暗算呢？"

"可是小天，有些仇家不相识也是可以成立的，不然又何称阴谋呢，真刀实枪的对决那叫斗法和较量！"

"如果，我应该没有那么衰吧？"

"我也希望如此。"

大理湖的夜很美，而且美若天仙的大理公主舞蝶在陪着洋溢满脸幸福的沙僧观看湖中月色。

"流沙，谢谢你帮我报了国仇家恨，你要我怎么报答你？"

"公主，我不需要你的任何报答，而且我还要送你一份礼物。乖乖地在湖边等我。"

在消失的同时，沙僧念动咒语，大理湖边的精灵妖怪全部化作了舞蝶公主的保护神，暗中保护这个主子深爱的女人。

阎王殿内乱作了一团，前不久刚刚送走了个猪八戒，黑白无常禀报又来了一个万妖魔皇，阎王爷豆大的汗珠直往八十一层地狱砸。这年头阎王也恐惧，干好了还能掌管一些人的生死，干不好连自己都得死。

"不知妖皇驾到,有何吩咐?"

"本皇只讲一次，让大理国王和所有的大理臣民在今年的九月九日那天还阳!"说完沙僧消失了。

阎王边擦汗边感叹:"巨妖和小妖还真有很大的区别。"

"就是,就是!"判官在一旁附和。

"是什么是,还不赶快陪本王去天庭向玉帝禀告。"

玉帝也恐惧,曾经的他一直以为佛的存在严重影响了他的权威,此刻他才明白,没有佛,他几乎没有什么权威,佛与玉帝的关系相辅相成。

"流沙,你去干什么了把我一个人扔在湖边,你不知道,刚刚湖边各种奇怪的声音都有,特别吓人。"

"我去下面办了个事,就是怕你出事所以才飞奔回来的。"

"谢谢你流沙,有你真好!"

271

此时的沙僧兴高采烈,比第一次喝御酒的时候还要激动,甜甜的、柔柔的,有葡萄的味道,沙僧最喜欢的水果就是葡萄。此刻在沙僧看来,舞蝶不是自己的葡萄,而是自己的酸和甜。

"流沙,可不可以再答应我一件事?"

"嗯。"沙僧幸福地点头。

"父王还在世的时候,大唐王朝曾派人送来喜柬,再过几日便是我的结拜姐妹花布公主大喜的日子,到时你可不可以带我去一下?"

沙僧知道这个花布公主就是唐僧的女儿,整个大唐王朝他没放在眼里,可是他也很清楚新郎是神秘的悬天涯少年。现在的年轻人很不理智,动不动就拼命,万一到时候他再来一个同归于尽该怎么办？自己受个重伤甚至是死亡都无所谓,可是万一伤害到舞蝶该怎么办？想到这儿,沙僧显然有些犹豫了。

"流沙,我知道自己的要求有些过分,可是如今这世上除了妹妹玉蝶,花布公主是我最亲的人,她的婚礼我怎么能不参加呢？你带我去参加她的婚礼,我就嫁给你！"

沙僧用一种很复杂的表情看了一眼面前的舞蝶,并迅速地低下了头。此刻他的内心是极其痛苦的。是的,沙僧深爱着面前这个女孩,和所有的男神、男妖、男人一样,他不希望自己的爱情里有一丝杂质,更不希望自己的爱情是被交换而来的。

舞蝶也很诧异,为什么一直以来都柔情似水的流沙会瞬间冷漠,难道只是在一瞬间,真的会产生那么多的悲欢离合吗？

再强壮的女人在男人后面也会很自然地流露出娇弱,舞蝶温顺地跟在流沙的后面, 也许此刻她已经意识到自己这句话,可能使对方伤心了。

其实在舞蝶的心中还有一个更为重要的要求,这个要求她只对自己的妹妹玉蝶讲过,但是她再也没有勇气向面前这个受伤的男人讲出来。

男方总是要作为先妥协的一方来打破尴尬。

"舞蝶,刚才有点着凉,可能是大理湖边的气温太低,我一时不适应。我能感觉到你还有什么心事,对吗？无论发生什么,请不要怕,有我！"

"有我"这两个字既像晴天的一个惊雷, 又像山涧里的蜂蜜,震慑舞蝶的心魄、甜蜜了她的心房。

这是第一个男人如此真心对待自己,此刻她的感觉不仅仅是感动。但无论如何她也不会说出,让深爱自己的男人去寻找自己深爱的男人。

　　为自己所爱的人去做她喜欢的事这很寻常，不寻常的是沙僧是万妖魔皇。爱情的力量大到可以改变魔性吗？可以，沙僧做了爱情力量强有力的形象代言。

天下
无双

　　有没有这样一种爱可以天下无双,每一个爱过的神或人都有过肯定的回答,并且都会认为自己的爱天下无双。既然天下无双,那么世上的爱也注定是千奇百态的。你可以不相信天气,但是你一定要相信爱情。相信才会有,不信,有也错过了。

　　大唐王朝之中,花布在侍女和皇宫最优秀的造型秀女的装扮下,像一朵羞答答的玫瑰,透着一股难以名状的幽香。而驸马府中的无风,看起来并不是那么兴高采烈。

　　尽管期待这一刻已经很久了,但此刻无风的内心是极其复杂的。今天是自己的大喜之日,母亲无法见证自己的幸福时刻,父亲与自己水火不容,就连哥哥也和自己之间产生了一层厚厚的隔膜。

　　没有亲情祝福的爱情并不是那么完美。至少无风是这样认为的。

　　大唐王朝,名震四海,声势显赫,有点儿周公吐哺天下归心的意思。虽然说,落水的凤凰不如鸡,但毕竟是只神鸟,所以在大唐公主大婚之日,宇宙中该来的生物都来了。

羞答答的玫瑰静悄悄地开,二十多年的努力成长,终于要有了一个温馨的停靠,叫花布如何不激动?但是让大唐全国人民都激动的是,他们共同的敌人猪八戒来了,并且还出现在了皇宫里边。

如今的猪八戒,在仙凡两界早已恶名远播,天庭他都能毁掉,更何况区区一个大唐王朝。

"八戒,你的到来让为师很意外,上次五阴山论战你没有死,而且还能如此光彩照人,也让为师颇感欣慰。我不管你这次来是为了什么样的目的,但是为师恳求你先把仇恨放一放,不要因为我们这一代的仇恨,而毁了下一代的幸福。"

"师父你说笑了,徒儿决定洗心革面、痛改前非。您说得对,我这次正是为了师妹花布的幸福而来,让她和自己深爱的人在一起。"

猪八戒出奇的温柔蒙蔽了唐僧如深渊般的城府,猪八戒不但堂而皇之地出现在大唐王朝,而且还成为上座嘉宾。的确,猪八戒现在的范儿比玉帝都牛。再说玉帝根本不会来,他早已经明白情况,所以只派来土地和城隍做官方代表。

猪八戒格外地低调,以至于大家忽略了他的存在,甚至产生了魔王也可爱的错觉。只有他自己明白,自己硕大的肚子里究竟憋着什么坏。

礼炮隆隆,彩带飞舞,万民伏拜,歌满皇城。连一些神仙都不禁感叹,有影响力的大国就是不一样。

女方在六宫粉黛、贵族千金的簇拥下缓缓而来。男方的阵容更强大,后面不但跟着王公大臣,还跟着一群很难在仙凡两世现身的神兽。而男主人无风骑着一只白色巨虎,英俊非常。

当双方人马会聚到一起,男女主人公的手很自然地牵在了一起。这一刻,孙小天的心碎了。

有很多的人或神都在给世界上最痛苦的事情下定义,对于每个人或神来说,在个人的世界里都有属于自己的心痛。

但孙小天的最痛,莫过于目睹着自己心爱的女人嫁人,而娶她的人不是自己,而是自己的弟弟。

这一刻我紧紧地握住了孙小天的手,小天的手是湿的。如果是我的话,我一定会冲上去把自己心爱的女人抢过来。其实是我的话我也不一定会这样做,因为我就是如果。

在这个时候,沉默许久的猪八戒突然说话了。有些人是不经常说话,但是一旦说了就很可怕。猪八戒说话的时候,我清楚地看到孙小天的弟弟无风已经攥紧了拳头,而大唐王朝的勇士们也把手按在了剑鞘上。

原来猪八戒只是想敬酒,大家虚惊了一场。

"师妹,今天是你的大喜日子,为兄敬你一杯酒,祝福你找到真爱,也让你知道你父亲到底是一个什么样的人……"

这个时候,我发现唐僧的脸都绿了。好在猪八戒还有下文。

"让你知道,他有多么的爱你。"

"师兄,谢谢你的祝福,喝了这杯酒,我们能一笑泯恩仇吗?"

"可以,只要师妹你剪不断,理还乱就行。让我们共同放下仇恨和抱怨,和平地拯救危机好吗?"

"师兄你真幽默。"

"呵呵。都是师父教得好！"

猪八戒的魔法高，奉承的功夫也非等闲，显然唐僧被天下第一大魔王的赞美，爽到非常。

"花布，你真不懂礼貌，这杯酒理应由你来敬你的师兄，他能屈驾来这里已经是我大唐之福。赶快喝完，不许推辞。"

看意思花布还要说点什么，可是一听唐僧这么说，立刻就将杯中的酒一饮而尽。

花布喝完酒后突然晕倒在地，这一下，猪八戒彻底激怒了所有的人。在众人的眼里，他完全可以公开杀人，但没有必要公开下毒杀人，而且杀的还是女主人公。但是魔头的心事你永远难猜。

无风显然是被幸福的洪流冲垮了理智还没缓过神来，其他的人早已缓过神来却都无可奈何，而在我身边的小天却不一样，我已经明显地感觉到他的战斗指数已经过亿。我又紧紧地握了握孙小天的手。

虽然我知道魔是从来不讲道义的，但是它们却要面子，这件事里肯定有蹊跷。果不其然，就在大家横眉冷对，万夫所指的时候，花布公主醒来了。

可是在花布醒来的同时，不知道为何她的双眸还闪烁着泪花。

无风上前去扶她的时候，她竟然闪开了，现场发出了一片惊呼。这个时候没人再去关注猪八戒，更没有人去思考他露出的诡异笑容，只有我一直在注视着他。现在的我不是人，而是一只受伤的野兽，因为我的眼中只有杀父亡母的仇人。

"花布，你怎么了？我是无风啊！你的风风！"

"对不起,无风,我不能和你结婚,我最爱的人是孙小天!"

听了花布的话,众人又是一片惊呼。这个时候,无风显然已经缓不过神来,他用一种难以置信的眼神看着花布。对于无风来说,世界上最痛苦的事莫过于当要掀开新娘面纱的一刹那,突然新娘扯下面纱对自己说,我不爱你,我爱你哥。

扯下面纱的花布用一种绝望的眼神望着唐僧。

"唐僧,你个伪君子,你为了可恶的私人恩怨,竟然要毁了自己女儿的终生幸福!太卑鄙了,你不配做我的父亲!"

只见花布公主从身边的侍卫身上抽出宝剑向自己的咽喉抹去,千钧一发之际,我待出手营救,可是不知何方神圣先我出手救下了花布,但绝对不是小天。

因为一时间出现了太多意外,我都没发现身边的孙小天已经消失不见了,我不知道小天是不想破坏弟弟的幸福还是心另有所属。但我的手里却多了一张繁体字的书信,不,是血书,信的封面上写着"花布启"的字样。

反正现场也被猪八戒的一杯酒搞乱了,尽管大家都不知道这酒杯中放了什么,所以也不在乎更乱了,是的,该我出场了。

"猪八戒你这头巨猪,别以为你的所作所为能瞒得了天下人,如果唐僧的行为是卑鄙的话,你的行为是肮脏!爱情岂是你能主宰的了的吗?爱情应该属于自然。告诉你,这个世界上你什么都可以玩儿,但是不可以玩儿三种东西:亲情、爱情和友情。

"你不讲亲情玩弄唐僧,你不知廉耻制造花布痛苦,你罄竹难书杀我父母!"

不知不觉中我已经成为焦点,猪八戒可能是一下子从得意变得惊诧,显然很失态。

"你,你,你,是,是,是哪里蹦出来的小杂种,本魔王何时动过你的家人,你,你,你得死!"

由于结巴,猪八戒的这段魔音威慑力大打折扣。

"猪八戒,害人有很多种,间接害人比直接杀人更肮脏,你害的人不止有我父母,还有更多无辜的父母,为了让你死得心服口服,我告诉你,我是代表在五阴山论战中无辜死去的善良人民来的!"

我的阵营瞬间凝聚了很多人,我想这些人有一部分是在五阴山论战中受到伤害的,还有一部分是伸张正义的。不管怎么样,我占据了人和。

"哈哈,小杂种,人气还挺高的。越高越好,这样的话,本魔王省事了。怎么样,无风,五阴山论战你也有份儿,是不是也应该和本魔王站在一起啊?"

"我可以帮你,但是你要帮我灭了孙小天。"

听了无风的话,我极为震怒。

"无风,本来我想放过你,就因为你是小天的弟弟,没想到你竟然和猪八戒狼狈为奸,想加害你哥哥。所以你必须要受到惩罚!"

"不论是谁,只要他和我抢女人,就必须得死!"

无风说这句话的时候冷冷的,连猪八戒这种绝世魔头听了都不禁打了一个冷战。

只有我知道无风因为爱丧失了理智,为爱痴狂。所以我并不真的打算和他一般见识,但是同时我要对着身后支持我的人负责。

"大家勇气可嘉,好意我也心领了,但是此等妖魔之法非凡力所能对抗,请大家速回去避难。在下不想让大唐皇宫变成第二个五阴山。"

听了我的话,众人对我讲了一些鼓励的话便纷纷离去。让我不解的是,竟然有个别人投到了猪八戒和无风的身后,这让我的自尊心受到了强烈的创伤。

好在还有一对情侣远远地躲在我的背后,他们不但没感到恐惧,反而对我们指指点点。

"小杂种,已经清场了。本魔王一向都是让挑战者先出招,对你也不例外。"

"我可以接受任何人的施舍,我也可以施舍任何人,但是魔头不行,你们一起动手吧。"

"不自量力的低贱俗人,是你自己找死,这就怨不得本魔王了。"

或许猪八戒都没兴趣对我发功,只是借着飞行的惯性,朝我脖子的部位伸出了魔爪。

虽然我不知道自己的胜算究竟有多少,但我知道一点,自信的人从来不会轻易落败,更何况猪八戒犯了交战大忌——轻敌。

见我丝毫不闪躲,猪八戒还误以为我是没有能力闪躲,在嚣张的同时又多了一点点的得意。

就在猪八戒的魔爪即将碰到我的身体时,我运用如来轻功悄悄一闪,顺势把如来神掌运到了十成功力。当猪八戒还在惊讶之际,我从他身后猛地出掌,猪八戒喷出一口污血,轰然倒下。也就在这一刻,我突然感觉到有一把冰冷的利刃刺进了我的肌肤。没想到小天的天性那么善良,却有这样一个背后下手的阴险弟弟。

背后下手是小人行径,还不如一个青楼女子,在凡间官方处理这种阴险小人的方法是车裂,俗称五马分尸;宫中的处理方法是凌迟,简称千刀万剐;在民间则是要被浸猪笼,当作奸夫淫妇对待。即使背后下手没被处理,也会被民众诅咒断子绝孙或粉身碎骨,大概意思是肯定要遭报应。佛家称因果轮回。

迷迷糊糊之间我明白了自己有多么的无能。原本以为自己天下无敌,凭着自己天赋异禀再加上点奇遇就可以风雨无阻。但此刻,杀父亡母的仇人就在眼前,不但难以将其毙命反而还让自己受伤,生死难料。

我对不起父母,对不起玉蝶、凤凰和老妖孽,如果还有一次选择生命的机会,我会毫不犹豫地选择成佛。因为不舍,所以我无法强大,抛弃所有,我只为报仇。血泊中,我静静地等待着无风第二剑的刺来。

出现这种状况,让唐僧始料未及。这一次,大唐王朝的公主花布真的离家出走了,就连谛听也不知道她去了何方。谛听说,他除了读不懂宇宙中一些极品生物的内心世界外,更读不懂伤心欲绝的人的内心世界。

"小天,从舞蝶妹妹手中看到了你用鲜血写给我的信,尽管你的每句话里都是对我的祝福,但是我能体会到那一刻你是多么地心痛。你说你的愿望就是我能获得快乐,难道你不知道花布最大的愿望就是有一天你孙小天带着我的珍珠面纱来娶我吗?

"小天,虽然我不知道你在哪里,也不知道你曾经承受了怎样的伤痛,更不明白你现在有怎样的无奈,但是我知道我们的心会永远在一起,因为我们彼此深爱着对方,只要有爱,生死只是一件小事。我要找到你,无论南北东西。"

花布拿出了母亲孔雀公主在自己18岁生日那天送给自己的礼物——雀之羽。有了这种羽毛就可以直飞青天,遁地有门,下海无阻。她知道孙小天的府邸在圣月宫。

而此刻的孙小天却躲在银河边上豪饮"女儿红",圣月宫中只有荷花仙子在陪着嫦娥仙子绣鸳鸯,嫦娥边绣还边给荷花讲些哲理。

"孩子,两只鸳鸯在一起,不一定就是戏水,也有可能只是一起口渴了。"

已经拜嫦娥为义母的荷花仙子若有所思地点了点头。

"嗯,您说得有道理,它们真的有可能是饥渴了。"

听了荷花的话嫦娥脸色微微泛红,因为她的确很久没见孙悟空了。

"流沙,你看他醒了。"

"没错,我的确醒了,而且我还知道我是被婚礼上背后观战的那对情侣救醒的。正要感谢面前这对情侣的救命之恩的时候,突然发现,小天交到我手里的那封血书不见了。"

还没等我发问,那个叫流沙的年轻人仿佛就猜透了我的心事。

"舞蝶已经把那封书信交到花布公主的手上了,少侠不必担心。"

听到舞蝶的名字,我登时一惊,难道眼前这个美女便是我爱妻的姐姐,大理公主舞蝶?

舞蝶钟情的男人不是小天吗? 那么面前这个有点阴沉的帅哥又是谁呢?

"姐姐,玉蝶是我的爱人,我的名字叫作如果。"

我的介绍让舞蝶十分激动,她抓住了我的手摇起来,眼泪也同时掉下来。

"如果,玉蝶现在在哪里,我的妹妹现在在哪里?"

"姐姐,她很好,我们还有了自己的孩子。等我的伤好后,我们一家人会来看你。唉,只可惜孩子再也无缘见到他的外公了。"

这时舞蝶才意识到自己的失态,她破涕为笑说:"谁说孩子没机会见他外公?父王和大理臣民已经还阳了。这是流沙送给我的礼物。给你介绍一下,他就是流沙,本名沙僧。"

听到沙僧的名字,我心头一震,原来我被仇人救了。也许我宁愿灿烂地死去,也不愿在矛盾中苟活,造物弄人,真是如此。沙僧不救我,可能在他的世界里就不会又多出一个未知的敌人,我不想让自己更矛盾,在借机上厕所的时候,溜走了。

圣月宫外,侍女拦住了一个貌若天仙的女孩,得知是来找寻孙小天的,她便快速进宫禀报。

"仙子,宫外有一位仙女求见。"

正在与荷花仙子一起刺绣的嫦娥微微一愣,圣月宫已经好久没有人来拜访了,想到这,她放下了手中的彩线。

"荷花,赶快收拾一下,陪我出去见一见朋友。"

这圣月宫一年到头也不会来几个生人,凡是来圣月宫的至少都是大仙级别以上的神仙,见朋友等同于见世面,荷花焉能不兴奋。想到这,荷花还戴上了珍藏许久的珍珠面纱。

圣月宫的大厅内龙飞凤舞,金碧辉煌,凡间的皇宫与之相比黯然失色,唯一能比的就是花布公主的美貌,就连一直以冷艳美貌著称的嫦娥仙子看了花布也不禁一阵错愕,原来世上真的有这么美丽的女人存在。

但是更为错愕的却是花布公主本人，因为她发现陪伴自己二十年的珍珠面纱竟然出现在一个陌生女人的脸上。

　　"母亲，您赶快给我介绍一下，这位漂亮姐姐究竟是谁呀？"

　　听到面纱少女对嫦娥的称谓之后，花布又是一惊，原来小天已经结婚了！他都能放下定情信物，就意味着他彻底放弃了全部。既然他已经心有所属，自己又何必破坏他的幸福呢？

　　想到这，花布喃喃自语："是谁已经不重要了。"她对嫦娥深深地鞠躬，"仙子打扰了。"然后疾步退出了圣月宫。

　　花布原想，曾经孙小天不止一次对自己提及她的母亲，当见到传说中的嫦娥的时候，自己一定会超级紧张，但今日相见却有了一种对世界绝望的感觉，不是嫦娥令自己绝望，而是嫦娥身边戴着面纱的莫名少女。

　　圣月宫内，嫦娥母女则是不知所措。

　　对于一个已经对世界失去信心的人来说，没有什么事情比面前出现一条无边无际的河流更为幸运了，而花布就遇到了这样一条河——银河。

　　人和神在感情的世界里都是一样的困惑，就像孙悟空当初收到嫦娥的情书那样。可花布不是困惑，而是赤裸裸的痛苦。当被禁锢了千年的记忆闸门被瞬间打开，涌上心头的是无穷的回忆，而回忆中，最重要的经历尤为清晰。

　　花布不敢想象，自己让父王把孙小天赶出大唐皇宫时，小天该有多么难过，也不敢想象，黑发变成白发的小天承受了怎样的折磨，更不敢想象，自己竟然向心爱的他喊叔叔。当然还有一些事情是花布不知道的，牛栏山的牛郎相助，珠峰顶上的流星雨也是孙小天所为。

"这一切，都不怪小天，也许这都是宿命的安排。曾经我以为，只要我努力，就可以获得自己想要的爱情，只要我坚持，爱情就可以伴我到地老天荒，原来爱情也需要参考现实。"

凝望着浩瀚的银河，河面上点缀着灿烂的群星，星星与月亮之间仅有很短的距离，但看似咫尺，却远在天涯。仙歌仙乐和新灵霄宝殿的施工声音混淆在一起，就把银河衬托得更加静谧。

想到爱情的陨灭和父爱的冷漠，花布内心中无限的幽怨遍布全身，眼前的银河成为她唯一的选择。

"小天，我的消失愿你快乐。"

美女就是美女，连投河的姿势都那么优雅，而花布的优雅也击中了银河边上的醉酒人。

我用手按住了还在往外溢血的伤口，不知道无风用什么样的神器竟然这样的厉害。自从习练了如来神掌，普通的刀剑根本就近不了我的身，但没有想到这次。只一剑就险些要了我的性命。只有变得更强我才会不受伤，只有暂时抛弃所有我才能报仇雪恨。我要成佛！我要统治整个环宇！

当我有这个想法的时候，还没等我运功，莲花坐骑自动现身，香飘四溢的莲花瓣竟然脱离坐骑，敷嵌在了我的伤口，刹那间，伤口愈合。我还没有发号指令，坐骑竟然自动运转，向森林海驶去。

森林海水苍龙对我提及的那个古老的传说，又萦绕在耳际。

"主人，在森林海中央的海底，有一座尘封千万年的宫殿，据说唯一能开启这座神殿的是一把上古神剑，而第一个走进神殿的人便是宇宙之主——灵山佛祖！"

好久不见森林海，它依旧是那么美，在这里有我两位美丽动人的妻子，有我未曾谋面的骨肉，还有最忠实的奴仆。我眷恋这里，我痴情这里，但是现在我却不能光明正大地出现在他们的面前，因为想永远的拥有，所以我必须暂时的放弃。

顺着水苍龙曾经指给我的路线，我潜到了海底，莲花坐骑顿时化作了一朵绽放的娇艳花朵把我罩在了中央，虽然是抱着目的来找寻那座神秘的海底宫殿，但是眼前奇特的海景还是无法让我忽略。

丈余高的海藻丛内水苍龙穿梭，山峰般的礁岩石上麒麟游荡，美丽的珊瑚群和琳琅满目的贝类、鱼类，让我的目光无从定格，更为奇特的是森林海的螃蟹不全是横着行走，还有竖着行走的，有走直线的、有走曲线的，甚至还有走抛物线的，真是闻所未闻。特别是海底五光十色的珍珠，把莲花坐骑映射得像一盏晶莹剔透的宝莲灯，夺目耀眼。

穿行了几个时辰，我的眼前出现了一个硕大的溶洞，但让我感到惊奇的是，汹涌的海水仿佛是长了眼睛一般绕洞而过。洞口是干涸的，并且沉淀着厚厚的黄沙和珍珠。水苍龙对我讲过，这就是海底宫殿的入口。

到了洞口，莲花坐骑也主动打开，我收了坐骑，踏进了遍地珍珠、黄沙的溶洞。溶洞被珍珠照耀得金碧辉煌，岩壁上长着许多菩提、灵芝、青苔和一些不知名的仙草，石壁上还不时有水滴滴落，这里还生长着菩提这种鲜果。

饥渴难耐，我便随手摘了几颗，竟然是甜的，和断魂崖里的菩提酒浆一样爽口，鲜红的果浆令我心脾生津，口腔内清新芳香。尽管如此,不知道为什么,当我一踏进这溶洞,周身便感到了一阵莫名的孤独与恐惧。

我的第八十八感告诉自己,这里可能存在着未知的危险,因为水苍龙曾对我说过,它知道水底宫殿的秘密却没有真正来过,而且迄今为止都不曾有人看见过宫殿里究竟是什么样子。

慢慢的我发现,眼前的溶洞更像是一个通往某处的关隘,而某处的终点,一定是宫殿。

我不禁加快了脚步。不知道为什么,在溶洞里边我无法驾驭莲花坐骑,迫于周围诡异的环境,我从怀中抽出了珍藏许久的上古神剑。

虽然从来没有学过什么高深的剑法,但是,老妖孽曾经对我讲过一句相当精辟的剑诀:"无根无法,唯有专注,看似人用剑,实则心运剑。"老妖孽的意思我懂,就是心随剑动,但是听起来更像是八卦太极剑。

溶洞深处,石壁上再也不是什么灵芝和菩提,而是金光闪闪的麒麟刺。石壁上的麒麟刺犬牙交错,阴森恐怖,霎时间,我把手中的剑握得更紧了。

溶洞的通道越来越窄,而坚如利剑般的麒麟刺却更加密布了,不仅如此,不计其数的尖刺突然像离了弦的箭一样向我飞来,顿时漫天的刺雨把我覆盖。

心随我动,剑随心动,我凝聚全身所有的神经,控制着自己最为坚定的意念。剑雨与刺雨让溶洞内的石块不停地陨落,而神剑舞动起来的剑圈形成了巨大的罩圈把我罩在了当中。慢慢地我便腾空而起,在刺雨中迟缓地前进。

很快,我的额头上便汗如雨下,不是太累而是冷汗。原来溶洞中陨落的石头掉在下面都变成了粉末，也就是说如果不是在空中的话，我的躯体也早已经变成粉末了，因为下面是一条硫磺河。

几个时辰之后，麒麟刺不见了，下面河水也清澈了，黄沙、钻石又成为溶洞的主旋律，但我依旧紧握着神剑。难以预料这个溶洞究竟还有多长，因为面前又出现了一座怪石嶙峋的山峰，并且山峰上有不间断陨落的巨石和各种奔跑的猛兽，特别是一些毒蟒吐着鲜红的芯子甚是恐怖。

坚定的复仇信念，令我无坚不摧，山阻移山，以毒攻毒，手握神剑，长虹出手，神剑合一的上古利剑发出了极其恐怖的威力，山峰被劈成了两半，碎落的巨石封住了来时的溶洞通道。也就是说，我这不负责任的全力一剑，断送了自己的后路。

山峰的后面出现了一个天然湖泊，令人叫绝的是湖泊上自然均匀地镶嵌了水晶宝石，不自然中水晶宝石就充当了通往彼岸的天梯。

在湖泊的正中央，有一块大得出奇的宝石。虽然我成佛心切，但是好奇心还是促使我向它走去。

近看宝石，我登时一惊，里边有蓝天白云，青山绿水，碧宇楼阁，花鸟鱼虫，原来宝石里呈现的是另外一个世界。

我曾听先生孙悟空讲过，西方的上帝说，在西方的皇宫里有一种器物叫作魔镜，它能普阅西方世界所有女性的美与丑，难道面前的这块宝石就是属于东方的魔镜？

慢慢的我发现，眼前的宝石要比西方的魔镜厉害许多，因为里面呈现出另外的一幅景象，而这幅景象正是我所关心的人的生活片段和命运。原来这宝石不但能占卜周天之事，还能反映我的内心世界。

宝石里的景象让我震惊，我最挚爱的亲人老妖孽面前正站着一个杀气腾腾的少年，少年手里的那把剑我再熟悉不过，就是在大唐王朝公主婚礼上刺伤我的那把神器。

很显然，孙小天的弟弟无风是前去找我灭口的，我并不知道老妖孽对无风说了什么，也不知道无风想知道些什么，只知道宝石里呈现了令我此生无法忘怀的一幕，当无风的利剑毫不犹豫地挥斩下去的时候，老妖孽的鲜血模糊了宝石，也模糊了我的视线。

虽然我已经忘记喊"住手"两个字，但是内心的仇恨之火却彻底被点燃了。看在小天的恩情上，我本有心放无风一马，但是老妖孽的死预示着无风必须得死。

宝石里的鲜血渐渐地模糊起来，儿时坐在父母和全村人尸体上大笑的片段又浮现在眼前。又亲眼看着婴孩时的自己靠着一口一口地饮食父母鲜血生长的悲惨场景，在我奄奄一息的时候，是老妖孽把我从尸山抱到了温馨又舒适的老槐树下。

没有曾经的他，就没有今日的我，与老妖孽共同经历的风风雨雨和无数的欢笑瞬间涌上心头，化作泪水，沉淀心底。

已经濒临崩溃的我，抽出了怀中的上古神剑，既是承诺，也是追求，冷冷地说出了四个字——我要报仇。

手起剑落，我劈开了面前的宝石，硕大的宝石竟然化作一股青烟，烟雾后是一张慈祥的笑脸。我认识他，他就是断魂洞中传授我神仙如来神掌的燃灯上古佛。

"孩子，你真的能放下所有，立地成佛吗？"

"是的，古佛，我已经有了足够的心理准备。"

"既然如此你可以放弃她们吗？"

古佛消失了，面前出现的竟然是我心爱的凤凰和魂牵梦绕的玉蝶，让我欣慰的是怀孕的玉蝶依旧那么美丽。

"如果，你终于回来了，你都不知道，我和凤凰妹妹等你等得多辛苦。你这个王八蛋，为什么要不辞而别？"

让我感到新奇的是玉蝶讲脏话讲得这么流利了。

"如果哥哥，我和姐姐很想你，赶快回到我们的身边一起过快乐幸福的生活好吗？"

"我也很想你们，可是大仇未报，我又谈何幸福？"

也许我的这句话彻底激怒了玉蝶。

"既然如此，那你就杀了我们吧，只有这样你才能找到去往宫殿的路。"

玉蝶的话让我登时一惊。

"不会的，你们是我最爱的人，我绝不会伤害你们，即使让我去死。"

"既然这样，你就放下仇恨回到我们身边。"

"不可以，我不能对父母的死置之不理，更何况还有一个对我恩重如山的老妖孽刚刚死去。我的亲情被全部剥离，必须得有人为此负责。"

我的语气坚决，面色阴冷无情。但是更加绝情的一幕在我的眼前无法阻止地上演着。

先是凤凰倒下了，紧接着玉蝶也倒下了。我发狂般奔了过去，发现她们的身边多了两个白色的瓷瓶，原来她们服毒了！

"我的爱人！我的孩子！"

第二十七章

与君相别

水面上荡起的一层层涟漪惊扰了沉醉中的孙小天。

"连我这种伤心欲绝的人还没有做出如此果断的决定，看来这女孩真是……嗨，同是天涯沦落人，也算是志同道合吧。"

扑通一声，孙小天也顺着涟漪跳了下去。

银河的水有醒酒的作用，但也不是瑶池许愿泉的泉水。即便许愿泉的泉水最终真的汇聚到银河，但像孙小天这种级别大神的愿望也不会轻易就能满足的，可是眼前投河的女子竟然真的是自己朝思暮想的女人——花布公主。

也许在水中相吻的人或神根本就分不清哪是河水哪是泪水，也分不清这是相互的热吻还是彼此的神工呼吸。如果说花布投河是因为想不开，而孙小天投河则完全因为心情烦躁。因为一个大神的无奈就是，想死的时候不一定能死，尤其像孙小天这一类的超级大神。

如此浪漫的时刻，却在水中相吻情侣的面前出现了两只金

钩,金钩上面的鱼饵是仙桃。

孙小天极其郁闷:究竟是谁打破了这充满诗意的画面,我要警告他们。

当孙小天拥吻着花布从水中升腾而出的时候,钓鱼的人还以为是钓到的水龙挣脱了鱼钩。

原来是嫦娥和荷花仙子母女,来银河边找寻孙小天回家吃晚饭,顺便钓两条鱼作为晚餐的主菜。

孙小天看到母亲与荷花之后,先是微微错愕,紧接着就恢复了平静,对怀中的花布说:"这是我的母亲和妹妹。我最爱的人。"

花布当然能理解此爱非彼爱,是亲情之爱,而心中所有的疑云也消散了。原来嫦娥仙子身边的美丽少女只是小天的妹妹。

看到孙小天恢复了往日健康的心态,尽管嫦娥知道儿子怀中女孩的父亲就是卑鄙无耻的女儿国国王唐僧,还是矜持地朝她微笑,但荷花仙子却强颜欢笑,并对嫦娥说了一句她不舒服就跑开了,直到晚饭的时候,都没出现。

孙小天在花布的婚礼上明白了这一切都是唐僧和猪八戒耍的阴谋诡计,心中早已经理解了花布的苦衷,只是他无法想象无风将会承受怎样的痛苦,也正碍于此,他无法把心爱的女人抢过来,所以中途就悄悄地离开了。

但人和神都是自私的,无私只是相对而言,真正无私的人除了佛还有傻瓜。现在,这是花布本人的选择,所以孙小天没理由拒绝。

带着花布畅游天庭之后,孙小天终于做了一个果断的决定,他要娶花布为妻。因为孙小天真正领悟到了爱情的真谛,它既能毁掉一个人，也能重塑一个人。

这天，趁花布在陪嫦娥织毛衣，孙小天来到新建的灵霄宝殿上，对玉帝说他要结婚，请他准备一下。虽然玉帝表面上很是高兴，但内心不爽，因为他在自己的众多女儿当中，早已为孙小天罗列了好几名人选，孙小天的决定使他的如意算盘落了空。

嫦娥仙子既了解儿子的心思，也了解义女荷花仙子的心思，在自己的心中她把荷花当作亲生女儿看待，也是儿媳的最佳人选，何况爱子小天在失恋时多亏了她的寸步不离，所以荷花的心思嫦娥最懂。

"小天，这些天都不见你荷花妹妹，你到荷花观去看看她吧。"

"是啊，小天，带我一起去吧。"

孙小天原本想去荷花观看看荷花，顺便拜访一下吕洞宾夫妇，但是一听花布也要去，怕产生什么不必要的麻烦，于是很男人地摇了摇头。

"有花布在我的身边，我哪里都不去。"

花布听后，顿时害羞地低下了头。孙小天的话让连作为母亲的嫦娥仙子听了都不禁脸红，暗想，这孩子比臭猴子还懂浪漫。

自盘古开天辟地以来，孙悟空与嫦娥仙子的婚礼是宇宙中最浪漫、最空前的。而孙小天的目标是超越父亲，而且他把这个难题抛给了玉帝，这下还急坏了玉帝。

灵霄宝殿上，大家各抒己见，议论不休，并且召开了"如果我结婚，该如何布置——我的浪漫一刻"为主题的专题讨论会。

遇到这种事情，作为孙悟空的至交，情圣吕洞宾自然第一个发言。

"虽然爱侄小天没能与小女荷花喜结良缘，如今悟空不在，作为长辈的我还是希望小天能够幸福。"

面对吕洞宾的豁达、大气众人不禁由衷钦佩，因为，在天庭，仙家们都认为孙小天与荷花仙子结合是迟早的事，谁也没想到中途又来了一个花布公主。

"我个人认为，小天的婚礼上流星是必不可少的，今天我要向大家透露一个隐藏在心底多年的秘密——"

一听说情圣要自曝情史，所有的神仙都聚精会神睁大了眼睛，特别是个别女神看上去就像是在瞪眼，其中就包括以端庄典雅著称的王母娘娘，气得玉皇大帝连连摇头："嗨，还是那么花痴，多少年都改不了的臭毛病。"

"在我年少懵懂的时候，曾给许多心仪的女神或女人许下诺言，其中我认为最浪漫的莫过于对那个离我远去的神女。我答应她，等我们结婚的那一天，我要为她在银河边上挥洒一场流星雨，她听后感动得泣不成声。那是我第一次见她流泪，美丽动人，也是最后一次见她流泪，之后她便消失了。

"那个许诺，我明知道无法实现，因为那个时候我的法力有限，条件还不成熟，但是我的目的达到了，我的目的就是让她感动。经过几十年的修炼，我完全有能力去十重天外，为爱侄挥洒一场流星雨，就当是弥补我多年前的遗憾，就当是我为小天的爱情祝福吧。玉帝，这件事请让我来负责。"

"好，准奏。"

吕洞宾的创意很好，但是大家更想知道，那个连情圣吕洞宾都愿抛弃的神女是谁。在天庭，吕洞宾的情史总是为仙人们津津乐道。

"陛下，鄙座如今身为四海之王，被海洋众生尊为菩萨，而且孙小天又是鄙座的师侄，自当尽上一份绵薄之力。鄙座准备在小天大婚之日，取四海之水化作喷泉，再取珊瑚珍珠等奇珍异宝装饰天街。"

小白龙的话音刚落，便遭到了太上老君的驳斥。

"尊驾建议甚好，只不过黎民苍生恐怕要遭殃了。"

"老君所言甚是，这一点本座早已经想好。记得在佛为本座和大师兄孙悟空等五人举行庆功会并赐予本座金身的时候，本座就曾暗暗发誓，要做一个人见人爱的好菩萨。我又怎么会为师侄的婚礼而去涂炭无辜生灵呢？本座只是用神器盛部分海水到天庭来，大部分的水还要就地取材，天庭有浩瀚的天河，更有无边无际的银河，难道还愁没有美丽的喷泉吗？"

297

"妙，妙，不过敢问尊驾谁来操作呢？"

"老君不用担心，只要陛下同意，一切由本座驾驭。"

"好，朕同意，不过要做到万无一失。"

火德星君在这个时候站出来，连玉帝都没有想到。

"微臣身为火神，想在孙少圣的大婚之际放上一场大火。"

听了火德星君的一番话，众人一片惊呼。曾在猪八戒血洗灵霄殿时被孙小天拯救的沉香和巨灵神二人甚至提起了板斧。

看到如此景象，火德星君惶恐地跪在殿前连忙解释。

"各位同僚误会小神了，小神放火一是为婚礼时的歌舞表演烘托气氛，二是祝福孙少圣婚后的生活红红火火。小神放火时一定做好防范措施。"

听了火德星君的一番话，玉帝哈哈大笑。

"难得爱卿一片良苦用心，准奏。"

第二十七章　与君相别

二郎神也牵着神犬向玉帝请命。

"舅，我也是小天的叔父，当然也要为小天做点什么。"

玉帝轻轻地咳嗽了一声，二郎神才意识到了自己的失态。

"陛下，小天的婚礼乃是天庭罕见的盛世，自然会传遍各界，难免有些妖魔会乘机兴风作乱，所以婚礼的安保工作就由小神来负责吧。"

"不错，难得你想得如此周全，你身为天庭的司法神和治安神，理应有如此的忧患意识，来人啊，赏二郎真君夜明珠五十颗。"

二郎神谢恩退下。

看到二郎神得到五十颗耀眼夺目的夜明珠，食神垂涎欲滴，也站出来邀功。

"陛下，上次大圣爷的婚礼就是由小神主刀，小神决心这次为孙少圣婚礼主刀，负责菜肴和山珍海味的加工制作。这一次定比大圣爷的还要隆重十倍。

食神心想，自己如此高的标准，不说五十颗夜明珠，至少也要得到三十颗。谁知听了食神的话，玉帝竟勃然大怒。

"哼，如此说来，上一次悟空举行婚礼的时候，你没有尽全力了？告诉你食神，你不要自恃厨艺精湛就居功自傲，天庭的厨子又不止你一个，食圣、食仙不计其数！来人啊，捆仙绳何在？"

托塔李天王上前领命。

"把食神给我杖刑五十，贬入凡间，等领悟为厨的真谛后再行录用。"

一阵哀号过后，食神被贬凡间，众神一阵惋惜，但在心里也是暗责食神太不识趣，也不想想人家二郎神和玉帝的关系，非要盲目的攀比。

食神事件发生之后，众仙家纷纷直奔主题。

这次讨论会，除了出现食神这个小小的插曲之外，结果很让玉帝满意，他总结道，"大家各抒己见，充分发挥主观创造性，都不错，这次的婚礼一定要如大家所说，大圣婚礼上有的都得有，没有的创造条件也必须有。散会之后大家各司其职，着手准备吧。"

众神领旨退朝。

四大天王的神曲悠扬响起，孙小天富有磁性的超级男神之音也同时响起。

> 一阵清风吹落你的面纱让我看到你脸颊，
> 一见倾心两厢钟情甘愿放弃世间的浮华，
> 一路走过多坎坷我们用爱洗尽泪水和黄沙，
> 一片荆棘，一片火海，一场误会，
> 又算得了什么？
> 等你所有疼痛都是期待的感动，
> 等你把所有心酸都付谈笑烟雨中，
> 等你千年苦难只是过隙的一秒钟，
> 等你哪怕只有记忆朦胧也改初衷，
> 因为我爱你，你会懂。

孙小天的婚礼随着他一首原创情歌开场，瞬间，流星雨从十重天外浪漫地挥洒，四海喷泉与银河喷泉形成争奇斗艳奇特场景。各种绝美的场景纷纷出现。

不想再去形容孙小天的婚礼有多么的豪华,因为强大的阵容非笔墨能述,就连西方的上帝、宙斯这一类的强大天神,也只是客串着端端果盘,帮忙倒点茶水,所以现场是个什么样的状况,就可想而知了。

婚礼晚会的主题是"浪漫"。关于浪漫,很多的男人或男神都有不同的定义,东方人普遍认为西方的流星雨很浪漫,西方人则认为东方的大花轿更有情调。孙小天对浪漫则有自己更深一层的理解。

虽然南天门等天庭要塞二郎神已派重兵看守,但是许多不该来的魔头都来了。猪八戒、沙僧和舞蝶、无风、西方恺撒都躲在了某一个角落。本来恺撒是作为西方嘉宾邀请来的,和东方的广殿阎罗坐在一起,但是当他看到无风出现之后,突然改变了主意。

孙小天示意众神静一静,喧闹戛然而止,就连一直被幸福甜蜜包围的花布公主本人也在好奇,真命天子又将带给我怎样的惊喜呢?

虽然不曾经历过,甚至都不曾想过自己的最爱会给自己这样一个嚣张到极点的婚礼,但是作为凡间最发达国家的公主,花布还是保留住了少女的矜持。

"李天王,能否把您的法镜借我用一下。"

"少圣,喜逢您大喜之日,老臣甘愿以宝镜相送,还请少圣笑纳。"

孙小天也没有推辞,把宝镜放在了新建的月霄殿的广场上。

孙小天念动咒语,法镜瞬间变成了一个宽大的屏幕。

屏幕里出现的是凡间的青海湖,在湖的正中央有一个心形的岛屿,让众仙惊呼的是心形的岛屿上被鲜艳、紧促的火红玫瑰覆盖着,更绝的是天空中还不时下些小雨,雨后,心形玫瑰岛的上空就会出现绚丽的彩虹。

"知道吗花布,这是认识你的第一年,我偷偷地用贝壳在青海湖中筑起的心形岛,然后又在岛上种下了9999万朵玫瑰,在上个七夕,它们就已经全部绽放覆盖了全岛,而且永远不会凋零。"

只见孙小天轻轻一挥,心形玫瑰岛已经坐落在银河中。孙小天牵着花布的手飞落在岛中央,他单膝下跪,随手摘了身边的一朵玫瑰举过头顶,含情脉脉地说:"公主,嫁给我好吗?我会给你幸福!"

"嗯。"花布羞涩地点了点头。

在这种巨大的爱情攻势下,加上很好的感情基础,孙小天与花布终于结成了天庭合法夫妻。

其间,保生大帝依然忙得不亦乐乎,因为晕厥的人实在太多。但是有情圣之称的吕洞宾的晕厥还是让大家震惊。按理说,作为情圣的他什么场面没见过啊,竟然被孙小天的求爱方式所折服,真是不可思议。

孙悟空的出现,既是高潮也是导火索,玉帝和上帝等人上前迎接,要签名的神仙也迅速地向前靠拢。此时负责安保工作的二郎真君顿时压力空前,心里不停地埋怨,你个死猴子,要回来早点说啊,回来就回来吧,偏偏又带了一个绝世白发美女回来,搞得连二爷心都痒痒。

看到孙悟空的出现,躲在角落里的猪八戒也按捺不住了。

"呵呵,这大师兄可真是够偏心的,同样是嫡亲骨肉,怎么不见他出现在你的婚礼上啊,无风?"

　　猪八戒的挑唆,让无风心底的嫉妒之火彻底地燃烧起来。他抽出神剑的时候,发现有个人比自己更按捺不住。

　　当孙小天牵着花布的手去见孙悟空的时候,消失很久的荷花仙子现身了。

　　"如果我没猜错的话,这珍珠面纱应该是你的吧? 我想你戴上它,应该比现在更动人。"

　　花布只知道眼前的女子是孙小天的干妹妹,却不知道她是自己的情敌。

　　"谢谢妹妹……"

　　在花布的妹字还没说完,一把匕首就已经深深地刺入了她的心脏。这突发的一幕,身边的孙小天蒙了,抽剑的无风蒙了,刚刚醒来的吕洞宾蒙了。看到自己的好姐妹竟然和梦中情人结婚,舞蝶本来只是哭泣,这下也蒙了。而只有猪八戒一个人在偷笑。

"这不是真的，一切都不是真的，这只是幻觉。玉蝶和凤凰怎么会知道我回来？"

可是玉蝶和我那还未出世的孩子，还有可爱的凤凰却真实地躺在了我的面前。

无数个对不起，无穷的悔恨让我抱着玉蝶和凤凰的尸体痛不欲生。

我没有完成对玉蝶的许诺，更没能给凤凰幸福。深仇未报我不配做一个好儿子、好晚辈，断送了妻儿的性命我不配做一个好丈夫、好父亲，不管内心有多么的痛苦我依旧哭不出来，只感觉到全身的血液在翻滚，终于我吐出的鲜血染红了面前的湖泊。当我吐尽最后一滴血的时候，突然感觉眼角是湿润的。

我真的想就这样死去，但是我要报仇，等报完仇，我一定会死去，和玉蝶、凤凰还有我们的孩子一起葬在森林海。

睁开眼睛时，古佛又出现在了我面前。

"孩子,如果再给你一次选择的机会,你妻儿的性命和报仇相比,你还会选择报仇吗?"

"不会,为了生活,我可以放下仇恨和曾经被仇恨蒙蔽了的灵魂。"

"唉!你要是早明白这个道理就不会无辜牺牲她们的性命了。好了,孩子,既然你情愿放弃一切选择这条路,今后的宇宙就要看造化了。"

古佛消失后,出现了一道金光闪闪的佛门,佛门上有一个剑孔,我知道这个剑孔是为我量身定做的。

当我把上古神剑紧紧地握在手中,站在佛门前接受着佛光的洗礼,这一刻所有的杂念都荡然无存,我想这也许就是佛家所说的六根清净吧,但是我所有的记忆却更加清晰。

佛门打开的刹那,陨落的黄沙砸醒了我熟睡的灵魂,金光碧宇出现在我的面前,怀中的佛珠似乎有了灵性自主地飞向大雄宝殿。当我出现在宝殿内,盘在纯金佛像上的巨龙和两边的麒麟灰飞烟灭。看到金像真身之后,我顿时一惊,原来佛像和自己竟然一模一样。

此时古佛的声音在门外回旋:"如来即如果,如果本如来,如来转世来,如果变如来。"

金像一点点在我的视线中消失,但是我浑身的筋脉像是被重塑了一般格格作响,疼痛难忍。生活中的片段也一个个地在头脑中闪过,父母、老妖孽、孙先生、玉蝶、王老将军、凤凰、孙小天——

等我再次醒来的时候,莲花坐骑竟然恢复了功效,虽然不见了神剑但是手中却多了一把金玉钻石如意,我明白自己现在已经成佛了。

能阅周天之人，能卜周天之事，成佛真好！今天是个特殊的日子，孙小天成亲，三界的代表都在场，倒省了很多的麻烦，只需要论功行赏就可以了。

花布的倒下，让天庭陷入了紧张的状态，谁也不知道孙小天接下来要如何爆发，但是无风却先发作了。他没有对孙悟空或孙小天开战，而是把剑指向了猪八戒。

"猪头，你不是说万年蟒毒匕首会刺向孙小天吗？为何会刺向我的花布？"

"对啊，我是这样与荷花仙子交代的啊，但是她刺向了你的心上人，本魔王有什么办法？本魔王只是提供凶器而已。荷花仙子那么爱孙小天，换成本魔王也舍不得下手。哈哈哈哈……"

"猪头，你找死！"

无风可没有孙小天的经验，一出手就是万人斩！

只见猪八戒不慌不忙，施展出极其阴险的幽冥吸星大法。

猪八戒没有死，甚至没有受伤，原来这幽冥吸星大法除了能增加功力外，还涵括了幽冥斗转星移大法。但是周围的神仙却遭了殃，顿时死伤无数。

305

看猪八戒有所动作，这边的沙僧自然也不甘寂寞。

"孙小天，原来你就是伤害舞蝶的负心汉，本妖皇要吞了你。"

说完"万魔诛佛"沙僧全力出击，任孙小天的法力如何高强，但是在毫无防备又极度伤心的情况下，又如何承受得了万魔妖皇沙僧这全力一击。

就在所有仙人再次发出惊呼之际，只见一个娇弱的身影像离弦的箭一样挡在了孙小天的身边，而这一次，惊呼的是沙僧本人。尽管他已经在瞬间收回了五成功力，但是依旧无力回天。这个女人就是大理公主舞蝶。

虽然舞蝶全身筋脉尽断，但仍有一息尚存。沙僧把娇弱的舞蝶揽在怀里，舞蝶的一番话不但让沙僧泪如雨下，同时也震撼了还在极度伤心中的孙小天。

"在大唐王朝的时候我就已经知道孙小天就是隐侠，这辈子我只爱他一个人，尽管连死也不能死在他的怀里。我想，一定是我前世欠了他的感情债，流沙，而这一世我又欠了你的感情债，我只能来世再还，来世无论你在天涯还是海角……"

尽管猪八戒总是耍一些卑鄙的伎俩，但是吞过灵珠的无风邪毒不侵，越战越勇，万人斩一出，猪八戒身中刀伤不计其数，看来无风把所有的仇恨都算到了猪八戒的头上，想把他千刀万剐。

可灵珠能救命却不能续命，时间移位，空间破碎，已经死过一次被灵珠救活的无风同样伤痕累累。只不过猪八戒流的是污血，无风流的是鲜血。高手过招，高手观看，大神级别的仙都没有走，而那些大神以下的小仙则是永远也走不了。又过了一百个回合，血腥的一幕发生了，无风一剑砍下猪八戒的右下肢，而猪八戒的魔爪则是活生生地把无风的左臂拧了下来。

此时战局发生了改变，猪八戒在下肢被砍掉之后，只是痛苦地哀号了一声，随后他迅速抓住身边观战的两个大神，施展幽冥吸星大法，令人惊恐的是，他的右下肢又重新生长出来。

被拧断手臂的无风则是晕倒在天街上，血流成河。此刻已经惊醒的孙小天看到弟弟倒下，不知为何内心会隐隐作痛，他轻轻地放下了怀中的花布。而猪八戒根本就没看清楚孙小天是如何闪到自己面前的，自从成魔以来，猪八戒第一次有了恐惧的感觉,他竟然主动认起输来:"师侄,我……"

"魔头,闭嘴吧,我已经给过你太多的机会!"

只见孙小天手掌轻轻上扬,天空出现了一道闪电,这道强光不仅灼伤了猪八戒的眼睛也灼伤了天庭阴霾的战场,更灼伤了战场上观战的人。

猪八戒曾经见识过孙小天的开天辟地之术,但是他怎么可能知道,上次在灵霄殿,孙小天只不过施展了一成的功力,这次是十成。

除了沙僧和孙悟空用金光罩住的珠峰女与嫦娥,所有的大神全部吐血。天崩地裂,江河改道,山川呜咽。直接受力的猪八戒化成了一股烟消失在环宇之中。就这样,阴险一世狡诈一生的魔头悄悄地死去了。

孙小天的这一掌在劈死猪八戒的同时,也劈开了凡间的五阴山,被一分为二的五阴山封印,自然也就被解除了。

307

万年猪妖长长的哀号一声,一群乌鸦簇拥成了一条直接通往天庭的鸦桥,眨眼的工夫,万年猪妖就来到了沙僧的身边,在极度伤心中的沙僧似乎找到了依靠,他扑在师父的怀里痛哭起来。万年猪妖显然曾经也被女人抛弃过或失去过最爱的女人,从他轻抚沙僧头发的动作中,就能看到他的感同身受。

"徒儿,知道不,在万年前师父就是宇宙公敌,今日我们师徒并肩作战,向全宇宙宣战!"

有了师父的鼓励,沙僧似乎回魂一般,恢复了阴森狰狞的面容。

万年猪妖的确老谋深算,很显然他并没有把所有的技能都传授给沙僧,交手的过程中,沙僧始终在使用"万魔诛佛"这一招。因为这一招是自己所学之中最霸道的魔法。可是万年猪妖却不同，各种招，各种掌，各种用法，惊得沙僧目瞪口呆。但是这一切似乎对孙小天来说都是徒劳，因为他已经没有兴趣再看这两个醍醐魔头的表演，于是施展了生平第一次的自创绝学——"失恋销魂掌。"

此掌法是孙小天在花布失忆抛弃自己的时候在青海湖的湖边悟出来的。宇宙中没有什么能比得上失去爱情更痛苦的事了，而"失恋销魂掌"最大的特点就是打击人或万物的灵魂，灵魂碎了，剩下的形体也只是躯壳，就是人们常说的行尸走肉。但是施功者每施这种掌法的同时自己也会心力交瘁，因为没受过伤的男人练不成此功。

孙小天连续拍出了千余掌，嘴角上也沁出了血丝，而对方则是彻底崩溃。鸦桥散了，死掉的乌鸦压碎了剩下的半座五阴山，沙僧师徒二人的残躯掉进了凡间的一条河中，化作了流沙。

在众神本以为战斗该画上句号的时候，新的危机又出现了——原来战斗才刚刚开始。

菩提老祖的出现，还是让低调沉稳、平静如水的孙悟空有些惊讶。说实话，自己和师父的感情是彼此心照不宣的，如果不是自己到了生死关头，师父绝对不会现身。看眼前的情形，爱子小天已经掌控了全局，师父没有理由在这个时候出现呀？即使需要打扫战场，还有如此多的大神呢。但是，但是师父业已来此，就说明了危机的可怕。

还不待孙小天和菩提老祖行礼，只见菩提手中的拂尘扬起，飞身到了孙小天的身后。孙小天转过身时才发现，不知何时冥冥之中闪出一黑一白两道强光，凡是被光芒扫中的大神都闷声倒地喷血而亡。

只见菩提老祖手中拂尘上的数亿根万年蚕丝自动编织成一块几十丈的白色绸布，构成一个天然屏障，把孙小天等众神罩在了身后。

但是体力消耗过多的孙小天仍感受到了巨大压力，更感受到了祖师的压力，因为黑白之光凝聚在了一起，构成了一把利剑，白色屏障已经被刺成了一个硕大漩涡。菩提老祖的嘴角开始沁血，但是黑白之剑的力量似乎继续加大。一个时辰过去之后，黑白之剑终于刺破了拂尘，刺穿了菩提老祖的心脏。

孙悟空显得比孙小天沉着冷静，在孙小天抱着菩提老祖的尸体痛哭的时候，孙悟空代替了菩提老祖与黑白之剑对峙，渐渐地孙悟空的额头上也开始冒汗。

没有人知道这黑白之剑究竟从何处而来，更没有人知道这黑白之剑的法力究竟有多么的高深，因为世外圣佛菩提老祖死在了剑下这是不争的事实。

众神思索之际，悟空的嘴角也开始出现了血丝。就在这千钧一发的时刻，令所有神惊讶的是，珠峰女站在了悟空面前竟然伸手握住黑白之剑的剑身！让众神们更惊讶的是，法力比悟空和孙小天等神要弱很多的珠峰女不但没有受伤，还降服了黑白之剑。

当黑白之剑被珠峰女握在手中的时候，宝剑化作了一缕精光消失不见了。

但是众神却惊奇地发现，太阳和月亮不见了，三界失去了黑白两种颜色。在众神迟疑之际，珠峰女却跪拜在地上痛哭。

"父亲、母亲，女儿不孝，是女儿害了你们。但是孙悟空是我今生永世的男人,他给了我刻骨铭心的爱,女儿不能没有他,是女儿对不起你们……"

原来这黑白之剑是黑夜与白昼的灵魂,白昼与黑夜因为孙小天杀了他们的义子猪八戒,又劈开了五阴山解了万年猪妖的封印,毁了他们的尊严,于是恼羞成怒,决定灵魂出窍,黑白之剑火速出击,来取孙小天的性命。

这黑白之剑威力无穷,一旦出鞘,神挡杀神,佛阻灭佛,直到杀掉目标,也就是杀死孙小天为止,待任务完成的时候才能回到本身,否则就会魂飞魄散。还有一种情况,就是发剑的白昼与黑夜自愿停止,但结果也只有一个——魂飞魄散,从宇宙中彻底消失。本来这是一险招,但迫于孙小天的法力无边,黑夜与白昼不得已出此下策。

启用黑白之剑,最怕遇见意外,但是不幸,黑夜与白昼不止遇到了一个意外,先是世外圣佛菩提老祖洞穿此事玄机,不惜牺牲生命救了孙小天一命。菩提老祖也非等闲,他硬是用超越三界的法术苦苦承受了黑夜与白昼一个时辰的拼命攻击,也就是说白昼与黑夜在杀掉菩提老祖之后也是元气大伤。在他们以为扫除了障碍时,却又蹦出来一个救子心切的孙悟空。

这个孙悟空虽然是菩提老祖的徒弟,但是他的法术却丝毫不逊于师父,特别是他在西天取经时经历的九九八十一难,战斗经验值更是高得无法估量。

当白昼与黑夜抱着鱼死网破的心态要杀掉孙悟空的时候,他们的亲生女儿珠峰女却出现在他们面前,惊讶之余,他们做出最无私的选择,自愿停止,以确保女儿不受丝毫伤害,但是白昼与黑夜却永远地消失了。

天地
神佛

"如来,你该现身了吧?"

"天地,你们两口子不也是看了半天热闹了吗?"

"我们不是在看热闹,我们是在目睹你是如何残害我们的后人和我们的肌肤。"

"你们这么说那就严重了,是悟空说他要一个低调沉稳的性格和一份刻骨铭心的真爱,我是绞尽脑汁,闭关转世千余个轮回,才想到这么精彩的剧本的。"

"那你觉得现在一切还都在你的掌握之中吗?"

"开始是我导演的,经过出了点意外,但故事还未结局。"

"如来,当初上古无量神佛传你衣钵之时,我们向他极力保荐你,就是看你尚有慈悲心肠,而今你安排了这宇宙中的一场灭顶之灾,到底是何居心?难道你对得起你的佛祖上古无量神佛吗?"

"不错,本座之所以能成佛,的确拜你夫妇所赐,如果不是缘于此,你觉得孙悟空把天庭搅个天翻地覆,本座也只是压了他区区五百年吗?

"在我闭关的这一千个轮回之中,我的前世如果的经历告诉我,同时也让我明白了一个道理,我之所以能成佛,前世一定承受了众生所不能承受的苦难。繁华到极致,破落到深渊,体验了人生的大起大落,感受了世间的大喜大悲,领略了众生带给我的冷暖炎凉,如果可以选择,我宁愿不做佛,做一个普普通通的人,拥有一个健康的身体和一个幸福的家庭,与彼此相爱的人终老一生。因为什么都没有了,所以放下。"

"如来,你的要求比成佛还难? 你以为幸福是谁都可以拥有的吗? 幸福不是绝对的,而是相对的,对于众生来讲,活着就是一种简单的幸福,不幸的人已经永远离去,你想丰满幸福,那是需要幸福指数的支撑、幸福资本的投入,每天只对着天地神佛祈祷喊一些空洞的口号是徒劳的。你很可怜,即便你成佛了还没有弄明白这个道理。"

"我喜欢念经,所以不讨厌你们讲经。作为一个神佛,我从没有忽略任何一个生灵虔诚的祈祷。人们都说佛法无边,但是佛也有佛的无奈,众生在向我索取的时候,又有谁曾想过我的感受? 可我却需要考虑众生的感受,而且还要严格地遵循因果报应,生死轮回的法则。也就是真正执掌了佛位,我才明白上古无量神佛为什么选择圆寂也不愿再做佛,因为他太累了,想歇歇了。

"众生,怕失去白昼与黑夜,更怕失去天与地,又有谁怕失去或在乎为他们庇佑平安的神佛的喜怒哀乐? 我不在了,还会有新的佛祖诞生,形同被人们顶礼膜拜的傀儡。就像是凡间的皇帝,在位时呼风唤雨,时逢改朝换代时也许会被掘墓抛尸,何其悲哀?究其原因,众生的自私与贪腐在吞噬着灵魂。我本以为心胸广阔的天地会无私于宇宙,但是如果本佛没有猜错的话,你们此行应该也别有目的吧?"

"不错,我们要把无风带走。这孩子可怜,从小就等同于无父无母,初涉情海,又被情所伤。"

"那么试问二位前辈,比无风可怜的生灵就没有了吗?他只是断掉了一只手臂而已,难道就是因为他是你的直系后人吗?"

"难道这个理由还不够充分吗?天地动容谁敢不从?"

"既然如此,我也学着两位前辈自私一回,无风间接害了我前世的父母、杀了我的至亲老妖孽,因为找寻仇家之一的他,我还失去了心爱的玉蝶与凤凰,还有我那未曾谋面的骨肉,所以佛说不行就不行!"

"无知晚辈,不识深浅,既然如此,老人家们便成全你,让你彻底休息。"

天地与神佛开战众神连吐血的机会都没有了,许多大神都静悄悄地元神陨灭了。特别是魔鬼恺撒大帝这一类的神魔,活活的惭愧至死,因为东方的大神实在太多,自己连偷袭的机会都没有,到最后光是战斗波的波纹就打败了自己,自己焉能不惭愧。

凡间乱成了一团,唯有大唐王朝独当一面,因为唐僧在平日的抗震救灾中积累了丰富的经验。也只有在此刻,女儿国的国民才明白选择唐僧做国王是一个多么英明的决定。

但是唐僧也失算了,此次天灾,并非一个区区五阴山论战时那样简单,以至于在书房中他还在与谛听菩萨大放厥词。

"本王生平阅女无数，位极人尊，而且又机缘巧合，与圣女孔雀公主结为夫妻，明日，我要举行全国庆典，立孔雀公主为大唐皇后，因为她给我养育了花布公主这么优秀的女儿。作为孙小天的岳父，朕当然有资格万寿无疆。"

"佛说你没有。"

谛听在说这句话的时候，面无表情，但是不寒而栗。

"御弟何出此言？"

"其实在庆功会上，你想代替佛的想法佛就已经获悉，所以让我一直跟随于你，否则你以为区区的十颗夜明珠本座就可以供你驱使吗？

佛的本意就是要看看你到底有没有这个前途，因为那个时候佛太累了，想提前退休，但是事实证明你只是一个酒囊饭袋十足拜金主义的花和尚，除了物质享受和女人就没有其他的追求，还不如你的徒弟沙僧有想法。你这样的人留在世上，除了能作恶还能干什么？"

第二天，大唐王朝国王唐僧得了一场全身腐烂的怪病离奇驾崩，护国法师谛听神秘失踪。留下了孔雀公主独守大唐，接替了国君的位置。唐僧的死让孔雀公主伤心欲绝，她驱逐了境内所有的男人，而她流的眼泪汇成了一条浩瀚的河，人称此河为子母河，而大唐王朝又重新改国号为女儿国。

宇宙之战还在持续。

"如来，你为什么要杀掉唐僧，难道你不知道孔雀公主是你的妹妹？"

"两位前辈，难道你们认为宇宙之中还有我不知道的事情吗？可是我什么都知道，就是不知道唐僧的妻子是我的妹妹。"

"如来，虽然你能卜周天之事，但你未必能卜周天之物，这也许就是你想通过这次闭关，千个轮回修行要打破的法门吧？"

"不错，毁灭天地，本佛便可以重塑宇宙。"

"上古老槐树并没有对你说谎，你的父母在生下你的前世如果之后，就真的化作了两只孔雀飞走了，而孔雀公主就是你的亲妹妹。如果你有什么疑虑可以回灵山问问你的娘舅大鹏金雕鸟，在你成佛前，宝石里的景象只是你幻想出来的臆想而已，只可惜你已经没有机会了，我们决定灭了你。"

"那就要看看两位前辈有没有过硬的法术了。"

原来天地与神佛一直在斗，只不过他们拼的是内力，玩的是心跳。

在场的众神之中只有孙悟空和孙小天还活着。佛有不杀他们的理由，一个是他前世的恩师，另一个则是他的结拜兄弟。

一边是自己至亲，一边是自己的大义。已经恢复元气的孙小天飞身来到天地与神佛之间。

"亲爱的爷爷、奶奶、义兄如来，可不可以停止战争，凝聚我们三方神力，对着灵珠共同祈祷宇宙和平，众生友爱，消除自私和贪婪，让幸福不再是个传说？

"如果你们有谁不答应，我将会把手中的灵珠交给他，然后运用二十成的功力，施展开天辟地之术的终极毁灭'玉石俱焚'法毁灭整个宇宙，而留下灵珠的那个人自己在孤独中永生，没有痛苦，没有回忆，一具空壳，直到腐烂。"

佛说："谢谢你小天，是你让我突破了最后的法门，让我明白了宇宙中最强大的法力不是肉体上的征服，而是灵魂上的共鸣。是你让我懂得了，幸福是在和平的空间里诞生的。放下仇恨,拾起的是快乐!"

天地说:"谢谢你小天,是你让我们明白了心底有爱天地宽的道理,一切的风花雪月、一切的衰落繁芜只是自私的附属品,抛弃自私和贪婪收获的将是大爱和健康。"

孙小天从怀中拿出灵珠轻轻地抛到十重天外,灵珠在空中盘旋了一阵之后,降落在三大超级神佛集团的头顶。

"我们以天地的名义,我以佛祖转世的名义,我以众生的正义与美德的名义向宇宙祈祷,愿宇宙苍生万物在和谐的环境中,公平竞争,合理生活,放下烦恼找到自己的归属。"

神佛集团所散发出的气流与灵珠所闪耀出来的光芒形成了一个强大的气流磁场,这个磁场已经不再是简单的天地磁场,而是旷古烁金,无与伦比的宇宙磁场。

宇宙磁场呈现,谁与争锋?

万丈霞光从银河中央升起,水中央的玫瑰岛姹紫嫣红,还有许多不知名的花也同时绽放,原来宇宙中不单只玫瑰代表爱情。

鲜血、残肢已经化作了金黄色细沙撒落凡间滋润泥土,新的生命破宇而出,白昼与黑夜又自然交替,菩提老祖依旧跳出五行之外去发展更加出色的弟子了。

佛祖问唐僧想做什么,唐僧说,他想做个金蝉子,没事飞到凡间看看人间百态,再领略一下自然风光。

佛祖问唐僧:"你预计多久时间能游历饱览凡间的所有名山大川?"

唐僧回答:"至少十世。"

众神们都以为,唐僧这十个轮回真的是去环球旅游,但是经历了这场宇宙浩劫的人都知道，他是去赎罪。

已经没有法力但有过人体力的猪八戒和沙僧师兄弟成为邻居，在一个名叫世外桃源的地方幸福地生活。

世外桃源由两个村庄组成，一个叫高老庄，另一个叫流沙庄。

而猪八戒的娘子高小姐和沙僧的妻子舞蝶还合作了一首名则《倾城之恋》的情歌，被一个叫陶渊明的人带到了闹市，广为传诵。

抛弃前世的记忆，需要残酷的契机，那些扭曲的闹剧，都是恋爱的插曲。轰轰烈烈的风雨，彩虹昙花一现的美丽，总是等到永远地失去，才去思考喜剧与悲剧。

倾城之恋恋上你，

计较太多的错对，

如果不是我的拒绝与沉醉，

你又怎么会意冷心灰。

倾城之恋恋上你，

穿越轮回的相聚，

你是我心底的一滴孤泪，

天荒地老都要跟随。

曹国舅变成了一个无依无靠的孤儿，每日在独木桥上钓鱼为生，佛祖见他可怜便指派座下太公制造一个机缘送他一部《太公兵法》，让他位极人臣，手拥重兵，但是最终依然逃不过被斩的命运。

佛想让小白龙做佛，因为他是一个正直的菩萨，可是小白龙再三推辞。佛以为他不好意思，便说："只要宇宙和谐了，每个人都是佛，自然每个人都能做佛了。"

小白龙说："佛祖，您年富力强，退休还早，为宇宙苍生谋取更多的幸福吧。更何况您的家人(玉蝶和凤凰)会永远在森林海等您，您还有什么可担心的呢？"

佛笑了笑："是啊，虽然佛不能有一丝一毫自私的杂念，但是佛依旧有权幸福。那么小白龙，你有什么要求呢？"

"实不相瞒，我想从海上迁徙到陆地的战国时代，那里兵荒马乱，民不聊生，小神想一统山河。"

"你的想法不错，而且以人为本。但是四海依旧离不开你，待你统一六国之后，继续回海洋做你的王。如果到时候你贪恋凡尘，本佛会派人用铁锤砸你回来。"

就这样小白龙转世投胎做了秦始皇。

无风的死是大家经过反复讨论决定的，甚至连紫霞仙子都参与了讨论，原因是无风太不成熟，他只有死才能变得稳重。背后下手这种阴险的事他干了，滥杀无辜这种事他也干了，唯一他想干却没干的是花布，可怜的他到死都是个处男。后来孙悟空和紫霞仙子又生了一个孩子，叫无痕，虽然谁都知道这是无风转世，但是无风自己却永远也不可能知道，这个结果，天地勉强接受了。

孙悟空告别了圣月宫，永别了花果山，携手嫦娥仙子和珠峰女一起在悬天涯生活，这里环境好，不为凡事所扰，还有神仙眷侣相伴可谓羡煞男人。而关于孙悟空三位夫人的排法，孙悟空真可谓是下了一番功夫,好在几位夫人都知书达理,嫦娥为妻,紫霞仙子为妾,珠峰女做了小三。

牛郎、织女相会,再也不用看王母的脸色。神仙下凡也不需要向玉帝请假。最令人感动的是,土地爷爷也可以入住天庭。这是如来顺便为玉蝶实现的心愿。

如今月亮与太阳都回来了,吴刚也彻底摆脱了伐木工人的命运,荣升为月老。这还要拜吕洞宾的那一万封通篇错别字的情书所赐,正因此,他才有了阅读、传递情书的功底。但是宇宙之中想谈恋爱的人实在太多,所以他传递的情书远比砍过的树要多,可到现在吴刚依旧是孤单的一个人。

直到有一天,吴刚发现了一封与众不同的情书。这封情书是一个名叫隐侠的凡间少年写来的,这封信让他知道了一个故事。

原来荷花仙子神秘失踪的几天被猪八戒利用,以为用蟒毒匕首刺死花布后,就可以拥有孙小天,但是蟒毒匕首一直是万年毒蟒的神器,想取到它又谈何容易。是这个凡间隐侠帮荷花仙子杀了毒蟒,取了匕首。临上青天的时候,荷花仙子给了隐侠一个十分罕见的微笑。这微笑应该比佛给悟空的微笑还要魅惑吧,否则一个凡人怎么能有办法把情书递到天上来呢。

看来,凡间还有一个叫隐侠的盖世英雄存在,据说该少年也是面容俊朗、武功盖世,谁知道他是不是悟空的另一个私生子呢?

第二十九章　天地神佛

第
三
十
章

和谐
宇宙

"你为何当初要弃我而去？"坐在十重天外，吕洞宾对一个手持宝瓶的女人追问。

"因为你太滥情，只要是个漂亮女人或女神你就会动心，甚至连青楼女子你都不放过。"

"那你为何哭泣？"

"因为那天佛把悟空压在了五指山下。"

"你明知道，在众多女神之中，我最喜欢你。"

"喜欢我？你喜欢我什么？难道你喜欢我手里的花瓶？"

"没错，我是喜欢花瓶，但是前提是花瓶里有没有我喜欢的柳叶。"

"无耻！"

"无耻也都怨你。如果你长得很难看，我又怎么会对你无耻？都是因为你太美丽了。"

"吕洞宾，你是不是没死够啊，信不信我让你再死一次？"

"在死之前，我还有一个要求。"

"你说。"

"让我为你挥洒一阵流星雨。"

"洞宾，拜托你别这么幼稚了好不好，你的所作所为，包括你在银河边上为我醉酒，我都十分感动，但那不是爱，你懂吗？我对你没有感觉。不是你想对谁滥情人家就愿意跟你滥，你再这样的话，只会令我更加讨厌你。"

一代情圣吕洞宾，就这样自杀了，临死前他还挥洒了一阵流星雨。

吕洞宾的所作所为令佛感叹，佛代表西方极乐给予了吕洞宾这样的评价：为情生，为情死，为情挣扎到最后没儿子；吃情亏，上情当，最后死在情身上；情无量，道无量，来世别再算这糊涂账。

来世的吕洞宾依然是八仙之首，只不过曹国舅的位子被沉香顶了。这一世吕洞宾依旧艳福不浅，何仙姑和牡丹仙子依旧为他争风吃醋。

孙小天的婚礼还在继续，上帝和魔鬼恺撒大帝带领的一群吸血伯爵表演的天空漫步让众神连连称赞。天神宙斯见风头被上帝抢尽，自然也不甘示弱，连忙派出维纳斯和蒙娜丽莎表演天街之舞。但是维纳斯，由于跳得太卖力不慎把手臂摔伤中途退场，她找到东方的保生大帝做了截肢手术。只是一个手术的工夫他们彼此相爱了，保生大帝宁愿永生永世照顾这个美丽的残疾女神，可见维纳斯的魅力真是闪耀东方。

在婚礼中，玉帝突然宣布要孙小天来接替他的位子，但是孙小天婉言拒绝了。其实孙小天上位是天庭众仙的共同意愿，但是玉皇大帝也的确是个好皇帝，仅凭猪八戒血洗灵霄殿，他以死对战，维护天庭权威一事就值得众神尊敬。

到最后，大家不得不举手表决，最终只有一神投了玉帝的票，而所有的神都投了孙小天的票，投玉帝票的人就是孙小天本人。而这一票举足轻重。

孙小天对玉帝说："只要您能为宇宙苍生谋福，我是支持您做玉帝的，我相信大家也支持您。但是如果有一天，您做出愧对天庭、愧对黎民苍生的事情，我会随时取代你。"

听了孙小天的话，玉帝与众神落泪，凡间一阵暴雨，干旱许久的某某国，终于告别了旱灾。

当神群散去，婚礼落幕，银河中央玫瑰铺就的道路上有一座梦幻的玫瑰庄园。

"花布，你对玫瑰过敏吗？"

"一点也不。小天你真坏，问这些干吗，我现在已经是你的妻子了，就是过敏我也会忍着。"

"你知道吗花布，一时间经历了这么多，即便是在对可爱的你开玩笑我依旧想哭。我都不敢想象，我们还能在一起。"

"是的小天，我也想落眼泪。我从不敢相信，这一切的一切都是真的。当我死去又活过来，我发现自己还是那么爱你。"

"知道吗花布？和许多的恋人相比我们是幸运的，虽然我们经历了不可想象的苦难，但是我们最终还是走到了一起，可是有许多的情侣经历的苦难甚至比我们还要多，但是他们彼此却没能坚持或者一不小心错过，甚至阴阳两隔。"

"是的，小天，我多么希望'有情人终成眷属'不再是一句空洞的口号，就像我和你一样，实实在在地一起生活，真真切切地感受对方的存在。"

"花布，你的善良、你的美丽，还有你的矜持都让我感动，我感动上天一切的给予，我要好好地珍惜和你在一起的每一天，和你在一起，哪怕时间在虚度，可是我们的灵魂并不孤单，我要的生活很简单，只要有你陪。"

听了孙小天的话，花布退去了珍珠罗衣，一具洁白无瑕、曲线玲珑的精致娇体呈现在孙小天的面前。花布倩容微低，俏脸绯红，孙小天轻轻地把她抱上玫瑰蕊床，忘情地相拥……

月宫中，天外来客驾到。

"你就是吴刚？"

"老夫就是，请问这位少侠是？来我月宫有何贵干？"

"我来取信。"

"取信？什么信？"

"你这个老头，装什么糊涂，就是我写给荷花仙子的那封信。"

"哦，原来这位少侠便是凡间大名鼎鼎的隐侠啊，果然气宇轩昂，英俊潇洒。"

"少拍马屁，我问你，我的信呢？你不管送小爷自己去送。"

"少侠少安毋躁。老夫很是好奇，你作为一个凡人是如何把信传递到老夫手中的呢？"

"反正，你也是神仙，这个秘密就告诉你吧，还省得我憋在心里难受。自从我对荷花仙子一见钟情以后，每天煎熬难忍，于是闲了便去珠峰狩猎，借此打发时间、减少思念。有天在珠峰附近，见到一条恶龙正在追逐一群大雁，于是我就斩杀了恶龙救下了这群大雁。谁知这群大雁竟然是一群神鸟，人称鸿雁，我对它们讲了我的故事之后，它们十分同情，就答应我把信交给月老，也就是你这老头，让你帮忙为我促成这段姻缘。"

"少侠既然有求于我,为何还对老夫这等无礼?"

"吴刚,你少来这套,刚开始的时候,小爷把你当作神佛一样供拜,每次狩猎回来都会给你选最肥壮的。谁知道一千年过去了,你依旧杳无音信,就算是荷花仙子拒绝,你也总该给我一点暗示吧?既然你不肯帮这个忙,把信还给我,小爷自己去找荷花仙子表白去。"

"哈哈,原来是这样,那么少侠又是如何直上青天,登上我月宫的?"

"哼,告诉你也无妨,因为我很想她,所以我去找了我的好朋友们鸿雁,它们对我说,只要我能登到珠峰顶,它们就有办法把我送上月宫。凭着对荷花仙子的思念,和她那魂牵梦绕的笑容对我信念的支撑,我徒手登上了珠峰顶,踩着鸿雁为我搭建的雁桥就来到你这里啦。"

"哎呀,少侠的毅力和为爱执着的诚心让老夫佩服啊!其实你误会老夫了,收到你的信之后,我就立刻送往仙子的府中,她也当晚就回了信,信现在就在老夫的怀里。但是少侠你也应该听说过,天上方一日,世上已千年的说法吧?"

"原来如此,是我误会老人家了,晚辈在这里给您赔罪。赶快看信吧,您就做个见证人,如果她拒绝我我就回去再想办法,如果她答应了,这次上天不能白来,我就顺便把她娶了。"

信是用繁体字写的, 上面的回复不算标点符号是八个字——隐侠,我也爱你! 荷花。

看过之后,吴刚头晕目眩,心里暗叹:唉,现在的年轻人真敢整词。感慨之际,发现隐侠不见了踪影,吴刚连忙追了出去:"傻小子,提亲哪有不带媒人的? 再说你也不知道地址啊!"